フラッシュ

ある犬の伝記

ヴァージニア・ウルフ
岩崎雅之＝訳

幻戯書房

目次

フラッシュ

ある犬の伝記

ロゴ・イラスト――丸山有美
装丁――小沼宏之［Gibbon］

第一章　スリー・マイル・クロス村

この伝記の主人公の祖先だとされる一族が、古代にまで遡る旧家のひとつであることは普遍的に認められている。そのため、家名そのものの由来がひと知れず失われてしまっているのだとしても、おかしなことではない。数百万年前、現在スペインと呼ばれている地帯は、天地創造の大騒動の最中にあり、不安定にぐらぐらと煮えくり返っていた。長い年月が経ち、植物が現れた。植物あるところにうさぎあれ、と自然の法が命じた。うさぎのいるところに犬よあれ、と神の摂理が命じた。この事実に関しては疑いの余地もないし、何も言うべきことはない。だが、なぜうさぎを捕まえる犬がスパニエル犬と呼ばれるようになったかという段になると、疑問と論争が生まれる。カルタゴ人がスペインに上陸したとき、兵士たちは口を揃えて「スパン！　スパン！」と叫んだと言う歴史家もいる。というのが、うさぎはそこかしこの藪《やぶ》や低木から勢いよく飛び出したからである。この地はうさぎだらけであった。そして、カルタゴ語で「スパン」はうさぎを意味する。こうして一帯をイスパニア、もしくは「うさぎの地」と呼ぶようになり、たちまちのうちに全速力でうさぎを追いかける犬が見られるようになり、この犬がスパニエル犬、もしくは「うさぎ犬」と呼ばれるようになったのだった。

話がここまでくれば多くのひとが問題解決、と満足してくれることだろう。だが、実際には別様に考える一派も存在することを言い添えておかねばならない。この学者たちによると、イスパニアという語はカルタゴ語の「スパン」とは何ら関係がない。イスパニアはバスク語の「エスパーニャ」に由来し、端や境界を意味する。だとすれば、うさぎや低木、犬、兵士から成るロマンチックで美しいイメージは、きれいさっぱり忘れなければならない。スパニエル犬がスパニエルと呼ばれるのは、単にスペインがエスパーニャと呼ばれるからだと考えなければならないのである。第三の古物研究家の一派は、男性の恋人が女性を「ばけもの」だとか「猿」だとかと呼ぶのとまさに同じように、スペイン人たちも自分たちの愛犬を「曲がりん坊」や「ごつごつしたやつ」(エスパーニャという語には、そのような意味も込められる)と呼んだのだと主張する。悪名高きスパニエル犬はその逆なのだから、ということである。だが、こんな憶測は突飛すぎて話にもならない。

こんな学説は無視してしまって、他にも説はたくさんあるのだが、わざわざ立ち止まってみる必要もないので、十世紀半ばのウェールズに足を伸ばそう。この地にはすでにスパニエル犬が存在している。これより何世紀も前に、エボール、もしくはイヴォールというスペイン人の一族によってスパニエル犬が持ち込まれたと言う者もいる。十世紀中葉までに、スパニエル犬の名犬の誉れが高かったことは確実である。「王のスパニエル犬は一ポンドの価値あり」と、ハウェル・ダー〔ウェールズ王（生年不詳－九五〇）で、南北ウェールズを統合し、ウェールズ法を体系化した名君〕は法書に記している。九四八年に一ポンドでどれほどの妻、奴隷、馬、牛、七面鳥、がちょうを買うことができたかを思い出してみればいい。スパニエル犬がこのときまでに高い価値と名声を備えていたことは明らかである。彼らはすでに王の傍らに陣取っていた。一族は数多《あまた》の名高き君主が登場する以前から尊敬されていたのである。プランタジネット家、チューダー家、スチュアート家が、まだ他人の荒地で耕作に従事していたとき、スパニエル犬は宮殿で寛いでいた。ハワード家、キャベンディシュ家、ラッセル家といった面々が、スミス家、ジョーンズ家、トムキンズ家といった庶民よりも抜きんでた一族になるはるか以前から、スパニエル家は名高き独自の存在であった。それから数世紀が経過し、本家から分家が生まれた。イングランド史を辿《たど》ってみると、次第に七つのスパニエル一族が姿を現すようになる。クランバー家〔脚が短く、ふさふさした白い毛皮で覆われ、淡黄色の斑紋がある鳥猟犬〕、サセックス家〔毛が茶色がかった金色をしている、脚の短い銃猟犬〕、ノーフォーク家〔二十世紀初頭に絶滅したスパニエル犬。白、黒、茶の毛皮を持ち、脚が長い。イングリッシュ・スプリンガー・スパニエルの祖先と考えられている〕、ブラック・フィールド家〔フィールド・スパニエルは胴が長く、脚の短い英国種の猟犬〕、コッカー家〔狩猟用・愛玩用にアメリカで開発された小形スパニエル犬。主にヤマシギ猟に用いられた〕、アイリッシュ・ウォーター家〔水辺猟に使われる、プードルに似た大型の猟犬で、油気のある巻き毛をしていて、茶褐色の毛皮をし、冠毛がある〕、イングリッシュ・ウォーター家〔イングランド原産の猟犬。水をよく弾くロングコートが特徴的である〕は、すべて有史以前に存在していたスパニエル犬の原種を祖先とするが、それぞれがはっきりとした特徴を備えていたために、そのどれもが別種であるという特権を振りかざしていたことは間違いないだろう。エリザベス女王の治世までに犬の中に貴族階級が存在していたことは、サー・フィリップ・シドニーが証言しているところである。「グレーハウンド〔体高があり脚の速いエジプト原産の猟犬〕、スパニエル犬、ハウンド〔現在では一般的にフォックスハウンドのことを指す。元々きつね狩りにはテリア犬が使われており、ハウンドはその補助的な役割しか果たしていなかった〕は、はじめのものが犬の貴族、次が紳士、最後のものが郷士と見られている」と卿は『アルカディア』で述べている。

だが、このようにスパニエル犬が人間の例に倣い、グレーハウンドを上位、ハウンドを下位としているのだと考えるならば、犬の貴族階級の方が人間のそれよりも上等な理由のもとに成り立っていることを認めねばなるまい。少なくともスパニエル・クラブの掟を知っている者であれば、そう結論づけるに違いない。この権威高きクラブは、スパニエル犬の何が美点であり、何が欠点であるのかを明確に規定している。たとえば、目の色が薄ければ好ましくない。耳が巻き毛であればなお悪い。生まれつき鼻の色が薄かったり、頭頂部に房があったりすれば致命的である。美点も同様にはっきりと定められている。頭部はなめらかで、鼻口部から急に絶壁のごとく迫り上がっていてはならない。頭蓋骨は頭脳のためにかなり円みを帯び、よく発達していて、十分に余裕がなければならない。目は丸々としていて、だが飛び出していてはならない。表情は全体として知的かつ柔和でなければならない。これらの美点を持つスパニエル犬が奨励され、種親とされる。頭頂部に房があったり、色の薄い鼻をとどめている者からは、特権と報酬が剝奪された。このようにして、審査員が掟を定め、定めたらその順守を確実なものにすべく、罰を科したり特権を与えたりするのである。

　だが、ここで人間社会に目を転じてみると、なんというひどい混乱の有り様を目にすることか！　人間の血族に関し、司法権を有するクラブは存在しないのだ。スパニエル・クラブに最も近いものと言えば、紋章院〔リチャード三世によって一四八四年に設立された王立法人で、主に紋章、系譜、叙勲、席次、記録保管の事務を司る〕である。この機関は、少なくとも人間一族の純血を保とうとする。しかし、高貴な生まれとは何であるかというと――目の色は濃くあるべきか、薄くあるべきか、耳は巻き毛か直毛か、頭頂部の房は致命的か――、人間の場合、審査員たちは単に紋章の有無だけで判断する。おそらく、読者諸氏は紋章などお持ちでないだろう。そうすると、何者でもないのである。しかし、いったん盾型十六分割紋章〔姻戚関係にある他家の紋章を、自家のものに組み合わせた紋のこと〕の所有権を明らかにし、宝冠図形を使用する権利を証明したならば、生まれは単に平凡なものではなく、高貴なものとなる。このため、メイフェア〔ハイド・パークの東側にある高級住宅地域〕じゅうのマフィン用の薬味入れで、腹ばいになったライオンや、立ち上がった人魚の紋章の付いていないものはないのである。生地商人でさえ、扉の上に英国王室の紋章を掲げている。わたくしどものシーツであれば安心して眠れます、などと証明するかのように。いたるところで人々が地位を主張し、特権を振りかざす。だが、ブルボン家、ハプスブルク家、ホーエンツォレルン家を見てみると、相当な数の宝冠模様、盾型十六分割紋章、腹ばいや後ろ脚立ちのライオンとヒョウの紋章で飾り立てられてはいるものの、現在は追放の身であり、位から退けられ、尊敬するには値しないと考えられている。残念だが、スパニエル・クラブの審査員の方がうまい判断を下したと認めねばなるまい。このような高尚な問題から目を転じ、ミットフォード家におけるフラッシュの幼犬時代を考えるならば、たちまちのうちにこの教訓の正しさを思い知らされるのである。

十八世紀末頃、高名なスパニエル犬の一族が、レディング付近に住んでいたミッドフォードだかミットフォードだかの博士の家にいた。この紳士は紋章院の基準に従い、家名を「ト」と綴《つづ》ることにし、バートラム城の主であるミットフォード家の親戚に当たる、ノーサンバーランド家の末裔《まつえい》であると主張した。彼の妻はミス・ラッセルというひとで、遠戚ではあったが、間違いなくベッドフォードを所領していた公爵家の出であった。だが、博士の先祖は見境なく、それこそ手当たり次第に縁組みを行ったので、審査員には決して名家とは認められず、後世に名を残すことができなかった。彼の目の色は薄く、耳のあたりは巻き毛で、頭頂部には房があって致命的であった。言い換えるならば、まったくの自己中心的人間で、向こう見ずな放蕩家で、俗物で、不誠実で、おまけに賭博中毒者でもあった。自分と妻の財産、娘の稼ぎを食い潰し、裕福なうちはふたりのことを顧みるということもなかった。老いてからはふたりにたかった。もっとも、彼には長所が二つあって、まず容姿端麗であったし――暴飲暴食と不摂生がたたり、酒神バッカスに成り下がるまでは太陽神アポローンのようであった――、それに、犬に対しては誠心誠意、献身的であった。しかし、スパニエル・クラブに相当する人間クラブがあったとして、ミットフォードを「ド」ではなく「ト」と綴り、バートラム城のミットフォード家を自分の親戚呼ばわりしたところで、嘲りや軽蔑、社会的追放の罰、家柄を残すにはふさわしくない雑種であるという烙印を押される不名誉を免れることはできなかったであろう。そのことには疑いの余地がない。されど、博士は人間であった。彼が生まれも育ちもれっきとした淑女と結婚し、八十歳を越えるまで生き、幾世代にもわたってグレーハウンドとスパニエル犬を飼育し、さらには娘も授かることを、何事も止められなかったのである。

どの調査も、フラッシュの生年、いわんやその月日までを特定することはできていない。だが、どうも一八四二年の早い時期に生まれたようである。名犬トレイ（生年一八一六年頃）の直系の子孫であったかもしれない。残念ながら、トレイの生涯の足跡は信用のおけない詩の中にしか残っていないのだが、立派な赤毛のコッカー・スパニエルであったことが明らかにされている。フラッシュが「正真正銘、由緒正しきコッカー・スパニエル」の末裔であり、ミットフォード博士がその父親を「猟場での働きぶりが素晴らしいために」二十ギニーの値が付けられても売らなかった、ということを信ずるべき理由は十分にある。いやはや、フラッシュの幼犬時代に関する最も詳細な記述も詩によるもので〔附録、エリザベス・バレット「わが忠犬、フラッシュに寄す」を参照〕、これに頼る他はない。フラッシュの毛は日なたで「全身が黄金色に」輝く、あの独特なこげ茶であった。目は「柔和な榛《はしばみ》色の、はっと驚いた目」であった。耳には「飾り房」が付いていた。「ほっそりした脚」は「房べりで覆われて」いて、尻尾は太かった。韻文に頼らなければならない非常事態であること、詩の不正確な言い回しを大目に見ていただけるのなら、このような描写はスパニエル・クラブのお眼鏡にかなうものばかりなのである。フラッシュが純血のレッド・コッカー・スパニエルであり、優れた特徴をひとつ残らず備えていたこと

フラッシュの生家

は疑いえない。

　生後数カ月間、フラッシュはレディング付近のスリー・マイル・クロス村にある、とある農家の小屋で過ごした。ミットフォード家が零落してからというもの——ケレンハポックという使用人がいるだけであった——、椅子のカバーもミス・ミットフォードが二束三文の生地でこしらえていた。家具の中では大きな食卓が最も重宝され、部屋の中では広い温室が最上であったようである。防水加工の施された犬小屋、コンクリートで舗装された散歩道、女中か給仕が一名というのが、現在のところフラッシュのような地位にある犬に与えられるもののようだが、彼はこのような豪奢《ごうしゃ》な生活を送っていたわけではないらしい。それでも彼は丈夫に育った。オスの幼犬にはよくあるように、彼も持ち前の快活さで多くを楽しみ、勝手気ままに振るまった。実をいうと、ミス・ミットフォードは小屋に閉じこもることが多かった。何時間にもわたり、父親に本の朗読をしなければならず、それから一緒にクリベッジ〔通例ふたりで行い、六枚の手札の中から、二枚ずつをクリブ（crib）として裏返して場に積み、残りを交互に出して組み合わせを作り、その役点を競うトランプゲーム〕もして、ようやくまどろんだと思ったら、今度は温室のテーブルで、請求書の支払いや借金の返済のために、ただひたすらに書かなければならなかった。だが、ようやく、待ちに待った瞬間がやってくる。彼女は原稿用紙を脇に追いやり、ポンと帽子を頭に乗せ、日傘を手に取り、犬たちと一緒に野原を横切り、散歩に出る。スパニエル犬は、生まれつき人間の感情がよくわかる犬種である。逸話が証明しているように、フラッシュもひとの感情を理解することには並外れて長《た》けていた。親愛なるご主人様がようやく新鮮な空気を鼻から吸い、風で銀髪が乱れるのも厭《いと》わず、生来の健康的な顔を赤らめ、幅の広い額からしわを消していくのを目にし、フラッシュは彼女が喜んでいるのがわかることもあって、興奮して跳ね回る。ミス・ミットフォードが背の高い草の中を大股で進んでいけば、フラッシュはその緑のカーテンを左右にかき分け、あちこちに跳ね回る。冷たい露や雨雫《しずく》が弾けて虹色の霧となり、鼻に吹きかかる。地面はここでは固く、あちらでは柔らかく、熱く、冷たく、足の裏の柔らかい肉球を刺したり、こちょこちょとくすぐったりする。すると、何とも微妙な具合に配合された種々雑多の匂いが鼻腔を刺激してくるではないか。強烈な土の臭い、花々の芳香、何とも言えぬ葉と木いちごの芳しさ、道を横切る時に漂ってくる道路の臭い、豆を実らせた野原の鼻を刺すような臭い——。しかし、突然、風に乗ってひときわ鋭く、強い、心をかき乱す匂いが飛び込んでくる——脳を駆け抜け、無数の本能を呼び起こし、数多の記憶を呼び覚ます——野うさぎとき

フラッシュを散歩に連れていくミス・ミットフォード

つねの匂いだ。急流に乗り、ぐんぐん進む魚のように、フラッシュもさっと駆ける。ミス・バレットのことも、人間のことも忘れる。色の黒い男たちが「スパン！　スパン！」と叫ぶのが聞こえてくる。ぴしりと鞭《むち》の鳴る音が耳に入る。どこまでも駆け抜ける。とうとう訳が分からなくなり、立ち止まる。魔法が解けてしまった。おどおどと尻尾を振り、速足《はやあし》で野原を横切り、ミス・バレットが立ちながら「フラッシュ！　帰ってきなさい」と大声で日傘を振っているところにのろのろと戻る。それから少なくとももう一度、荒野の呼び声がずっと強くなることがあった。狩りの角笛が奥深くに眠っていた本能を呼び覚まし、抑えのきかぬ荒々しい感情を掻《か》き立てる。恍惚《こうこつ》のあまり咆哮《ほうこう》をあげると、記憶が飛び、草も、木も、野うさぎも、きつねも消えた。瞳に愛の灯が燃え上がる。ヴィーナスの角笛が聞こえる。幼犬のあどけなさがまだ残る時分に、フラッシュは父親になったのだった。

一八四二年当時に、男性がここにあるようなことをしでかしたら伝記作家の釈明が求められたことだろう。それが女性であったら、どのような言い訳も許されなかったはずだ。それどころか、不名誉なことに、ページから名前が消されたに違いない。しかし、犬の道徳的品行というのは善かれ悪しかれ人間のそれとは違うし、それに、フラッシュの行為を隠しておく必要などもないわけで、また、彼が当時イギリスにいた純粋無垢な女性たちに同伴するには不適当であったということでもない。少なくとも、ピュージー博士の令兄が、この犬を飼いたがっていたという記録が残っているのである。よく知られたピュージー博士の人柄から、兄の一往のひととなりを推測してみるに、フラッシュの行動はたしかに幼犬とはいえ軽率ではあったが、将来を期待させる真面目で落ち着いたところがあったことには違いないのである。彼の才能がいかに魅力的なものであったかを裏付けるさらに示唆に富んだ証拠として、ピュージー氏は購入を希望していたが、ミス・ミットフォードが売却を拒んだという事実が挙げられる。無一文であったために途方に暮れ、どんな悲劇を編み出せばよいのか、どんな年鑑を編集すればよいかもわからない。急場をしのぐために泣く泣く友人に無心をせねばならないというような状況にあったミス・ミットフォードが、ピュージー博士の申し出た金額を断るというのはさぞ辛いことであったろう。フラッシュの父親には二十ポンドの値が付けられたことがある。ミス・ミットフォードは、フラッシュに十、または十五ポンドの値も請求できたろう。十、または十五ポンドといえば相当な額で、彼女の手元に入れば巨額ともいえる額であった。十、または十五ポンドもあれば、椅子のカバーの張りかえも、温室をもう一度にぎやかにすることも、それに、衣装をそっくり買い換えることもできたろう。「この四年というもの、私は帽子、外套《がいとう》、ガウンは買っておりませんし、手袋もほとんど購入しておりません」と一八四二年にミス・ミットフォードは綴っている。

しかし、フラッシュを売ることなど考えられなかった。この犬はお金などとは結び付かない希有《けう》なものの部類に属していた。精神的なものや、値を付けられないものの典型なのだから、見返りを求めない友情の証にこそふさわしい、ずっと希少な存在なのではないかしら？　幸運なことに、友達、というよりは娘とでも

ミス・ミットフォード

呼べるような友人がいたら、純粋に友情の精神から譲っていいのかもしれない。夏の間じゅう、ウィンポール街の邸宅の奥の寝室に閉じ込もっている、イギリス屈指の女流詩人――聡明で見目麗しく、不運な身にあるエリザベス・バレットに譲ってはどうだろう？　日なたでフラッシュが転げ回り、駆け回っているのを見ていると、ミス・ミットフォードの胸にはますますこうした思いが去来した。蔦《つた》が陽の光を遮るロンドンの暗い寝室で、ミス・バレットが横たわっているベッドのそばに座っていたときにも、ミス・ミットフォードはそう考えたのだった。そうだわ、フラッシュはミス・バレットにふさわしい。あのひともこの犬にふさわしい。大きな犠牲を伴うけれど、それは払わなければならないものなのだ。こうしてある日、おそらく一八四二年の初夏だと思われるが、人目を引くようにし、ひとと犬とが連れ立ってウィンポール街を歩いていくのが見られたはずだ。恰幅《かっぷく》がよく、背格好のとても低い、みすぼらしい身なりをした年配の淑女が、生き生きした大きな顔を真っ赤にして銀髪を輝かせながら、犬を鎖で引いている。犬の方は元気潑剌《はつらつ》で、好奇心がたいへんに旺盛な、黄金色の毛をした優良種のコッカー・スパニエルの幼犬である。ふたりは通りの端あたりまで歩き、ようやく五十番地のところにまで来、立ち止まる。恐怖におののきながら、ミス・ミットフォードは呼び鈴を鳴らす。

　今日でさえ、ウィンポール街の呼び鈴を鳴らそうものなら、誰もが恐れおののかずにはいられない。ロンドン市中で最も威厳があり、最も人間味のない街である。実際、世界が滅亡しそうで、文明社会が根幹から揺さぶられているとしても、ウィンポール街に行きさえすればいいのだ。表通りを歩き、立ち並ぶ家々を眺め、その画一さについて考え、窓のカーテンが一様であることに驚き、玄関の扉に付けられた真鍮《しんちゅう》の叩《たた》き金が規則的であることに感嘆し、肉屋が大きな肉の塊を差し出し、料理人がそれを受け取るのを観察し、住民の収入を計算しては、彼らが論理上必然のこととして神と人間の法に従うものなのだと推測してみたりする。ウィンポール街に足を運び、権力の生み出す平和な空気を胸いっぱいに吸い込みさえすればいいのだ、ため息とともに感謝したいのであれば。コリントは滅び、メッシーナも崩れ落ち、王冠は風に吹き飛ばされ、古代帝国は燃え盛る炎に包まれたが、ウィンポール街は不動のままである。ここからオックスフォード街に入れば、胸の内から祈りの言葉が湧き上がり、口をついて出る。ウィンポール街では煉瓦《れんが》積みの目地を塗り直したりなどしませんように、カーテンは一枚として洗われませんように、肉屋が羊と牛の腰肉、尻肉、胸肉、あばら肉を差し出し、料理人がそれを受け取るということが未来永劫《えいごう》かならず繰り返されますように。なぜというに、ウィンポール街が存在する限り、文明は安泰なのだから。

ウィンポール街の執事は、今日でもどっしりした重い足取りで動く。一八四二年の夏であればなおさらである。当時、仕着せに関する規則は非常に厳格であった。銀食器を磨く際には緑のラシャのエプロンを、正面玄関を開ける際には縦縞のチョッキと黒の燕尾服を着用することが厳守された。戸口の上りのところで、ミス・ミットフォードとフラッシュが少なくとも三分半の間待たされたとしても、なんら不思議なことはない。だが、ようやく五十番地の扉が大きく開け放たれ、それからふたりは中へ案内される。ミス・ミットフォードはたびたびこの邸宅にやってくる訪問客で、バレット家の邸宅を前にして威圧されはしたが、特段驚きはしなかった。しかし、フラッシュは徹底的に打ちのめされたに違いない。このときまで、彼はスリー・マイル・クロス村の農家の田舎屋にしか足を踏み入れたことがなかったのである。そこでは床板は剝《む》き出しで、敷物は擦り切れ、椅子は粗末であった。一目見て、ここには剝き出しになっていたり、擦り切れていたり、粗末であったりするものが何ひとつとしてない、ということがわかった。家主のバレット氏は裕福な商人であった。もう成人した娘と息子が何人もいて、家族の数に比例して召使いの数も多かった。邸宅には一八三〇年代後半風の家具調度が設えられており、それらはきっと中近東的な装いをしていたことであろう。シュロップシャーに家を建てたときも、ムーア式建築の丸屋根と、三日月状の飾りを取り付けたのだった。ここウィンポール街では、そのような無節操は許されなかった。とはいうものの、天井の高い、暗い部屋に、トルコ風の長椅子や、彫刻の施されたマホガニー材の家具があふれていたと考えてみてもいいはずだ。テーブルの脚にはひねり模様の加工が施されており、その上には金線細工を施した装飾品が置かれていて、短刀と刀剣が濃いワイン色に塗られた壁に掛けられており、東インドの領地から運ばれてきた珍しい品が壁龕《へきがん》に置かれ、床には分厚い絨毯《じゅうたん》が敷かれている。

しかし、執事の後ろにいたミス・ミットフォードのうしろをとっととついていたフラッシュは、目にしたものよりもその匂いに驚かされた。らせん階段から炙《あぶ》った大きな肉の塊、たれを付けた鶏肉、ぐつぐつと煮えるスープの匂いが立ち昇ってくる。ケレンハポックの作るひどい揚げ物やこま切れ肉の料理の安っぽい匂いに慣れてしまった鼻にとって、それは食べ物そのもののようにうっとりするものだった。食べ物の匂いの混じる中に、さらに別の匂いがする。西洋杉や白檀、マホガニー材の匂い、男女の体臭、召使いの匂い、コート、ズボン、クリノリン、マントル、つづれ織りとフラシ天のカーテン、石炭の生み出す煙や塵、ワインと葉巻の匂い——食堂、応接間、書斎、寝室と一部屋ずつ前を通ると、それぞれの部屋の匂いが漂ってきては、全体に溶け込む。脚を一歩下ろすたび、豪華な絨毯の毛羽がなまめかしく包んできて、そっと撫《な》で、離さない。ようやくふたりは邸宅の奥にある、閉ざされた扉の前にやってくる。扉を優しく叩く。そっと扉が開く。

ミス・バレットの寝室は——というのも、この部屋がそうだったのだが——、誰もが言うとおり、暗い場所であったに違いない。外光は、ふだんであればダマスク地の緑色のカーテンで遮られており、夏になれば窓辺の植木箱に繋る蔦や紅花隠元、昼顔、金蓮花《きんれんか》のためにさらに暗くなった。最初フラッシュは、淡い緑の薄暗がりの中に、白い五つの球体が空中で神秘的にちらちらと光っていること以外何も見分けられなかった。しかし、またもや部屋の匂いに圧倒された。たとえばある学者が、霊廟《れいびょう》を一歩ずつ下りていき、自分が地下聖堂にいることを発見したとする。そこはかびに覆われていて、どろどろしており、古《いにしえ》の時代からの腐敗が進み、鼻をつんとつく臭いがにじみ出している。なかば造形の消えかかった大理石の胸像が、中空でかすかに光り、一切は手元で揺れる小さなランプの明かりでぼんやりと見えるだけである。明かりを下げ、向きを変え、ここそこを見る。廃墟と化した都市の埋没した穹窿《きゅうりゅう》に足を踏み入れるときの、こういう探検家の感情こそ、ウィンポール街の病人の寝室にはじめて足を踏み入れ、オーデコロンの匂いを嗅いだときのフラッシュの神経に押し寄せた感情に比肩しうるものである。

　ふんふんと鼻を鳴らし、匂いを嗅ぎ、脚でどんどんと床を叩いていると、非常にゆっくりと、そしてぼんやりとだが、次第に家具の形を見分けられるようになる。窓際のあの大きなやつは、おそらく洋服ダンスだろう。隣にあるのは、ひょっとすると整理ダンスかもしれない。部屋の中央には、輪を嵌《は》めたテーブルのように見えるものの表面が浮かんでいる。それからぼんやりとしていて、曖昧な形の肘掛け椅子とテーブルが姿を現す。けれども、すべて形が変わっていた。洋服ダンスのてっぺんには、白い胸像が三体ある。整理ダンスの上には、本棚が載っている。本棚には、紅《あか》いメリノ毛織物が貼りつけられている。化粧台の上には、棚が冠状に置かれている。その化粧台の上のさらに棚の上には、胸像がもう二体置かれている。部屋にあるものは、何ひとつとして本来の姿を留めていない。すべてが別のものに変わっている。ブラインドでさえ、単なるモスリンの日よけというわけではない。城と門口、木立の図柄が描かれた織物[001]で、散歩をしている幾人かの農民の姿もある。鏡がこのようにすでに形を変えているものをさらに歪めたので、詩人の胸像は五体ではなく、十体存在しているように見える。テーブルも、二脚ではなく四脚あるようである。すると突然、フラッシュはまたもや恐ろしい混乱に陥った。目を爛々《らんらん》と輝かせ、舌をだらりと垂らしてこちらを見ている犬が忽然として壁の穴越しに見えたのである！　びっくりして彼は立ち止まる。それからおそるおそる前に進み出てみる。

このように前に出たり、後ろに下がったりしている最中に、フラッシュの耳には、ひとの囁《ささや》く声や早口で話す声が、風が遠くの梢《こずえ》でびゅうびゅうと唸《うな》っているようにしか聞こえなかった。森にいる探検家が静かに歩を進めながら、あの影はライオンだろうか、この根はコブラだろうかとためらうように、フラッシュも肝を冷やしながら慎重に探検を続ける。だが、とうとう、頭上で巨大な物体がいくつも激しく動いていることに気づく。フラッシュはこの一時間の経験で精神的にまいり、ぶるぶる震え、衝立ての裏に身を隠す。話し声が止む。扉が閉められる。混乱し、取り乱し、フラッシュは一瞬動きを止める。すると、爪を立てられた虎がさっと襲いかかってくるように、記憶が戻ってくる。ひとりぼっちだ、見捨てられたんだ、と彼は感じた。扉に向かって駆ける。閉まっている。脚で床を引っ掻きまわし、耳を澄ます。階段を降りていく足音が聞こえる。聞き慣れたご主人様の足音だ。止まる。いや、違う、どんどん下りていく。階段を下りるミス・ミットフォードの足取りはゆっくりとしていて重く、ためらっているようだ。階段を下りていき、足音が小さくなると、フラッシュは混乱した。ミス・ミットフォードが階段を下っていくにつれ、扉が目の前で次々に閉められる。自由、野原、野うさぎ、草、深く敬愛するご主人様へと続く扉が閉ざされる。体を洗ってくれたり、打ち叩いたり、食べ物が十分にない時でも自分の皿からえさをくれたりした、親愛なるご主人様。自分の知るあらゆる幸福、愛、人間の善意へと至る扉が閉まる。ああ！　玄関の扉がばたんと閉められる。ひとりぼっちだ。ご主人様に見捨てられたんだ。

それから絶望と苦悶の大波に呑《の》まれ、押し返すことのできぬ無慈悲な運命に激しく打ちのめされたフラッシュは、頭をもたげ、大きな遠吠《とおぼ》えをあげた。誰かが「フラッシュ」と言った。彼の耳には入らなかった。もう一度「フラッシュ」と繰り返される。はっとした。ひとりぼっちだと思っていたのに。振り返る。この部屋には他に生きものがいるのか？　ソファの上に？　そいつがどんなやつでもいい、扉を開けてくれればご主人様のあとを追いかけて見つけることができるかもしれない――これは自宅の温室でよくふたりで遊んだかくれんぼのようなものなんだ――という、突飛な希望を抱いたフラッシュは、ソファを目指して走った。「フラッシュったら！」とミス・バレットが言った。はじめて彼女はまじまじとフラッシュの顔を見た。はじめてフラッシュも、ソファの上に横たわる女性を見た。

ふたりとも驚いた。ミス・バレットの顔の両側からは重たげな巻き毛が垂れている。大きな目がきらきらと輝いている。大きな口元には、微笑みがたたえられている。フラッシュの顔の両側にも、しっかりした耳が垂れている。彼の目も大きく輝いている。口も大きい。ふたりには似たところがある。互いを見つめ、それぞれ「自分がいる」と感じた。それから、「けれど、なんと違うんだろう！」とも感じた。病人であるミス・

バレットの青白くやつれた顔は、外界の空気、陽光、自由から切り離されていた。フラッシュの顔は血色がよく、温かみのある若い動物のそれであって、生まれつきの壮健さと活発さを持ち合わせていた。別々の存在に分けられてはいたが、同じ鋳型から作られたのだとすると、相手のうちに眠っているものをそれぞれが完全なものしているのだろうか？　ミス・バレットの場合は――そっくりフラッシュのようになっていたかもしれない。フラッシュの場合は――いや、そんなことはない。ふたりの間には、はてしなく深い淵があって、それが両者を懸け隔てていた。彼女は言葉を話す。フラッシュは話さない。彼女は人間の女性である。彼は犬だ。このように、密接に結び付いていながら、計り知れぬほど遠くに分け隔てられていたふたりが、互いに見つめ合う。すると、フラッシュはひと飛びでソファの上に飛び乗り、これから先ずっと自分の居場所となるところ――ミス・バレットの足元の膝掛けの上――に身を横たえたのだった。

第二章　奥の寝室

　歴史家に言わせると、一八四二年の夏は例年の夏と大差なかったということだが、フラッシュにとってはまるで違っていたので、同じ世界なのかと疑ってしまうほどであったに違いない。この年の夏、彼はミス・バレットと寝室で過ごした。文明の中心地ロンドンで過ごした夏であった。当初、フラッシュが目にしたのは寝室と家具だけだったが、それだけでもずいぶんと驚かされた。部屋で目にするさまざまな家具をひとつ残らずすべて見極め、区別し、実際の名前で呼ぶというのは、ひどく頭の混乱する作業だった。テーブル、胸像、化粧台が身近なものになってくると、ほどなくして――オーデコロンの香りは依然として不快なままだったけれども――、空が晴れわたっていて風は無く、暖くも灼《や》けつくわけではなく、乾燥はしているが埃《ほこり》っぽくもないという珍しい日がやってきた。そんな日には病人も外の空気を吸いに出かけることができるものである。ミス・バレットにとっても、心を煩わされることなく、思い切って妹と買い物という大冒険に出発することのできる日がやってきたのだった。

奥の寝室

馬車を回すよう指示を出す。ミス・バレットはソファから起き上がって顔をベールで覆い、マフラーで体を包む。階段を下りていく。もちろんフラッシュは同行し、馬車の中の彼女の脇に飛び乗る。膝の上で横になっていると、目をみはるような栄華を極めたロンドンの豪華絢爛《けんらん》な街並みが飛び込んでくる。一行はオックスフォード街を進む。視界に入ってくるのは全面ほぼガラス張りの家ばかりである。窓がきらびやかな飾りリボンで彩られているのが見える。ピンク、紫、黄色、薔薇《ばら》色のものが山と積んであり、きらりと輝く。馬車が止まる。彼はほのかに染められた薄織の絹が雲となり、蜘蛛《くも》の巣を作り、膜のように覆っている不思議なアーケードに足を踏み入れる。中国やアラビアから持ち込まれた数多の空気が軽やかに漂ってきては、フラッシュの鼻腔の奥の神経にほのかな香りを届ける。数メートルにもおよぶ絹が、カウンターの上でさっときらめく。重たいボンバジンが、それよりも暗い調子でゆっくりとうねる。はさみがちょきちょきと音を立て、硬貨がきらっと光る。紙が包まれ、紐で結ばれる。そよそよとなびく羽毛、揺らめくリボン、頭をぐいともたげる馬、黄色い制服、それに、跳ねたり上下に踊るようにして通り過ぎていく通行人の顔を見るなどしているうちに、フラッシュはさまざまな感情で心が十二分に満たされる思いがし、眠りに落ち、夢を見る。馬車から下ろされ、ウィンポール街の自宅の玄関が閉められるまで、彼は前後も分からぬままだった。

翌日も好天が続いたので、ミス・バレットは思い切ってさらに大胆な行動に出てみた。車椅子でウィンポール街に出てみたのである。ふたたびフラッシュは彼女についていった。はじめてロンドンの固い敷石の歩道の上で、自分の爪がかちりかちりと鳴るのを聞いた。夏の暑い日に、ロンドンの通りの匂いが彼の鼻めがけて一斉攻撃をしかけてきたのもはじめてのことであった。排水溝の臭いを嗅ぐと、危うく意識を失いかけた。鉄製の手すりの腐蝕《ふしょく》する、強烈な臭いを嗅いだ。地階から立ち上ってくる臭いは煙たく、嗅ぐと目の眩《くら》む思いをした。レディング近郊の野原で嗅いだ匂いよりも複雑で、よごれ、ひどくぶつかり合い、それでいて混じり合っていた。その臭いは人間の嗅覚の領域をはるかに超えたところに存在していた。そのせいで、車椅子が進んでも、フラッシュは目を丸くして立ち止まっていたのだった。鎖でぐいと引っ張られるまで、彼はその正体を見極めんと味わっていた。さらに、ミス・バレットの車椅子の後ろについて速足でウィンポール街を歩いていたときには、行き交う人々の身体に驚かされた。頭のところでペティコートがしゅっと音を立てる。ズボンが脇腹をさっとかすめ、時折、鼻先ほんの数センチのところで車輪がぶーんと音を立てて回っていく。大馬車がすぐ脇を通れば、身の危険を覚えるほどの突風が耳元で唸り、脚の毛を吹き飛ばす。フラッシュはすっかり恐ろしくなった。だが、幸いにも、鎖がぐいと引っ張ってくれた。ミス・バレットがしっかりと引っ張ってくれていなかったら、彼はあっという間に身の破滅を招いていたことだろう。

　体中の神経がずきずきと痛み、五感が悲鳴を上げている状態で、フラッシュはやっとリージェンツ・パーク〔ロンドンの北西部にある公園で、動物園や野外劇場などがある。摂政皇太子であったジョージ四世にちなむ〕に辿り着いた。数年ぶりであるかのように、あらためて草、花、木を目にすると、フラッシュには野原での古の狩りの呼び声が聞こえてくるのだった。彼はスリー・マイル・クロス村にいたときと同じように、勢いよく前に駆けだす。だが、いまは喉に衝撃を受け、尻餅をついてしまった。木や草はあるのに、と彼は自問した。ああいったものは自由の印じゃないの？　ミス・ミットフォードが散歩を始めたら、いつでもすぐに飛び出した。それなのに、どうしてここでぼくは自由を奪われているの？　立ち止まってみる。スリー・マイル・クロス村で見たときよりも、花が一箇所にびっしりと固めて植えられている。小さな土地に、花が一本ずつ窮屈そうに植えられている。黒くて固い歩道が、その中で交差している。艶のあるシルクハットを被った男たちが、不気味な感じで歩道をゆっくりと行ったり来たりしている。その光景を目にして、彼は身の毛のよだつ思いがし、車椅子にすり寄った。鎖で守ってもらうことを進んで受け入れた。こうして散歩に何度も出かける前から、フラッシュは新しい考えを抱くようになった。ひとつずつ並べていくと、次のような結論に辿り着く――花壇あるところにはアスファルトの道あり、そこにはつやつやしたシルクハットを被った男たちあり。花壇にアスファルトの道があり、シルクハットを被った男たちがいるところ、犬は鎖に繋いでおくべし。入口の門の看板に書かれた文字はひとつとして読めなかったが、彼は教訓を学んだ――リージェンツ・パークでは、犬を鎖に繋いでおかなければなりません、と。

一八四二年の夏の奇妙な体験から生まれたこの考えの核となる部分に、すぐに別のものが付け加えられた――犬は平等ではなく、それぞれに違っているのだ。スリー・マイル・クロス村で、フラッシュは酒場にいる犬とも、地元の名士の飼っているグレーハウンドとも分け隔てなく交際した。鋳掛屋《いかけや》の犬と自分の間には違いなどないと思っていた。実際、自分の子の母親はかろうじてスパニエル犬と呼ばれてはいたが、単なる雑種で、耳と尻尾が別の品種のものだった。ところが、フラッシュがじきに発見したところでは、ロンドンにいる犬たちは厳しくそれぞれの階級に分けられていた。鎖に繋がれた犬もいれば、自由奔放に走り回る野良もいる。馬車で散歩し、紫色のボウルから水を飲む者もいれば、毛が荒れ放題で、首輪も付けられないままに、路傍でその日暮らしをする者もいる。そのためにフラッシュは、犬というものはそれぞれに違っていて、位の高い者もいれば低い者もいるのではないか？　ということに感づき始めたのだった。この疑念はウィンポール街の犬たちと通りがけに交わした、とぎれとぎれの会話からたしかなものになった。「あの不良犬を見てみろよ。ひどい雑種だぜ！……なんてこった、あそこにいるスパニエル犬は素晴らしいな。イギリスでも最良の血統のひとつだ！……あいつの耳にもう少し巻き毛があればな……頭のてっぺんには房があるぞ！」

郵便ポストの回りや、下男が競馬予想をしているパブの外などで耳にする会話の賞賛と嘲笑の調子から、夏が終わる前に、フラッシュには犬の間には平等など存在しないのだということがわかっていた。身分の高い者もいれば、低い者もいる。すると、自分はどうなのだろう？　帰宅するとすぐに、鏡で丹念に自分の姿を観察した。やったぞ、ぼくは生まれも育ちも優れている！　頭の形はなめらかだ。目は大きいけれど、出目ではない。脚の毛は羽毛みたいだ。ウィンポール街にいる最上のコッカーにも引けを取らない。彼は満足気に自分の紫色の水飲みを眺めた――ぼくが水を飲んでいるこの紫色のボウルのようなものは、上流階級の特権なんだ。そっと首を垂らすと、鎖が首輪のところで固定された――それで、これがその罰だ。このとき、ミス・バレットは鏡で自分のことを見つめているフラッシュを見、誤解した。この子は哲学者ね、仮象と現実の違いについて深く考えているんだわ、と彼女は考えた。そうではなく、彼は自分の美点について考える貴族だったのである。

ところが、夏の晴れ間はあっという間に終わり、秋風が吹き始めた。ミス・バレットはすっかり自分の寝室に引きこもるようになった。フラッシュの生活も変わった。戸外での教育は寝室のそれによって補われたが、フラッシュのような気質を持った犬にとって、この変化は考えられる中で最も辛いものだった。唯一の散歩は短くおざなりで、ミス・バレットの女中であるウィルソンを伴って行われた。あとは一日中、ソファに横たわるミス・バレットの足元を居場所とした。生まれながらの本能はすべて阻害され、否定された。前年、バークシャーで秋風が吹いたときには、ひどく興奮して刈り株を跳び越え、走り回ったのであった。いま、蔦が窓ガラスをこつこつと叩くのを耳にすれば、ミス・バレットがウィルソンに「窓が閉まっているか見てちょうだい」と頼むのだった。窓辺の植木箱の紅花隠元と金蓮花の葉が黄色くなって落ちると、彼女はカシミヤのショールをぎゅっと体に巻きつけた。十月の雨が窓を激しく打てば、ウィルソンは暖炉に火をくべ、石炭を山のように盛る。秋が深まり冬になると、この年初めての霧が空気を黄色く染める。ウィルソン

ブラウニング夫人

とフラッシュは、郵便ポストと薬局までの道をなんとか手探りで進んでいった。帰宅すると、部屋の中の衣装ダンスの上にある、ひどく青白い胸像がちらちらと光っている以外何もわからない。ブラインドに描かれた農民と城は消えていた。窓ガラスははっきりしない黄色で満たされていた。フラッシュは自分がミス・バレットとふたりきりで、クッションの置かれた焚《た》き火の照らす洞窟に住んでいるのではないかと思った。低く鈍い調子で鳴り響く往来の馬車の音が、いつもくぐもって反響していた。時々、しわがれた声が「修理の必要な古い椅子や籠はございませんかぁ」と大声で呼びかけながら、通りを下っていった。手回しオルガンのジャンジャンいう喧《やかま》しい音が近づいてき、大きくなり、それから遠ざかって小さくなるということもあった。だが、それらの音のどれひとつとして、自由、行動、運動にふさわしいものではなかった。雨風も、秋の荒天も、冷え込む冬の日も、フラッシュにとっては一様に暖かさと静けさのみを意味した。部屋の中ではランプが灯され、カーテンが閉められ、暖炉の火がかき回されるだけだった。

当初、心身の緊張はすさまじく、耐えられるものではなかった。山うずらが刈り株をあちこちに飛び回る風の強い秋の日には、部屋じゅうを跳ね回らずにはいられなかった。そよぐ風に、銃声を聞いた気がした。外で犬が吠えると背中の毛がすべて逆立ち、扉へ向かって駆けださずにはいられない。けれども、ミス・バレットに呼び戻され、首輪に手が置かれると、別の感情――執拗に噛《か》みついてくる、腹立たしく、なんと呼べばよいのかも、なぜそれに従わねばならないのかもわからない感情――に支配された。ミス・バレットの足元にじっと横になった。生まれ持った荒々しい本能は棄《す》てる、制御する、押し止めるというのが、寝室の学び舎《や》で最も重要視される教えであった。そのたいへんな難しさは、多くの学者がギリシア語を習得しようとする際に覚える困難をはるかに凌ぐもので、その半分でも苦労すれば、将軍たちも戦に勝てるのだった。そうではあるものの、フラッシュの師はミス・バレットであった。週を重ねるごとに、彼は自分たちが絆《きずな》で結ばれているのだということをますます強く感じるようになり、苦痛だけではなく、わくわくするような緊張感も覚えた。したがって、もし自分の喜びが彼女にとっての痛みになるのであれば、それはもはや喜びではなく、痛みに等しかった。実際にそうであるのは、日々証明された。誰かが扉を開け、フラッシュにこっちへ来いと口笛を鳴らす。部屋を出ていったって構いはしない。外の空気を吸って運動がしたいのだから。ソファの上に横になっているだけでは、手足がどうも窮屈だ。オーデコロンの匂いにはちっとも慣れない。けれども、だめだ。扉は開いているけれど、ミス・バレットの下を離れたくはない。扉に向かう途中で思いはばかり、ソファに戻る。「フラッシーは私の友であり、伴侶です。外の陽光よりも、私のことを愛してくれています」とミス・バレットは綴っている。彼女は外には出られなかった。ソファに繋ぎ留められていた。「籠の中の鳥にも、わたしより面白い話があることでしょう」と彼女は書く。フラッシュは世界じゅうのどこでも自由に出入りできたが、彼はウィンポール街のすべての匂いを捨ててでも、彼女のそばに横たわることを選んだのであった。

だが、ときに絆は壊れかける。ふたりの理解には大きな隔たりがあった。横になって見つめ合っていると、ぎょっとして戸惑うことがあった。どうしてこの子は突然震えだして、くんくん鼻を鳴らし、びっくりして耳を澄ませたりするのだろう、とミス・バレットは不思議がった。彼女には何も聞こえず、何も見えなかった。部屋にはふたりきりであった。妹の飼っている小柄なキング・チャールズ・スパニエル〔英国産の愛玩用小型犬。この犬種を愛したチャールズ二世の名にちなむ〕のフォリーが、扉の前を横切ったなどということは、彼女には思いもよらぬことであった。キューバ産のブラッドハウンド〔英国産の大型犬。嗅覚が鋭敏で、獣猟犬や警察犬として用いられる〕のカティリナに、下男が肉の付いた羊の骨を地下で与えていたことなども、彼女はつゆ知らなかった。だが、フラッシュにはわかっていたし、聞こえてもいた。彼は代わる代わる情欲と食欲で荒ぶった。ミス・バレットの詩的想像力をもってしても、フラッシュにとってウィルソンの傘が何を意味していたのかは見抜けなかった。森、おうむ、甲高い鳴き声をあげる象にまつわる記憶が呼び起こされるのだった。ケニヨン氏〔ジョン・ケニヨン（一七八四－一八五六）、英国の博愛主義者で、エリザベス・バレットとロバート・ブラウニングを引き合わせた人物。コールリッジやラム、ランドーといった詩人と親交があった〕が呼び鈴の紐を引いてよろめいたときに、色の黒い男たちが山地で罵りの言葉を吐いていたのをフラッシュが思い出したことも知らなかった。「スパン！　スパン！」という叫び声が耳の中で響くと、フラッシュは遠い祖先から受け継ぎ、押さえ込まれていた怒りに衝《つ》き動かされ、氏に嚙みつくのだった。

同じようにフラッシュも、ミス・バレットの感情をどう説明したものかと考え、途方に暮れていた。彼女は横になり、黒い棒を持ったまま、何時間にもわたって白紙のページをめくった。その目に突然涙があふれた。でも、どうして？「ああ、聞いてください、ホーン様〔リチャード・ヘンリー・ホーン（一八〇二－一八八四）、英国の作家。メキシコ海軍を退役後、作家活動に入る。『時代の新しい精神』（一八四四）において、エリザベス・バレットに関するエッセイを書いた〕」と彼女は書いた。「こうして私は体調を崩し……トーキー〔イングランド南西部にある海岸保養地。ここで弟のエドワードがボートの遭難事故で亡くなる。原註参照のこと〕に移ることを余儀なくされたのです……以来、私の人生には悪夢が誕生し、言葉で表すことのできないほど大切にしていたものを奪われたのです。このことはどなたにもお話しにならないでください。ホーン様、決してお話しにはなりませんように」だが、部屋の中にはミス・バレットに涙を流させるような物音はなかったし、匂いも存在しなかった。それから今度は激しく棒を動かし、どっと笑いだした。彼女は「特徴をよくつかんだフラッシュの似顔絵を、おかしなことですけれども、ちょっと自分に似せて」描き、その絵の下に「実際のわたしよりも立派なので、わたしの代わりというわけにはいきません」と書いた。フラッシュにも見せてあげようと差し出してくれたのだが、この黒い染みのどこがおかしいのだろう？　何の匂いも嗅ぎ取れなかった。それに、何も聞こえなかった。自分たちの他に部屋には誰もいない。言葉でやりとりができなかったために、多くの誤解が生まれたのはたしかに事実である。だが、そのことでふたりの間に特別な親密さも生まれはしなかっただろうか？　午前中の骨の折れる仕事を終えた後、ミス・バレットは「書いて、書いて、また書いて」と叫んだ。「結局、言葉ですべてを言い表すなんてこと、できるのかしら？　何かひとつでも伝えられるのかしら？　言い表すことのできない象徴を壊してしまうのではないかしら？」と考えていたのかもしれない。少なくとも一度はそのように考えていたようだ。彼女は横になって考えていた。フラッシュのことはすっかり忘れていた。考えているうちにあまりにも悲しくなったので、涙で枕を濡らした。すると、突然毛むくじゃらの頭を押し付けられた。瞳の中で、大きなきらきらした目が輝いたので、はっとした。フラッシュ、それとも牧羊神パン〔ギリシア神話に登場する牧神で、山羊の角と耳、脚を有し、葦笛を吹く。牧人、森林、家畜の神とされる〕？　わたしはもうウィンポール街に伏せっている病人ではなく、アルカディア〔古代ギリシアペロポネソス半島の中央高原にあった景勝地で、パンや羊飼いの住む理想郷とされていた〕の薄暗い木立の中にいる妖精《ニンフ》〔ギリシア神話に登場する山・川・樹木などの精霊。若い女性の姿を持ち、歌と踊りを好むとされる〕なの？　髭《ひげ》をたくわえたギリシア神が、私の唇に唇を重ねてくれた？　つかの間、彼女は姿を変えて妖精になり、フラッシュもパンになった。太陽は燃え上がり、愛が燃え盛った。けれど、フラッシュが話せるのなら、アイルランドに広がるジャガイモの病気〔一八四五年から四九年にかけ、アイルランドでは北アメリカから持ち込まれた葉枯病がジャガイモの不作を起こし、十九世紀ヨーロッパにおける最悪の飢饉を引き起こした〕についてでも、何か気の利いたことを言ったのではないかしら？

同じように、フラッシュも自分の中で不思議な衝動が生まれるのを感じた。ミス・バレットのか細い指が、縁に輪を嵌めたテーブルの上から繊細な仕草で銀の箱や真珠の装飾品を取り上げるのを見ると、自分の毛の生えた脚に力が入るように思われ、この指が十本になればいいのに、と思った。彼女が小声で数え切れないほどの音を音節に区切って発音するのを耳にすれば、いつかは自分の荒々しい叫び声でも、不思議な意味を込めた、小さく単純な音を生み出せるようになれたら、と思った。黒い棒を持った彼女の同じ指が、いつまでも白いページを横切るのを目にすれば、いつの日か自分も彼女と同じように紙を黒く塗りつぶしてみたい、と思うのであった。

だが、彼女と同じように書くことなどできたのだろうか？　この質問はぜいたく過ぎるものであった。一八四二年から四三年にかけ、ミス・バレットは妖精ではなく病人であったし、フラッシュも詩人ではなく、単なるレッド・コッカー・スパニエルであったのだから。ウィンポール街もアルカディアではなく、やはりウィンポール街であったのだから。

奥の寝室では何時間にもわたって、誰かが階段を上がったり下りたり、遠くで正面玄関が閉められたり、ほうきで床がさっと掃かれたり、郵便配達員が扉を叩いたりする音が聞こえてくるだけだった。部屋の中では石炭がぱちりと音を立て、光と影が青白い五体の胸像と本棚、それを覆うメリノ毛織物の上で交錯した。しかし、扉の前を横切らず、足音がその正面で止まることもあった。取っ手が回るのが見え、扉が開き、誰かが入ってくる。すると、何とも不思議なことに、家具の装いが変わるではないか。すかさず、音と匂いの作る驚くほど不思議な渦が、ぐるぐると回り始める。なんとその渦はテーブルの脚に打ち寄せ、衣装ダンスの鋭い角にぶつかる。入ってきたのはおそらくウィルソンで、食事を載せた盆か、グラスに入った薬を持ってきたのだろう。もしかしたら、ミス・バレットのふたりの妹のどちらか――アラベルかヘンリエッタ――だったかもしれない。はたまた、彼女の七人いる兄弟――チャールズ、サミュエル、ジョージ、ヘンリー、アルフレッド、セプティマス、またはオクタヴィウス――だったかもしれない。しかし、週に一、二度、フラッシュは何かとても重要な出来事が起こりそうだということを察知した。ベッドの装いが入念にソファへと変えられる。当のミス・バレットは、カシミヤのショールで上品に身を包む。化粧品類は丹念にチョーサーとホメロスの胸像の下に隠される。フラッシュ自身は櫛《くし》で梳《と》かれ、ブラシをかけられる。午後二、三時頃、他とははっきりと違う、独特のノックが扉を叩く。ミス・バレットは頬を赤らめ、微笑み、手を差し出す。それから入ってきたのは、ひょっとしたら親愛なるミス・ミットフォードだったかもしれない。血色がよく、つやめき、早口でしゃべり、手には風露草を持っていたことだろう。もしくはケニヨン氏だったかもしれない。頑丈な体つきをした、身繕いのよい年配の紳士で、善意を振りまきながら、本を携えて入ってきたことだろう。またはジェームソン夫人だったかもしれない。ケニヨン氏とは正反対の外見をしていた淑女で、「とても色の白い顔をしていて、目の色は薄く澄み、血の気のない薄い唇をしていて……鼻とあごは細く突き出ていました」。各人が独特の話しぶり、匂い、声の大きさと口調を身に付けていた。ミス・ミットフォードはぺちゃくちゃとまくしたて、気まぐれではあったが、信用のおける人物であった。ケニヨン氏は都会風に洗練されていたが、多少言葉が不明瞭であった。前歯が二本無かったのである[002]。ジェームソン夫人は歯がすべて揃っていたが、話しながらきびきび動いた。

フラッシュはミス・バレットの足元に横たわり、頭の上で飛び交う会話を何時間にもわたってただ聞き流していた。会話はいつまでも続く。ミス・バレットは笑い、説き聞かせ、叫び声をあげ、ため息をつき、そしてまた笑う。やっと沈黙が訪れ、フラッシュは心底ほっとする。たとえそれがミス・ミットフォードとの会話であったとしても。もう夜の七時なのかしら。わたしったら、お昼からずっといるわ！　大急ぎで走っていって、汽車に乗らなくちゃ。ケニヨン氏は本を閉じ――朗読していたのだった――暖炉に背を向け、立ち上がる。ジェームソン夫人は、素早く怒ったような動作で、指を一本ずつ手袋の中にぐっと押し込む。ある者はフラッシュをぽんぽんと叩き、別の者は耳を引っ張る。お暇のやりとりが耐え難いほど長く続く。だが、とうとうジェームソン夫人、ケニヨン氏、それにミス・ミットフォードまでもが立ち上がり、別れを告げ、何かを思い出し、失くし、見つけ、それから扉のところまで行き、開き、それからありがたいことに、とうとう帰っていったのだった。

ミス・バレットは真っ白になり、疲労困憊《こんぱい》の状態で枕に沈み込んだ。フラッシュは彼女にすり寄る。ありがたいことに、またふたりきりであった。しかし、訪問客が長時間滞在したために、まもなく夕食時である。地階から匂いが立ち昇り始める。ミス・バレットの食事を盆に載せ、ウィルソンが扉のところに立つ。彼女のそばのテーブルに盆が置かれ、覆いが取られる。しかし、着替えやら、おしゃべりやら、部屋の暑さやら、別れの大騒ぎやらでミス・バレットは疲れ果て、食事を口にすることができない。丸々と肥《ふと》った羊の厚切り肉と、山うずらや鶏の手羽が夕食に出されているのを見、彼女は小さくため息をつく。ウィルソンが部屋にいる間は、ナイフとフォークを弄ぶ。だが、扉が閉まり、ふたりきりになったとたん、彼女は合図を送る。フォークを持ち上げる。そこに鶏の手羽肉がまるごと突き刺さっている。フラッシュは前に進み出る。ミス・バレットは頷く。フラッシュはとても静かに、とても上手に、かけらをこぼすことなく肉を外す。ぐっと飲み込むと、後には何も残らない。濃厚なクリームがべったり付けられたライスプディングの半分も、同じようにごくりと飲み込まれる。フラッシュとの共同作戦ほど手際よく、効果的なものはなかっただろう。彼はふだん通りにミス・バレットの足元に横になり、どうも眠っているらしく、ミス・バレットも横になって休み、素晴らしい食事を口にしたようだった。そこにふたたび他のものよりも重々しく、ゆったり、どっしりした足音が階段を上がってき、止まる。扉を叩く音が厳かに響くが、それは許可を求めているのではなく、請求しているのだった。扉が開いて入ってきたのは、真っ黒で、とても恐ろしい老人――バレット氏そのひとであった。彼は目で即座に盆を探す。食事は口にしたかな？　言いつけは守ったかな？　そのようだ、皿に料理は残っていない。娘が言いつけに従ったので、バレット氏は満足した顔つきをし、彼女のそばの椅子にどかっと腰を下ろす。黒っぽい体が近づいてきたので、フラッシュは恐怖のあまり背筋がぞっとした。未開の地の者が、雷の轟音《ごうおん》と神の声を耳にし、花陰にうずくまり、身震いするのと同じだった。するとウィルソンが口笛を鳴らす。フラッシュは後ろめたそうにこそこそ歩き、まるでバレット氏に悪い考えが読み取られてしまっていたかのように、部屋の外にこっそり出、階段を駆け降りる。ぞっとするほどの恐ろしい力を持った者が寝室に入ってきたのだった。その力の前で彼は無力であった。一度、思いがけず勢い余って部屋に入ってしまったことがある。バレット氏は膝をつき、娘のそばで祈りを捧げていた。

第三章　覆面の男

ウィンポール街の奥の寝室でこんな教育を受けたら、普通の犬ならばほとほと参ってしまったことだろう。ましてフラッシュは通り一遍の犬ではなかった。威勢はよかったが、思慮深くもあった。犬ではあったが、ひとの感情にもたいへん聡《さと》かった。そんな犬に、寝室の雰囲気は特にこたえた。彼の勇ましさを対価とし、その感受性が育まれたのだとしても非難することはできまい。ギリシア語の辞書を枕代わりにしたので、とうぜん、吠えたり嚙みついたりするのは嫌になった。犬の活発さよりも、猫の持つ静けさを好むようになり、そのいずれかよりも、人間の同情心を好むようになった。ミス・バレットもフラッシュの能力にさらに磨きをかけるべく、全力を尽くして教育に当たった。一度、窓辺からハープを取りだし、フラッシュのそばに置いて尋ねてみたことがあった。「ハープは音楽を生み出すのかしら？　それとも、この楽器自体が生きているのかしら？」彼は目を向け、耳を傾けた。ほんの一瞬、疑うようにして考える仕草をしてみせ、それから「生きてはいないよ」と結論を下した。それから彼女は、フラッシュを自分と鏡の前に立たせ、「どうして吠えたり震えたりするの？」と尋ねたりもした。「鏡の向こうにいる茶色の小柄な犬は、自分自身ではないの？」でも、「じぶんじしん」って何？　他人が目にするもの？　それとも自分がそうだっていうもの？　そんな風にして、フラッシュはこの問いについても考えてみたのだが、実在《リアリティ》の問題を解決することはできず、ミス・バレットに体をさらに押しつけ、「愛情たっぷりに」くちづけをした。いずれにしても、これだけは本当《リアル》だということであった。

このような難問について考えてから時を移さず、フラッシュは心理的葛藤で神経が乱れたまま、階下へと降りていった。フラッシュの態度に上に立つ者の不遜なところがあり、それが乱暴なキューバ産ブラッドハウンドのカティリナの怒りを買い、上に乗っかられて噛みつかれ、それからミス・バレットの同情を買うべく喚きながら階上に戻ることになったのだとしても、驚くべきことではない。フラッシュは「英雄らしくないわね」とミス・バレットは結論づけた。けれど、どうして英雄らしくはないのかしら？　いくぶんかはわたしのせいではないかしら？　ミス・バレットは公明正大であったから、フラッシュが自分のために外気と太陽を犠牲にしてくれ、同じように勇気も手放してくれたと悟らずにはいられなかった。たしかに、この過敏な感受性には問題があった。ケニヨン氏が玄関の呼び鈴のところで転び、フラッシュが飛んでいって噛みついたとき、ミス・バレットは何度もごめんなさい、と謝った。ベッドの上で寝させてもらえないということで、一晩じゅう悲しげにうめき声をあげたり、直接えさをもらえなければ食べない、ということもあったりし、煩わしくもあった。だが、彼女はその責めを負い、不便を忍んだ。結局のところ、フラッシュは自分のことを愛してくれている。自分のために、外気と陽光を犠牲にしてくれている。「愛すべき存在ではないでしょうか？」と彼女はホーン氏に尋ねている。氏の返答がどのようなものであれ、ミス・バレットは自分なりに答えを確信していた。自分はフラッシュを愛しており、彼は愛すべき存在なのであった。

いかなるものも、ふたりの絆を壊すことはできないように思われた。歳月によってふたりの絆は強固になるばかりで、この年月が一生涯続くかのようだった。一八四二年は一八四三年に、一八四三年は一八四四年に、そして一八四四年が一八四五年になった。フラッシュも、もはや小犬ではなかった。四歳、あるいは五歳の成犬であった。彼は盛りを迎えていた。だが、ミス・バレットは依然としてウィンポール街のソファの上に寝たきりの状態であったし、フラッシュも相変わらず彼女の足元に横たわっていた。ミス・バレットの人生は「籠の中の鳥」の人生だった。ときどき、彼女はいちどきに何週間も自宅に引きこもり、外に出ても一時間か二時間かそこら馬車で店に買い物に行くだけか、車椅子を押してもらってリージェンツ・パークにまで赴く程度だった。バレット家は決してロンドンを離れなかった。バレット氏、兄弟七人、姉妹ふたり、執事、ウィルソンに女中、カティリナ、フォリー、ミス・バレット、それにフラッシュはみなウィンポール街五十番地に住み続け、年がら年じゅう食堂で食事を取っては寝室で休み、書斎でタバコをふかし、台所で料理をし、洗面用のお湯入れを運び、汚水をあけた。椅子の覆いはわずかばかりに汚れ、カーペットはすこしだけ傷み、石炭の埃、泥、煤《すす》、煙、シガー、ワインや肉といったものが隙間や割れ目、織物の上、写真の額縁の上、彫刻の渦巻き模様に堆積した。ミス・バレットの寝室の窓にかかっていた蔦が青々と茂るようになると、その緑のカーテンもますます分厚くなった。夏には金蓮花と紅花隠元が植木箱に生い茂った。

ところが一八四五年の一月初旬のある晩、郵便配達員が扉を叩いた。ふだん通り、手紙が郵便受けに届けられた。いつもと変わらず、ウィルソンが階下に手紙を取りにいく。すべてがふだん通りであった。毎晩、郵便配達員が扉を叩き、毎夜、ウィルソンが手紙を取りにいき、夜毎、その中にミス・バレット宛ての郵便物があった。だが、その晩に届いた手紙はいつもとは違う、異なる種類のものだった。封が切られる前に、フラッシュはそのことを見て取った。ミス・バレットが手紙を受け取り、裏返し、力強く荒々しい文字で自分の名前が書いてあるのを見る様子から、そのことがわかった。彼女の指が何とも言えぬ震えに襲われ、垂れ蓋を急いで破り、夢中になって読む様子からも知れた。彼はミス・バレットが読むのをじっと見る。声に出して読むのを聞く。夢うつつのときに、通りの騒ぎの中にけたたましい鐘の音が聞こえ、それが自分に向けられたものだと知るように、慌ただしいけれどもかすかに聞こえる感じで、まるで遠くにいる誰かが火事、強盗、平和を撃ち破る危険に関し、こちらに警告を発して眠りから覚まそうとしているようである。こちらはびっくり仰天し、目が覚める。そのようにして、ミス・バレットが点々と染みの付いた小さな紙片に目を通しているとき、フラッシュは鐘が鳴らされるのを聞き、眠りから起こされたのだった。鐘は危険が迫っているぞ、と警告した。安全が脅かされている、それ以上眠っていてはならん、と命じた。ミス・バレットは素早く、それからゆっくりと手紙を読んだ。慎重な手つきで、封筒に戻した。彼女も、もはや眠ってはいなかった。

ふたたび数日後の夜に、ウィルソンの盆に同じ手紙が載った。またしてもミス・バレットは素早く目を通し、ゆっくり読み、それから何度も何度も読み返す。そうしてから丁寧に、ミス・ミットフォードの手紙が何枚も入っている引き出しではなく、それだけを別の引き出しにしまう。このときのフラッシュは、ミス・バレットの足元に置かれたクッションの上に横たわり、長年にわたって磨いてきた感性の高い代償を払うことになった。彼には他の誰も気づきはしないサインを読み取ることができた。ミス・バレットが指で触る感じから、彼女がひとつのこと――郵便配達員の扉を叩く音、盆に載せられた手紙――だけを心待ちにしていることがわかった。おそらく彼女は、ふだん通りにフラッシュのことを軽く撫でていただけだろう。だが突然――扉を叩く音がすると――指先にぎゅっと力が入る。ウィルソンが階上にやってくると、万力のごとく、フラッシュのことをがっしりと摑《つか》む。それから手紙を受け取るとフラッシュを手放し、彼のことは忘れてしまうのだった。

けれど、ミス・バレットの生活に変化が生まれないかぎり何を恐れることがあるだろう？　とフラッシュは反論してみた。実際、何の変化も起こらなかったのである。新しい訪問客は誰も来なかった。ケニヨン氏はいつもと変わらぬ様子で訪ねてき、ミス・ミットフォードもふだんと同じようにやってきた。弟妹もやってくるし、晩にはバレット氏もやってくる。彼らは何も気づかず、何にも感づかない。そこでフラッシュは、封筒が数夜届かなかったのでほっと心を撫で下ろし、敵は去ったのだ、と信じ込もうとした。マントを羽織った覆面の男が通りかかり、強盗のように扉をがたがたいわせ、閉まっていると悟り、それから負け犬となって尻尾を巻いてこそこそ逃げていく、というところを想像してみた。フラッシュは、危機は去ったのだ、と思い込もうとした。男はいなくなったのだ、と。ところがなんとまたあの手紙が届くのである。

封筒が以前よりも定期的に、それこそ毎晩届くようになると、フラッシュはミス・バレットの変化の兆しにも気づき始めた。フラッシュが知るかぎり、はじめてミス・バレットは苛立ち、気もそぞろになったのである。彼女は読んだり書いたりといったことができなくなった。窓辺に立ち、外を眺める。心配そうに天気についてウィルソンに尋ねる。「風はまだ東から吹いているの？　リージェンツ・パークに春の兆しはやってきたのかしら？」「まさか」とウィルソンは答える。「まだひどい東風ですよ」するとすぐにミス・バレットは安心もし、苛々したようにもフラッシュには感じられた。彼女は咳込む。気分が悪い、と不満を述べる。だが、ふだん東風が吹いているときほどの気分の悪さではない。それからひとりになり、前の晩の手紙を読み返す。これまでもらってきた中で、最も長いものである。何枚にもわたってびっしりと黒い染みが付き、判読しにくい奇妙な小さい荒々しい模様があちこちに書き付けてある。足元のフラッシュには色々なものが見えたが、ミス・バレットのひとり呟《つぶや》く言葉の意味はちっともわからなかった。もっとも、ページの終わりのところで（意味はわからなかったものの）、「二、三カ月後に会えますでしょうか？」と声に出して読むときのミス・バレットの動揺を感じ取ることはできた。

それから彼女はペンを取り、何枚にもわたって勢いよく、落ち着きのない様子で書きなぐった。だが、彼女の書きつける言葉にはどのような意味があったのだろう？「四月がやってまいります。生きていれば、五月や六月もやってまいりますし、おそらく、結局はわたしたちも……。季節が暖かくなり、体調が少し良くなりましたらお会いいたします。……ですが、最初はあなた様のことを怖がってしまうことでしょう。これを書いているいまはそんなことはございませんが。あなたはパラケルスス〔スイスの医師・錬金術師（一四九三－一五四一）で、医科学の祖とされる。一八三五年にブラウニングは同名の詩を書いている〕で、わたしは世捨て人、苦しみのせいで神経がやられ、それもいまはだらしなくぶらさがり、一歩ごとに、また息をひとつするごとに震えております」

フラッシュには頭上数センチのところで書かれているものを読むことができなかった。だが、一語一語が読めるように、ミス・バレットが手紙を書きながら、何とも不思議な感じで動揺していることはわかった。彼女の心は相対立する欲望に揺さぶられている――四月がやってきますように、いや、やってきませんように。まだお会いしたことのないこの方とじきに会えますように、いや、決して会うことはありませんように。フラッシュも彼女と同じように一歩ごとに、一息呼吸するごとに震えた。そうして情け容赦なく日々が過ぎていく。ブラインドが風で膨らむ。胸像が陽の光で白む。路地で鳥が囀《さえず》る。男たちが摘みたての花を大声で売り歩きながらウィンポール街を下っていく。フラッシュにはこのような音がすべて、四月、五月、六月の到来を告げていることがわかっていた——恐ろしい春の訪れを止められるものなど何もないのだ、ということが。だが、春とともに何がやってくるのだ？　ぞっとするような恐怖にミス・バレットは怯《おび》え、それにフラッシュも怯えた。彼はいまではひとの足音に驚く。だが、ヘンリエッタに過ぎない。それから扉を叩く音がする。ケニヨン氏に過ぎない。こうして四月が去った。五月二十日まで過ぎた。それから五月二十一日となり、フラッシュはとうとうその日がやってきたことを知った。というのも、五月二十一日の火曜日に、ミス・バレットは何かを探すように鏡を見、カシミヤのショールで装いを華やかに整え、ウィルソンに肘掛椅子を近くに寄せるように、けれどもあまり近づけ過ぎないようにと言い、あれやこれや色々なものに触り、それからまっすぐに背筋を伸ばし、枕の間に座ったのである。フラッシュは彼女の足元に緊張して身を横たえる。彼らはふたりきりで待つ。とうとうメリルボーン教会の時計が二時を打つ。ふたりは待つ。それから教会の時計が一度鳴る。二時半だ。一度打った音が聞こえなくなる前に、正面玄関の扉を大胆に叩く音が鳴り響く。ミス・バレットは顔面蒼白《そうはく》になる。横になったまま、じっと動かない。フラッシュもじっと横になる。恐ろしい足音が容赦なく二階に上がってくる。覆面を被った、あの真夜中の不吉な人物が二階にやってくるのだということが、フラッシュにはわかった。例の覆面男だ。いま、男の手が取手にかけられる。回る。

そこに男が現れる。

「ブラウニング様です」とウィルソンが言う。

ミス・バレットの様子を見守っていたフラッシュは、彼女の顔にさっと血の気が通うのを見る。その目が輝き、唇が開く。

「ブラウニングさん！」彼女は叫ぶ。

手の中で黄色い手袋[003]をねじり、目を瞬かせ、身なりの立派な、威風堂々たる無愛嬌《ぶあいきょう》なブラウニング氏が、大股で部屋を横切って歩いてくる。ミス・バレットの手を摑み、彼女の脇のソファ近くの椅子に腰を下ろす。すぐにふたりは話し始める。

彼らが話している最中、フラッシュは恐ろしいまでに孤独であった。かつてミス・バレットとともに焚き火に照らされた洞窟にいるように感じたことがある。いまや洞窟の火明かりは消えている。洞窟内は暗く、湿っている。ミス・バレットは外に出てしまっていた。フラッシュはあたりを見回す。すべてが変わっている。本棚と五体の胸像――もはや彼らは満足げにその場に鎮座する好意的な神々ではなかった――も敵意を抱き、厳しい顔を見せている。彼はミス・バレットの足元で身じろいだ。彼女は気にも留めない。哀れな声で鳴いてみた。ふたりの耳には入らない。とうとう彼は全身に緊張を漲《みなぎ》らせ、静かに怒りを覚えたまま、じっと横になった。会話は続く。だが、普通の会話のようにすっと流れたり、さらさらと波を立てたりするとい

ロバート・ブラウニング

うことはない。急にある話題に飛んだかと思うと、とぎれとぎれに続く。止まると、ふたたび始まる。フラッシュは、ミス・バレットの声にこんなに活気が満ち、興奮しているのを、これまで一度も聞いたことがない。彼女の顔はいままでに見たことがないぐらいに紅潮し、その大きな目は、以前とは比べものにならぬほどに輝いている。時計の針が四時を打つ。だが、ふたりはまだ話している。それから四時三十分を告げる。するとブラウニング氏が勢いよく立ち上がる。動作のひとつひとつが恐ろしいほどてきぱきしていて、ひどく大胆であるのが目につく。次の瞬間、彼はミス・バレットの手をぎゅっと握りしめ、帽子と手袋を取り、別れを告げる。彼が階段を駆け降りていくのが聞こえる。背後で扉が激しく閉められる。行ってしまったのだった。

ところがミス・バレットは、ケニヨン氏やミス・ミットフォードが帰ったときのようには枕に深く沈み込みはしない。今回は背筋を伸ばしたまま座っている。瞳はなお燃え、頬もいぜん紅潮している。彼女はまだブラウニング氏が一緒にいるように感じているらしい。フラッシュは彼女に触れてみる。ミス・バレットは彼がそこにいるのを思い出し、はっとする。喜びに満ちた軽やかな手つきで、彼の頭をなでる。微笑み、何とも奇妙な顔つきをする。この子も話ができて、わたしと同じ気持ちになってくれたら、と願うかのように。それから憐れむように笑う。あたかも、そんな風に望むなんてばかげているわ——かわいそうに、フラッシュにはわたしの気持ちなんてちっともわからないのだから、とでも言うかのように。わたしの知っていることを、この子は何も知らない。このときほど、ふたりが茫然と広がる荒野に懸け隔てられていたことはない。

フラッシュはそこに横たわっていながら無視されていた。彼は、自分が存在していないも同然だと感じた。ミス・バレットはもはや自分のことを思い出してはくれない。

その晩、彼女は鶏肉を骨まで食べた。じゃがいもの一かけら、鶏の皮一切れさえもフラッシュには与えられなかった。いつものようにバレット氏が部屋にやってきたが、フラッシュはその鈍感さに驚いた。氏は、あの男が座っていたまさにその椅子に腰掛けたのである。男が頭を載せていたクッションにバレット氏も頭を当て、それでいて何も気づかない。フラッシュは驚いた。「その椅子に誰が座っていたのかわからないのですか？　匂いませんか？」というのも、フラッシュにしてみれば、ブラウニング氏の発した強い匂いがまだ部屋じゅうに残っていたのだった。空気が本棚のわきをさっと流れ、青白い五体の胸像の頭部の辺りでぐるぐると渦を巻く。しかし、娘のそばに座っていた巨体のバレット氏は、自分の話に夢中で、何も気づかない。疑おうともしていない。その鈍感さに驚き、フラッシュは彼のそばを通り過ぎ、部屋の外に出ていくのだった。

ところが、驚くべき鈍感さではあったが、数週間も経てばミス・バレットの家族でさえも彼女の変化に気づき始めた。彼女は部屋を出、階下の客間に置かれていた椅子に座った。それからずいぶん昔にしていたことをしてみせた——妹とともに、デヴォンシャー・プレイス〔ロンドンのウェスト・エンドにある地域で、リージェンツ・パークに通じる〕の門のところまで実際に歩いたのである。友人も家族もその回復ぶりに驚いた。だが、フラッシュだけはその力がどこから湧きあがってきているのかを知っていた——肘掛け椅子のあの浅黒い男だ。男は何度も何度もやってきた。はじめは週に一度だけだったが、それが二度になった。決まって午後にやってきては、午後のうちに帰っていった。ミス・バレットはいつも彼とはふたりきりで会う。彼がやってこない日には、手紙が届く。彼が帰ったあとには、花束が残る。朝、ひとりのとき、ミス・バレットは彼に宛てて手紙を書く。あの浅黒く、身なりの整った、不愛想で精力的な男——黒髪を生やし、頬の赤らんだ、黄色い手袋をしたあの男がどこにでもいるようだ。とうぜん、ミス・バレットの体調は良くなった。もちろん、歩けるようにもなった。フラッシュにはそっと横になったままでいることなどできぬように思われた。古の欲望が蘇《よみがえ》ってきた。もはや居ても立ってても居られない。眠れば、スリー・マイル・クロス村に住んでいた頃から見ていなかった夢を見るようになった——背の高い草から飛び出す野うさぎ、長い尾をたなびかせ、一直線に飛び立つきじ、ぶんぶん音を立てながら、切り株から飛び上がる山うずらたち。フラッシュは夢の中で狩りを行い、斑《まだら》模様のスパニエル犬を追いかける。その犬は飛ぶように逃げる。彼はスペイン、ウェールズ、バークシャーにいた。リージェンツ・パークの管理人の振り回す警棒の前を跳んだ。そこで目を覚ます。野うさぎもきじもいない。ぴしりと鳴る鞭もない。「スパン！　スパン！」と叫ぶ浅黒い男もいない。肘掛け椅子に座り、ソファに座るミス・バレットに話しかけているブラウニング氏がいるだけである。

この男がいると、眠れやしなかった。フラッシュは大きく目を見開き、耳を傾けて横になっている。ときには週に三日、二時半から四時半にわたり、頭上で言葉が飛び交った。意味はわからなかったものの、ふたりの声の調子が変化していることには実に正確に気づいた。当初、ミス・バレットの声には不自然なところがあって、変に威勢が良かった。いま、彼女の声には、これまでフラッシュが耳にしたことのない温かみと安心感があった。男が来るたび、ふたりの声に新しい響きが生まれる――あるときは異様なさえずり方をし、またあるときには、大きく羽ばたく鳥のように彼の頭上をかすめて会話をし、またあるときには巣の中にいるつがいのように甘く囁き合い、呼び合う。それからミス・バレットの声がふたたび大きくなり、空中を高く舞い上がって円を描く。するとブラウニング氏が鋭く耳ざわりな、鳥の羽ばたきのような大声をたてて笑う。それからふたりの声がひとつに重なり、囁くような、静かにこもるような音が聞こえるばかりとなる。しかし、夏の頃から秋の頃へと季節が移ると、フラッシュには別の響きも聞き取れるようになった。彼は恐ろしさのあまり不安になった。男の声に、新たにしきりと促すような、強引で力強い感じがあったのだった。フラッシュにはミス・バレットが怖がっているように思われた。彼女の声は震えおののき、ためらい、たじろぎ、消え入り、哀願し、あえいだ。まるで怖気づくかのように、憩いを、安らぎを求めた。そこで男は黙る。

ふたりはフラッシュのことをあまり気にかけなかった。ブラウニング氏は彼のことを、ミス・バレットの足元に横たわる丸太程度にしか思っていなかった。ときおり通りがけに、何の感情も込めず、荒々しく、それこそ乱暴な感じで、突発的に頭をごしごしと撫でる。その触り方にどんな意味が込められていたのだとしても、フラッシュが覚えたのは強い嫌悪感だけであった。りゅうとした身なりで、筋骨隆々とした彼が、手の中で黄色い手袋をもみくちゃにしているのを見ると、ひどく不快な気分になった。ああ！　ズボンの下にあるあの肉に、勢いよくがぶりと根元まで歯を立てることができたなら。だが、そんな勇気はなかった。あれこれ考え合わせると、一八四五年から四六年にかけての冬は、フラッシュの経験した中でも最も辛い冬であった。

冬が過ぎた。ふたたび春が巡ってきた。フラッシュには事の終わりが見えなかった。しかし、ひっそりとたたずむ木々や、草を食《は》む牛、梢に戻っていくミヤマガラスを水面に映す川が滝へ向かうことが避けられぬがごとく、フラッシュも自分たちが日々破滅へと向かっていることは理解していた。転地の噂があった。フラッシュはときおり、バレット家が一家総出で脱出しようとしているのだと思った。家の中にはいわく言い難い旅の前のあの騒がしさ——そんなことがありうるだろうか？——があった。実際に旅行用トランクに積もった埃が払われ、そして信じられないことに、その蓋まで開けられたのだった。それからもういちど蓋が閉められた。いや、バレット家は全員で引越しをしようとしているのではない。ふだん通りにミス・バレットの弟妹は彼女の部屋を出たり入ったりしている。ブラウニング氏が去ったあと、バレット氏も夜ごと決まった時間にやってきている。何が起ころうとしているのだろう？　というのは、一八四六年の夏が過ぎゆくにつれ、フラッシュには変化の起きることがますますはっきりしてきたからである。会話が延々と続き、ふたりの声に変化が生まれると、今度もまた、彼はそれを聞き取った。訴え、恐れをなしていたミス・バレットの声に、たじろぐ調子が無くなった。これまでにはなかった覚悟や大胆不敵さを聞き取ることができた。ミス・バレットがこの強奪者を迎え入れるときの声の調子と、あいさつする際の笑い声、彼女の手を握るときの男の叫び声をバレット氏が聞けたら！　しかし、ふたりのほかに部屋にはフラッシュしかいなかった。彼にとってこうした変化ほど苛立たしいものはなかった。ミス・バレットのブラウニング氏に対する気持ちが変わっていただけではなく――彼女はあらゆる関係において変化していた――、フラッシュに対する気持ちも変化していたのである。フラッシュが取り入ろうとするのを以前にも増して不愛想に扱うようになった。嗤《わら》いながら、手短かに彼の愛情表現をあしらった。彼はこれまでの自分の愛情表現がつまらなく、ばかばかしく、わざとらしいものであったかのように感じさせられた。虚栄心は募る一方であった。嫉妬の炎が燃え上がった。とうとう七月になり、彼はミス・バレットの愛情をもう一度取り戻すため、そして、場合によってはこの新参者を追い出すために、荒々しい手段に訴えでることに決めた。どうしたらこの二つの目的を達成できるのだろう？　彼にはそのやり方もわからず、計画も立たなかった。だが突然、七月八日に、彼は自分の感情に飲み込まれてしまった。ブラウニング氏に飛びかかり、がぶりと嚙みついてしまったのである。しみひとつないブラウニング氏のズボンに、とうとう歯を立てた！　だが、ズボンの下の肉は鋼のように硬かった。対照的に、ケニヨン氏の足の肉はバターのように柔らかかった。ブラウニング氏はフラッシュのことを軽く手で払いのけただけで、話を続けた。ブラウニング氏もミス・バレットも、フラッシュの攻撃など意に介するには値しないと考えているようだった。彼はものの見事に企てに失敗し、地に塗《まみ》れ、筒には一本の矢も残っていない状態だった。フラッシュはクッションに沈み込み、怒りと絶望に喘《あえ》いだ。しかし、彼はミス・バレットの直観を見誤っていた。ブラウニング氏が立ち去ると、彼女はフラッシュを自分のところに呼び寄せ、彼の知りうる中で最もひどい罰を与えた。まず耳をぴしゃりと撲《ぶ》った。これはたいしたことではなかった。何とも奇妙なことではあったが、撲たれるのはフラッシュの好みでもあった。もう一発お見舞いしてもらいたいぐらいであった。しかし、それから彼女は落ち着いた、はっきりとした口調で言った。「もう二度とあなたのことは愛しません」矢が胸元にぐさりと突き立った。これまで何年もの間、ふたりは生活をともにし、すべてを分かち合ってきた。しかし、一瞬の過ちで二度と愛してくれなくなってしまった。それから彼女はフラッシュをとことん退けんがために、ブラウニング氏の持参した花を手に取り、水の入った花瓶に生け始めた。これは、ぼくのことをまったくもって取るに足りない存在なんだと思わせるための計算ずくの意地悪だ、とフラッシュは思った。「この薔薇とカーネーションは、あのひとがくれたもの」と彼女は言っているようだった。「赤い花は黄色い花のそばに、黄色は赤のそばで輝かせましょう。それで、緑色の葉をここに挿して――」一輪ずつ揃え――まるで黄色い手袋をしたブラウニング氏が、きらびやかな花に姿を変えたかのようだ――、その彼が目の前にいるかのように、彼女は後ろに下がって眺める。だが、そうやって花と葉をひとつにまとめているときでさえ、ミス・バレットはじっと自分のことを見つめているフラッシュの視線をすっかり無視することはできなかった。「フラッシュの顔に浮かんだ、絶望の淵に追いやられた表情」を認めずにはいられなかった。気持ちを和らげてあげるしかなかった。「最後にわたしは『フラッシュ、いい子なら、こっちへ来てごめんなさいと言いなさい』と言いました。それを聞き、彼は部屋を走って横切ってきて、全身を震わせ、まずわたしの片方の手、それからもう一方の手にキスをし、握手をしてもらおうと前脚を持ち上げ、結局わたしは彼のことを赦してしまったのですが、絶対にそうしてしまうような訴えかけてくる目でこちらを覗《のぞ》き込んできたのです」彼女は事の次第をこうブラウニング氏に伝えた。もちろん彼は返事を書いた。「ああ、かわいそうなフラッシュ。嫉妬心からみはってやろうとする彼を、私が愛しもせず、尊敬もしないとでもお思いですか？　あなたに慣れているからこそ、他人には人見知りをするからといって」ブラウニング氏が度量の大きな人間を演じるのは容易《たやす》いことだったが、おそらく、そう容易に寛大になられたら、フラッシュの脇腹にはとても鋭い棘《とげ》がずぶりと差し込まれたことだろう。

数日後に起きた別の事件により、かつて親密であったふたりが、どれだけ遠く隔てられていたのか、また、フラッシュがミス・バレットの同情を得ることが、どれほど望み薄なことであるのかがわかった。ブラウニング氏が帰ったある日の午後、ミス・バレットは妹とリージェンツ・パークに馬車で出かけることにした。

門に着いたとき、フラッシュの前脚が四輪馬車の扉に挟まれた。彼は「哀れな声で鳴き」、ミス・バレットの同情を引こうと前脚を持ち上げた。これまでであれば、もっと些細《ささい》なことでも、はるかに多くの同情が惜しみなく与えられたことだろう。だが、このときの彼女は毅然《きぜん》とした態度を取り、蔑んだような、批判的な目をしてみせた。彼のことを嗤った。悲しんでいるふりをしているだけだわ、と彼女は思った。「……あの子は芝生に触れたとたん走りだし、この一件のことは忘れてしまったようです」それからミス・バレットは皮肉なコメントを付け加えた。「フラッシュは、いつも自分の不幸を最大限に利用しようとします――この子はバイロン派の犬です――災禍に遭った者のふりをするのです《イル・ス・ポーズ・アン・ヴィクティーム》」だが、このときのミス・バレットは、自分の感情にのめり込むあまり、フラッシュのことをすっかり誤解してしまっていた。たとえ前脚が折れても、彼は駆け続けたことであろう。こんな風に走っていたのは、彼女の嘲りに対し、自分なりの答えを見せるためだった。あなたとはもうおしまいです――それが、走りながらに彼女にちらりと見せた、彼の意図するところであった。花の香りが苦々しく感じられる。芝が前脚を焦がす。埃が鼻腔を塞ぎ、幻滅を味わう。だが、彼は駆ける――駆け回る。「犬は鎖で繋いでいなければなりません」――いつもの看板が立っている。シルクハットを被った公園管理人が、警棒を持って規則を守らせている。だが、「なりません」など、もはや何の意味もない。愛の鎖は千切れた。どこでも好きに走ってやる。鷓鴣《しゃこ》を追いかけ、スパニエル犬を追い回し、ダリアの花壇に飛び込み、きれいに咲いている赤と黄の薔薇をへし折ってやる。管理人には警棒を投げさせてやればいい。脳みそが飛び散ることになったって構いやしない。ミス・バレットの足元で、内臓が飛び出たまま死んでやる。どうにでもなれ。しかし、とうぜんのことながら、そんなことは何ひとつとして起こらなかった。誰も彼のことを追いかけることなどせず、その存在を気にもとめなかった。ひとりだけいた公園の管理人は、子守の女性と話をしている。ようやく戻ると、ミス・バレットは上の空でフラッシュの首に鎖をかけ、家へと連れ帰ったのだった。

こんな侮辱的な出来事が二つも起これば、普通の犬でも、ましてや人間でも心が折れるのはとうぜんだろう。しかし、しなやかで柔らかく、絹のような毛をしていたにもかかわらず、フラッシュの瞳は燃えあがっていた。情熱が燃え盛り、くすぶっていた。彼は、自分ひとりで敵と顔を合わせるんだ、と心に決めた。最後の果たし合いに、第三者は立ち入ってはならない。とことん当事者同士で争うんだ。そこで七月二十一日火曜日の午後、フラッシュはそっと階下に降り、入り口の広間で待った。そう長くは待たなかった。すぐに通りで聞き馴染《なじ》みのある重たい足取りが聞こえた。よく知っている、扉を叩く音が聞こえた。ブラウニング氏が通された。ブラウニング氏は迫りくる攻撃をぼんやりと察知し、懐柔的精神で臨もうと、ケーキの包みを持参していた。広間ではフラッシュが待っている。どうやらブラウニング氏は、善意からフラッシュを優しく撫でようとしたようだ。ことによると、ケーキのひとつでもあげようとしたのかもしれない。その動きだけで十分だった。フラッシュは尋常ではない凶暴さをもって襲いかかった。ふたたび、歯がブラウニング氏のズボンに突き刺さった。だが、残念なことに、興奮のあまり、彼はその瞬間に最も大切にしなければならないことを忘れてしまっていた――沈黙を守るということを。彼は吠えた。大きな声で吠えながら、ブラウニング氏に飛びかかってしまった。その声は、家の者を驚かすには十分であった。ウィルソンが階下に駆け降りてくる。彼のことをしたたか叩く。徹底的にやり込める。辱《はずかし》めを与え、その場から連れ去る。恥ずべきことだった――ブラウニング氏を攻撃したにもかかわらず、召使いのウィルソンにやっつけられてしまったというのは。ブラウニング氏は指一本動かさなかった。ケーキを手にしたまま、傷も負わず、たじろぎもせず、落ち着きはらい、ひとり階上の寝室に上がっていった。フラッシュは連行された。

二時間半の間、フラッシュはじゃがいも、ゴキブリ、羊歯《しだ》類、シチュー鍋とともに、台所に監禁され、みじめな思いをさせられたのち、ミス・バレットの面前に呼び出された。彼女はソファに横になっており、傍らには妹のアラベラがいた。フラッシュは、自分は正しかったんだ、と意識しながら、彼女の下に真っ直ぐ進んでいった。だが、彼女は彼の方を見ようとはしなかった。フラッシュはアラベラの方を向いた。「フラッシュは悪い子なんだから、向こうへ行ってなさい」とだけ言われた。ウィルソンもそこにいた――あの手強い、冷酷無情なウィルソンが。ミス・バレットが情報を求めたのは、このウィルソンであった。この犬をやっつけたのは、「正当なことでしたから」とウィルソンは述べた。それから、「素手で叩いただけです」とも付け加えた。彼女の証言によって、フラッシュの有罪が確定された。ミス・バレットは、今回の一件がブラウニング氏にとってはいわれのない攻撃によるものだったことを認めた。あのひとはあらゆる美徳を兼ね備えていて、寛容だったんだわ、と考えた。フラッシュは、鞭も持たない召使いにやっつけられた。そうするのが「正当なこと」だったからだ。それ以上話し合うべき事柄はなかった。ミス・バレットはフラッシュに不利な判決を下した。「すると、あの子はわたしの足元の床の上に横になり、こちらを上目遣いで見てきました」と彼女は手紙に書いている。だが、フラッシュは彼女を見ていたかもしれないが、ミス・バレットは目を合わせようともしなかった。彼女はソファに横たわり、フラッシュは床の上に身を横たえた。

追放の身分となってカーペットの上に横たわっていると、フラッシュは荒ぶる感情の渦に次々と飲み込まれていった。魂は岩に打ち付けられて粉々に砕け散るか、あるいは足場となる小山を見つけ、ゆっくりと時間をかけて必死に這《は》い上がり、ふたたび乾いた大地に辿り着き、とうとう荒れ果てた宇宙の頂きに達する。新たな地図の基に作り変えられた世界を眺める。破壊か再建か？――それが問題だ。このときの彼の心理的葛藤は、その概略のみを辿ることができる。自問自答は沈黙のうちになされたからである。フラッシュは全力で敵をやっつけようとした。だが、二度にわたり失敗した。なぜだ？　自らに問うてみる。ミス・バレットのことを愛していたからだ。静かに、厳かな様子でソファの上に横になっている彼女を上目遣いに見てみると、このひとのことは一生愛さなければならないということがわかる。物事は単純ではなく、複雑であった。ブラウニング氏を噛めば、彼女を噛むことにもなる。憎しみは憎しみというのみではない。憎しみは愛でもあるのだ。苦悶で心が乱れ、ぶんぶん耳を振る。落ち着きを失い、床の上で寝返りをうつ。ブラウニング氏はミス・バレットで——ミス・バレットはブラウニング氏だ。体を伸ばし、哀れな声で鳴き、床から頭をもたげる。時計が八時を打つ。三時間以上、フラッシュはその場で横になり、葛藤の角に次から次へと放り投げられていたのだった。

あの厳格にして冷酷かつ無慈悲であったミス・バレットでさえ、ペンを置いた。「つむじ曲がりのフラッシュ！」と彼女はブラウニング氏に書いている。「……フラッシュのような人間がいたとして、その人物が犬のように乱暴に振る舞うのなら、普通の犬と同じように、責任は自分で取らなければなりません。それなのに、あなた、あなたときたら、あの子に対して善良で寛容なのですから！　少なくとも、あなた、あなた以外のひとでしたら、『軽率な言葉』を発していたことでしょう」実際、口論を付けるのがいいかもしれないわね、と彼女は考えた。それから顔を上げ、フラッシュを見た。彼の目つきには、どこかふだんと違うところがあり、それが彼女の心を打ったに違いない。彼女は手を止め、ペンを置いた。この子は前にキスで起こしてくれて、それでわたしは牧羊神パンだと思ったことがあったかしら。わたしのためにクリームに浸された鶏肉と、ライス・プディングを食べてくれたこともあった。それに、陽の光も諦めてくれた。彼女はフラッシュを呼びよせ、「許してあげる」と言った。

しかし、気まぐれで許され、床の上で苦しんでいたのに、まるで何も感じていなかったかのように、また、実のところまったく違う犬になっていたのに、あたかも同じ犬のままであるかのようにして、ソファの上に戻らされることなど、彼にはとうてい我慢のできぬことであった。さしあたり、疲労困憊していたので、言いつけには従った。しかし、数日後、ふたりの間で驚くべき出来事が起こり、フラッシュの感情がいかに深いものであったかが明らかにされた。ブラウニング氏がやってき、帰路についた。フラッシュとミス・バレットはふたりきりになった。いつもであれば、彼はミス・バレットの足元めがけてソファに飛び乗るのであった。だが今回はいつものように飛び乗って彼女の愛撫《あいぶ》を求めたりする代わりに、いまや「ブラウニング様の肘掛け椅子」と呼ばれるようになっていた椅子の方へと向かったのである。ふだんであれば、この椅子のことは大嫌いであった。椅子はまだ敵の形を残していた。だがこのとき、彼は戦いに勝ち、思いやりの精神に心から満たされていたので、椅子を見ただけでなく、見ながら「突然うっとりとしたのです」。ミス・バレットはじっと観察し、この異常な出来事の予兆に注目した。彼女はフラッシュの視線が次にテーブルに向けられるのを見た。テーブルの上にはまだブラウニング氏の持参したケーキの包みがあった。彼は「あなたのケーキがテーブルの上に残されたままであることをわたしに思い出させたのです」。時間が経ち、いまやケーキは新鮮味を失い、とても食べたいと思える代物ではなくなっていた。フラッシュの意図するところは明白であった。敵から送られたものであったからこそ、新鮮なうちにケーキを口にするのは拒んだのである。いま、彼は腐りかけのケーキを口に入れようとしている。ケーキを贈ってくれた敵は友となり、憎しみの象徴は愛へと変わったのだから。うん、いまから食べるよ、と彼は合図を出した。そこでミス・バレットは立ち上がり、ケーキを手にした。彼女はフラッシュに与えるときに、言い聞かせた。「あのひとがこのケーキを持ってきてくれたのだから、これまでの間違った行動をしっかりと恥じ、あの人のことを愛し、これからは噛みつきません、と心に決めなければなりません、と私は説明いたしました――そうしてあの子は、あなたの贈り物にありつくことを許されたのです」かび臭くなり、腐りかけ、酸っぱくなり、おいしくなくなったケーキのかけらを飲み込み、フラッシュは自分の言葉でミス・バレットの言葉を厳かに繰り返し、誓った――ブラウニング氏を愛し、これからは噛みつきません、と。

フラッシュはすぐに報いられた。だが、それは新鮮味を失ったケーキによってでも、鶏の手羽によってでも、また、このときにはすでに自分のものとなっていたミス・バレットの愛撫によってでも、あるいは、ソファに横たわる彼女の足元にもう一度横たわる許可を与えられたからでもなかった。精神的に報われたのである。ところが、不思議なことに、その効果は肉体的なものであった。鉄の棒により、その下にある有機体がことごとく腐食し、化膿《かのう》し、生命を奪われるように、彼の心の中でも数カ月にわたり、ずっと憎しみが存在していた。いま、鋭利なメスによって患部が切り開かれ、激痛を伴う外科手術が行われ、鉄の棒が切除された。もう一度血が流れた。神経が過労し、疼《うず》いた。だが、肉体は再生し、自然が春のように祝福してくれた。ふたたび鳥の歌声が聞こえる。木々の葉が芽吹くのが感じられる。ソファでミス・バレットの足元に横たわっていると、栄光と喜びが血の中を駆け巡る。いまや彼はふたりに相対する敵ではなく、仲間であった。ふたりの希望、願い、望みはすなわち彼のものだ。フラッシュはブラウニング氏に共感し、吠えることもできるほどだった。彼の短く、鋭い言葉を聞けば、首の毛が逆立つ。「火曜日が七日欲しい。いや、一日、一年、一生が火曜日であるならば！」とブラウニング氏が叫ぶ。フラッシュも共鳴する。ぼくも一月、一年、いや一生がそうであってほしい！　あなたたちふたりが必要とするものは、ぜんぶぼくも必要とするものです。ぼくたち三人は、いちばんの栄誉を求める共謀者です。共感し合う仲間で、同じものを憎いと思う仲間です。険悪な顔つきをした、しかめっつらの暴君に挑む仲間で、愛の力で団結するんです――つまるところ、ぼんやりと理解される程度ではあったが、いまやフラッシュの抱く希望は、すべてかならずや三人が分かち合うことになるであろう、新たな勝利に向けられていたのだった。だが、突然、何の警告もなく、文明、安全、友情の真っ只中にいた最中に――九月一日の火曜日の午前中に、フラッシュはヴィア街の店にミス・バレットと彼女の妹といたのであった――フラッシュは暗闇の中に真っ逆さまに転がり落ちた。牢獄の扉が閉められた。誘拐されたのだった[004]。

第四章　ホワイトチャペル

「今朝、わたしとアラベルはフラッシュとおりまして、ちょっとした用事があり、辻馬車でヴィア街に向かいました。あの子はわたしたちについて店内に入り、一緒に店を後にしました。馬車に乗り込むときにはわたしの後ろにぴったりとついておりました。振り返って『フラッシュ』と呼びかけ、アラベルが彼の姿を認めようと見回してみると――いなかったのです！　一瞬のうちに馬車の下から捕えられたなんてこと、おわかりになりますか？」とミス・バレットは手紙に綴っている。ブラウニング氏には、ミス・バレットが首輪を忘れたためにフラッシュが盗難に遭ったのだということが実によくわかった。一八四六年のウィンポール街界隈では、犬に首輪をかけておくことが鉄則だったのである。

たしかに、一見、ウィンポール街以上に堅固で安心できる場所はなさそうである。病人が散策したり車椅子に乗って出かけたりするかぎりで目にするのは、四階建ての家々、厚板ガラスの窓、マホガニー材の扉という目に快い景観ばかりである。二頭立ての馬車で午後、遠乗りに出かけるときでさえ、御者に分別があれば上品で立派な界隈を出ることもない。だが、病人ではなく、二頭立ての馬車の所有者というわけでもなく、ましてや――多くのひとがそうであるように――散歩好きの活発な健常者ということにでもなれば、ウィンポール街からすぐ近くのところで、この街の堅固さに対して疑いを抱くことになるような景色を目にし、言葉を聞き、臭いを嗅ぐことになるだろう。当時、ロンドンを散策しようと思い立ったトマス・ビームズ氏〔牧師で、社会改良のために、当時のロンドン市内のスラム街の様子を著書『ミヤマガラスの巣所』（一八五〇）で伝えた〕は、まさにそのことを悟ったのだった。彼は驚いた。実のところ、驚愕《きょうがく》したのであった。ウェストミンスター〔ロンドンの中央部に位置する自治区。ウェストミンスター寺院や国会議事堂、バッキンガム宮殿などの大建造物がある〕では壮麗な建造物がそびえていたが、そのまさに裏手では、ぼろぼろの家畜小屋の中で人間が群れなし、牛の集団の頭上で暮らしていた――「約二メートル四方にふたりの割合で人間が暮らしている」。目にしたものを伝えなければ、と彼は思った。だが、どうすれば数世帯の家族が寝起きする牛小屋の二階の寝床を上品な言葉で伝えられる？小屋には風通しがなく、寝室の下では搾乳、屠殺《とさつ》、食事が行われているというのに？　いざ書くとなると、どんな英語の表現で記述しようとしてもこの点が問題となるのだった。だが、この日の午後、ロンドンの最高級地区のひとつを散策して目にしたものはなんとしてでも言葉にしなければ、と彼は思った。チフスのはびこる危険性が極めて高かった。富裕層は、自分たちがどのような危険を冒しているのかを理解していない。ウェストミンスターとパディントン〔ロンドン西北部にある住宅地区。旧首都区。デヴォンやコーンウォール行きの列車の始発［終着］駅がある〕、メリルボーン〔ロンドン中西部の地区。元々は首都自治区であったが、一九六五年にウェストミンスターの一部となった〕で目にしたものがどのようなものかを知ってしまったいま、口をつぐんでいることなどできやしない。例えば、こちらにはかつてある偉大な貴族の所有していた古い邸宅がある。大理石で作られたマントルピースの残骸がある。部屋には鏡板が嵌め込まれ、階段の手すりには彫刻まで施されているが、床は腐り、壁には汚水の染みが付いている。半裸の男女の集団が、むかし宴会場だった場所で寝起きしている。そこから彼は歩き続ける。こちらでは企業的精神に富む建築業者が、旧家の邸宅を解体している。跡地には安普請の共同住宅が建てられている。屋根から雨漏りがし、壁からは隙間風が吹き込む。子どもが鮮やかな緑色をした小川に缶を浸すのを見、彼は「この水を飲むのかい？」と尋ねた。「うん、洗濯もこの水でだよ。大家さんには、一週間のうち二回しか水道を使わせてもらえないから」ロンドン市中でいちばん平穏かつ文明的な地区にあってもこういう光景を目にするのだから、なおのこと驚きである――「最高級地区でも同じなのである」。例えばミス・バレットの寝室の裏手には、ロンドンにおける最も劣悪なスラム街のひとつが広がっている。ウィンポール街の立派な体面は、この界隈の劣悪さと混じっている。だがもちろんのことながら、長いあいだ貧しい者たちの手に渡ったまま、干渉の及んでいない地域もあった。ホワイトチャペル〔ロンドン塔のある、ロンドン東部のタワー・ハムレッツ区の一地区。移民が多い〕、あるいはトッテナム・コート・ロード街〔ロンドン中央部の通り。現在は家具店と電気店が多い〕の終わりにある三角地帯では、何世紀にもわたり、貧困と悪徳、窮乏が好き放題に生まれては湧き出、蔓延《はびこ》ってきていた。セント・ジャイルズに林立する老朽化の進んだ建造物は、「いわば犯罪者植民地で、さながら貧民たちの大都市」であった。貧しい者たちが身を寄せ合って居住していることから、ミヤマガラスの巣所《ルッカリー》と呼ばれていた。これは正鵠《せいこく》を射ていた。というのも、からすが梢に群がり黒くなるがごとく、人間も互いの上に群らがっていたからである。この場合、群がっていたのが建物であって、樹木ではないというだけだった。だが、その建物も、もはや建造物の体をなしていなかった。ごみのあふれる通路で仕切られた、煉瓦作りの蜂の巣穴であった。そこでは一日じゅう、半裸の人間がひしめき、うごめく。夜になると、日中はウェストエンドで生業に精を出していた泥棒、物乞い、売春婦たちが大挙して戻ってくる。警察にはなす術がなかった。個人で通行する者はできるだけ速く通り過ぎるか、あるいはビームズ氏のように引用や言い抜け、婉曲な言い回しで、どうもまともではないと、それとなくにおわすしかなかった。コレラが発生しそうだ、とか、コレラも施しになる、などとほのめかしても、さほど明言を避けた表現にはならなかっただろう。

しかし、一八四六年の夏にはまだそういったことはほのめかされていなかった。ウィンポール街と近隣の住民たちにとっての唯一の安全策は、しっかりと上流地区に留まり、犬に鎖をかけておくことであった。そのことを忘れると、このときのミス・バレットのように報いを受けた。隣接するセント・ジャイルズとウィンポール街の交わした条件は周知の通りである。セント・ジャイルズ側は盗めるものはなんでも盗み、ウィンポール街側はそれがなんであれ支払わなければならない。そのため、アラベルはすぐに「きっと、高くてもせいぜい十ポンドであの子のことを取り戻せるわ、と言って、わたしのことを慰め始めたのです」。十ポンドというのは、テイラー氏がコッカー・スパニエルに付けるであろう値段であった。テイラー氏というのは、一味を束ねる親玉だった。ウィンポール街に住んでいる女性の飼う犬が行方不明になれば、その飼い主はテイラー氏の下に急行するのであった。彼が値段を付け、その金額が支払われる。従わなければ、数日後にはウィンポール街に犬の頭と脚の入った茶色い包みが送り届けられる。少なくともテイラー氏と折り合いをつけようとした近隣住民の女性は、そのような被害に遭った。だが、もちろん、ミス・バレットは言い値を払おうと思っていた。そのため、帰宅すると弟のヘンリーに事の次第を話し、彼はその日の午後にテイラー氏に会いにいったのだった。弟はテイラー氏が「絵画を飾った部屋でタバコをふかしている」のを見――氏はウィンポール街の犬を誘拐し、年に二、三千ポンドは稼ぐと言われていた――、「協会」と協議し、次の日には犬を戻す、と約束されたのだった。腹立たしいことではあったけれども、とりわけ、ミス・バレットはできるかぎりのお金を必要としていたので苛立たしくもあったのだけれども、一八四六年に犬に鎖を付け忘れればこのような結果になることは避けられなかったのである。

しかし、フラッシュからすると、事情は大きく違っていた。ミス・バレットは反省した。「フラッシュはわたしたちが彼を取り戻せるのだということを知りません」彼は人間社会の掟には決して明るくなかった。「今晩は夜通し大声で鳴き、嘆き悲しむであろうことが、わたしにはよくわかっております」とミス・バレットは九月一日の火曜日の午後にブラウニング氏に宛てて書いている。だが、ミス・バレットがそのようにブラウニング氏に書いているさなか、フラッシュはこれまで生きてきた中で最も恐ろしい経験をしていた。彼はどうしようもないほどにとまどっていた。ある瞬間にはヴィア街でリボンやレースに囲まれていると思っていたのだが、次の瞬間には袋の中に真っ逆さまに放り込まれ、激しく揺さぶられながら急いで通りを横断し、ようやく投げ出されたと思ったら――ここにいたのである。真っ暗闇である。寒く、じっとり湿っている。目まいが治まり、天井の低い、暗い部屋の中の物の形がわかってくる――壊れた椅子と、ぼろぼろになったマットレスだ。それから誰かに手でむんずと摑まれ、脚に何か余計なものをがっちりと付けられる。床の上で何かが体を伸ばしている――それが獣なのか、はたまた人間なのかはわからない。巨大なブーツと、ずるずる音を立てて引きずられるスカートが、ひっきりなしによろよろと部屋を出たり入ったりする。子どもたちが暗い隅から這い出てき、耳をつねる。きゃんと鳴き声をあげると、大きな手で頭をがつんと殴られる。壁にくっつき、じっとり湿っている数センチの煉瓦の上に縮こまる。このとき、さまざまな種類の動物が床の上に群がっているのが見えた。犬どもは手に入れた腐った骨を引き裂き、追いかけ回す。肋骨《ろっこつ》が毛皮から浮き出ている――餓死寸前で、汚れきっていて、病に冒され、毛がもつれ、ブラシもかけられずにいる。だが、フラッシュには彼らがみな自分と同じように最良の犬種で、鎖に繋がれていたり、下男に飼育されたりする犬であることがわかった。

数時間、くーんくーんと鳴く勇気すらなく、ただ横になっていた。喉の渇きが一番堪えがたかった。だが、そばにあったバケツの水は濃い緑色をしていて、一口飲んだだけで吐きそうになる。もう一口飲むぐらいなら、死んだ方がましだ。ところが、巨体のグレーハウンドは、貪るようにしてその水を飲んでいる。扉が蹴り開けられるたび、フラッシュは顔を上げる。ミス・バレット――ミス・バレットなの？　とうとう来てくれたの？　だが、なんのことはない、入ってきたのは毛深い悪党で、犬を蹴り、わきに追いやりながら、よろよろした足取りで壊れた椅子の方に向かい、どかっと腰を下ろす。そうこうしているうちに、次第に闇が濃くなる。床、マットレス、壊れた椅子の上に座っている連中の姿は、とうてい見分けがつかない。暖炉の棚の上に、ろうそくの短い使いさしが立てられる。外の雨樋《あまどい》で炎が燃え上がる。ちらちらと明滅する粗悪な明かりで、フラッシュは恐ろしい顔をした人間どもが窓のところで意地悪そうな目つきをし、通り過ぎていくのを見る。それから、その連中がただでさえ狭くごった返している部屋に入ってき、ぎゅうぎゅう詰めになる。彼は身を縮こませ、さらに壁に近づいて寝ざるを得ない。ここにいる恐ろしい怪物たち――ぼろをまとった者もいれば、化粧と羽飾りでけばけばしく飾り立てている者もいる――は、床にしゃがみ込んだり、弓なりに体を曲げてテーブルの上に乗りかかったりしている。酒を飲み始めると罵声を吐き、殴り合う。床に投げつけられた袋からまたもや犬がよろめいて出てくる――小型犬、セッター〔猟犬の一種で、伏せをして獲物の所在を示す習性があった〕、ポインターで、まだ首輪が付けられている。巨大なおうむは混乱し、部屋の隅から隅へばたばた飛び回り、「かわいいポル〔おうむによく用いる名前〕！　かわいいポル！」と叫ぶ。その鳴き声を聞いたら、メダヴェイル〔ロンドン北西部の大道路エッジウェア・ロードの北部の名称。一八〇六年、イタリア南西部のメイダで、イギリス軍がフランス軍を破ったことを記念して付けられた〕に住む未亡人の飼い主はぞっとしたことだろう。それから女の持ってきた袋が開けられ、ミス・バレットやミス・ヘンリエッタが付けていたようなブレスレット、指輪、ブローチがテーブルの上に投げ出される。悪魔どもが爪で引き裂くようにして取り合う。罵声を浴びせ合い、言い争う。犬が吠える。子どもたちが叫び、立派なおうむ――ウィンポール街の窓辺にぶら下がっているのを、フラッシュはよく見ていた――が錯乱し、ますます速く「かわいいポル！　かわいいポル！」と叫び、しまいにはスリッパが投げつけられ、大きな黄色い翼をばさばさと羽ばたかせる。ろうそくがぐらつき、倒れる。辺りが暗くなる。徐々に暑くなってくる。暑さと臭いが耐え難いものになり、フラッシュの鼻は燃えるようになる。毛皮が引きつる。しかし、それでもなお、ミス・バレットはやってこない。

ミス・バレットはウィンポール街のソファの上で横になっていた。腹の虫が治まらなかった。心配はしていたが、真剣に悩むほどではなかった。もちろん、フラッシュは辛い目に遭うでしょう。一晩じゅう哀れに鳴き、それに、ワンワン鳴くはず。けれど、それもたった数時間のこと。テイラー氏が値段を付ける。こちらはそれを払う。フラッシュは戻ってくるでしょう。

ホワイトチャペルの貧民窟に、九月二日水曜日の朝が訪れた。割れた窓が徐々に灰色に染まっていく。床の上で無造作に手足を伸ばしている毛深いごろつきたちの顔に、陽の光が注がれる。フラッシュはヴェールを外され、夢うつつの状態から目を覚まし、ふたたび現実を悟る。これが現実――この部屋、ごろつき、哀れに鳴き、嚙みつく、きつく綱に繫がれた犬たち、暗闇、湿気。上流の女性たちとお店のなかでリボンに囲まれていたのは本当についい昨日のこと？　ウィンポール街なんてところはある？　紫色のボウルに新鮮な水がきらめいている部屋なんて存在する？　クッションの上に横になり、おいしく炙られた鶏の手羽肉を与えられ、怒りと嫉妬にかき乱され、黄色い手袋をした男に嚙みついたことなんてあった？　これまでの暮らしと、それにまつわる気持ちがことごとく漂い出してきては溶けて消え、現実味のないものになった。

ここでは部屋の中に埃っぽい光が入り込み、女がずた袋からやっとのことで起き上がり、ふらふらした足取りでビールを取りにいく。また酒と罵り合いが始まる。肥った女がフラッシュを耳で持ち上げ、脇腹をつねり、下品な物笑いの種にする——もう一度床に投げつけられると、どっと笑いが起きる。扉が蹴り開けられ、ばたんと閉められる。扉が開け閉めされるたびにフラッシュは顔を上げる。ウィルソン？　ひょっとしてブラウニング氏？　それともミス・バレット？　いや、違う——別の泥棒、人殺しだ。床に引きずられたスカートと、硬く角ばったブーツを見るだけで身の縮む思いがする。一度、自分の方に骨が放りだされたので、かじってみようかと思ったことがある。だが、石のように固い肉は嚙みきれず、その腐った臭いで吐きそうになった。渇きがひどくなり、バケツからこぼれた緑色の水を少しばかり舐めざるを得ない。しかし、水曜日もだんだんと過ぎていき、体がますます熱くなり、喉が乾き、割れた床板の上で横になっていると、骨身が痛み、物の輪郭がひとつずつ溶けていく。何が起きているのか、ほとんどわからない。彼が頭をもたげて見るのは、扉が開くときだけである。違う、やはりミス・バレットではない。

ウィンポール街でソファの上に横たわっていたミス・バレットは、不安になってきた。交渉に思わぬ障害が生じたんだわ。テイラー氏は水曜日の午後にホワイトチャペルに出向き、「協会」と協議すると約束してくれた。けれど、水曜日の午後になって、夜が更けても来やしない。これはきっと料金を釣り上げるつもりね、とミス・バレットは思った――こんなときになんて不都合なこと。もちろん、そうだとしても支払わなければならないけれども。彼女は「フラッシュを取り戻さなければならないのです」とブラウニング氏に書いている。「危険を冒してまでして、値引き交渉をすることなどできません」そうして彼女はソファに横たわってブラウニング氏に手紙を書き、扉が叩かれないかと耳をすます。しかし、部屋にやってくるのはウィルソンで、手紙やお湯を持ってくるばかりである。就寝時刻になっても、フラッシュは戻ってこない。

ホワイトチャペルに、九月三日木曜日の朝が訪れた。扉が開き、閉まる。フラッシュのそばの床の上で夜通し鳴いていたレッド・セッターが、モールスキンの胴着を着た悪漢に引っ張られていった――どんな運命が待ち受けているのだろう？　殺されるのと、ここに留まるのとどちらがいい？　ここで生き永らえるのと、ああして殺されるのと、どちらがひどい？　怒号、飢え、乾き、悪臭――フラッシュはかつてオーデコロンの匂いを毛嫌いしていたことを思い出した――が、鮮やかな情景とどんな欲望もすぐさま消し去った。古い記憶の断片がフラッシュの頭に去来する。あれは草原で叫んでいる、年老いたミットフォード博士の声？　ケレンハポックが扉のところでパン屋と噂話をしている？　部屋の中で物がガタガタいうと、ミス・ミットフォードが風露草をひとつにまとめようとしているような気がする。だが、風の音に過ぎない――今日は嵐だ――割れた窓ガラスに貼られた茶色い紙が、バタバタと音を立てているだけだ。側溝で酔っ払いがうわごとを言っているに過ぎない。部屋の隅にいる醜い老女が火にかけた鍋で鰊《にしん》を揚げ、ぶつぶつと呟いているだけである。ぼくの存在は忘れられて、見捨てられてしまったんだ。助けなど来ない。誰も話しかけてこない――おうむは「かわいいポル、かわいいポル」と叫び、カナリアは絶えず訳も分からずピーピーと鳴き続けている。

それからふたたび夜になり、部屋が暗くなる。ろうそくが受け皿に立てられた。外で粗悪な明かりがぎらぎらと燃え上がる。袋を背負った不気味な男と、化粧をしたけばけばしい女の集団が足を引きずって扉から入ってき、壊れたベッドとテーブルの上に身を投げ始める。今宵もまた、ホワイトチャペルが暗闇に包まれる。屋根の穴から絶え間なく雨雫が漏れてきては、それを受けるために置かれたバケツの中に大きな音を立てて入る。ミス・バレットはまだ来ない。

ウィンポール街に、木曜の朝が訪れる。フラッシュの戻ってくる兆しはいささかもない――テイラー氏からの伝言もない。ミス・バレットはとても不安になった。問い合わせてみた。弟のヘンリーを呼び寄せ、事細かに質問してみた。だまされていた。「魔王」テイラーは前夜に約束通りやってきていたのであった。彼は条件を述べた――協会に六ギニー、自分に半ギニー支払え、とのことだった。だがヘンリーはその結果を

ブラウニング夫人

彼女に伝える代わりにバレット氏に伝え、もちろん父親は「払うな、それから男がやってきたことはエリザベスには隠すように」と命じたのだった。ミス・バレットは「怒り心頭に発しました」。彼女はすぐにテイラー氏の下に行き、お金を支払ってきなさい、とヘンリーに命じた。ヘンリーは、そんなのはいやだと言い、「パパのことを話に出しました」。けれど、パパについて話したところで何の役にも立たないでしょう、と彼女は抗議した。わたしたちがパパについて話し合っている間に、フラッシュは殺されてしまうわ。彼女は覚悟を決めた。ヘンリーが行かないのなら、自分で行こう。「……もしひとがわたしの思うように行動してくれないのなら、明朝自分で赴き、フラッシュを取り戻してきます」と彼女はブラウニング氏に書いている。

　だが、いまミス・バレットは言うは易し、行うは難しだと思った。フラッシュが自分のところにやってくるのと同様に、彼女が彼の下に行くのはおよそ難しいことであった。ウィンポール街全体が彼女に反対していた。フラッシュが盗まれ、テイラー氏が身代金を要求しているという知らせは、いまや誰もが知るところであった。ウィンポール街はホワイトチャペルに敵対する立場を取ることに決めた。盲目のボイド氏〔ミス・バレットにギリシア語を教えた学者。彼女の詩を読み、一八二七年から交流を始めた〕は、私の考えでは、身代金を払うことは「恐ろしき罪」になるでしょう、と言って寄越した。父と弟も一致団結して彼女に反対し、自分たちの階級の利益のためならどんな裏切り行為でもするつもりでいた。だが最悪なことに――それもとてつもなく困ったことに――、ブラウニング氏自身が自分の立場を最大限に利用し、雄弁をふるい、あらゆる学識、論理力を動員し、ウィンポール街の肩を持ち、フラッシュに敵対する立場を取ったのだった。もしあなたがテイラー氏に屈するのであれば、それは独裁者にひれ伏し、恐喝犯に屈するということです、と彼は書く。善に対する悪の力を、純潔に対する悪徳の力を強大なものにしてしまうのです。テイラーの要求を飲んでしまえば「……飼い犬を救い出せるだけの金を持たない貧しき者たちは、どうすればいいのでしょう?」。彼の想像力は掻《か》き立てられた。たかだか五シリングであったとしても、テイラー氏が要求してきたら何と言ってやろう、と想像してみた。こう言ってやる。「お前に一味の活動の責任があるのだ。お前に狙いを定めてやる——犬の脚だとか頭だとかを切り離す、などとたわごとを言うのはやめろ。はっきり言っておく。私も一生をかけてお前を困らせてやる、厄介者を自称しているお前をな——思いつくかぎりのあらゆる手段を用いてお前に死を与え、共犯者たちもしらみつぶしに見つけだしてやる——だが、お前のことは見つけだしているのだから、ずっと見張っていてやる……」。幸運にもテイラー氏に会うことがあれば、彼はこう言い返してやるつもりだった。実のところこのあと、彼は同じ木曜日の午後の郵便で二通目を届け、続けている。「……さまざまな身分の抑圧者が、望むままに、弱い立場の者や声をあげぬ者たちの弱みを見つけ、色々なやり方で自分たちの方に引き寄せるのだと考えると、恐ろしくなります」彼はミス・バレットを責めなかった——あなたのすることはまさに正しく、容認できるものばかりです。けれども、と彼は金曜日の朝も続けて述べている。「そうしてしまうのは、嘆かわしいですが、弱さのなせるわざなのだと思われます」犬を盗むテイラーを調子づかせるということは、ひとの名声を盗み取るバーナード・グレゴリー氏〔イギリスのジャーナリスト・出版者（一七九六－一八五二）。一八三一年から一八四九年にかけて『風刺新聞』を発行〕を増長させるのと同じことであった。間接的にであれ、彼女は喉を掻き切って命を断ったり、海外に逃亡したりしてしまう哀れな者たちへの責めを負っているのである。バーナード・グレゴリーのような恐喝犯は、紳士録に掲載されている人物を辱め、その名声を木端《こっぱ》微塵《みじん》にする。「ですが、この世で最も明白な事柄に関し、あらためて述べておく必要などあるのでしょうか？」このように、ブラウニング氏は日に二度、ニュー・クロス〔ロンドン南部に位置する町で、ブラウニングが住んでいた〕の方から怒鳴り散らし、わめき散らすのだった。

ミス・バレットはソファに横たわり、手紙を読んだ。ブラウニング氏に屈し、「あなたの素晴らしいお考えは、わたしにしてみればコッカー・スパニエル百匹分よりも価値のあることです」と言うのは、とても容易いことだ。枕に沈み、「わたしは非力な女です。法や正義のことは何もわかりません。わたくしのためにお決めください」とため息まじりに言うのは、なんと容易なことだろう。身代金の支払いを拒めばいいのだ。テイラーとその一味に、公然と反対すればいいのだ。フラッシュが殺され、あの恐ろしい包みが届き、開けると中から頭と脚が落ちてくるのだとしても、そばにはロバート・ブラウニングがいてくれ、「あなたは正しいことをしました」と請け合ってくれ、彼の尊敬の念を勝ち取ることができる。だが、ミス・バレットは怖気《おじけ》づかなかった。彼女はペンを取り、ロバート・ブラウニングに反論した。ダンの詩を引用なさったり、グレゴリーの例を引き合いに出されたり、テイラー氏に対する勇ましいお返事をお考えになったりするのはとても結構なことです――わたしもテイラー氏が殴りかかってきたり、グレゴリーが中傷してきたりしたら、同じことをしたでしょう。――そうなったらよかったのに！　ですが、このならず者集団がわたしを誘拐したら、あなたはどうなさいますか？　彼らがわたしを思うままにし、耳を切り落とし、それをニュー・クロスに送りつけると脅してきたとしたら？　あなたがどう対応されようが、わたくしの心は決まっております。フラッシュは無力です。わたしにはあの子を救う義務があります。「けれども、かわいそうにフラッシュは、とてもけなげにわたしのことを愛してくれていました。テイラー氏などという輩の犯す罪のために、罪のないあの子を犠牲にする権利がわたしにあるのでしょうか？」ブラウニング氏が何と言おうと、彼女はフラッシュを救うつもりでいた。彼を連れ戻すために、ホワイトチャペルという死地に赴くことになったとしても。そうすることで、ブラウニング氏に軽蔑されることになったとしても。

このような次第で、土曜日、彼女は目の前のテーブルの上にブラウニング氏からの手紙を広げ、身支度を始めた。彼の次のような文句を読んだ――「もう一言述べさせてください――今回の一件に関し、私は世間一般の夫、父、兄弟、独裁者の卑劣なやり方に反対しているのです」。だから、もしホワイトチャペルに行くのであれば、彼女はロバート・ブラウニングと敵対し、世間一般の父親、兄弟、独裁者の味方になるのだった。しかし、彼女は身支度を続けた。犬が路地で遠吠えをあげる。犬は縛られ、残酷な男どもに支配され、助けを得られずにいる。彼女にはその遠吠えが「フラッシュのことを思ってあげなさい」と鳴いているように聞こえる。靴を履き、ガウンを着、帽子を被る。もう一度、ブラウニング氏の手紙をちらりと見る。「私は近々、あなたと結婚するのですから」という一文を読む。けれど、犬が吠える。部屋を出、階下に降りた。

ヘンリー・バレットと顔を合わせると、「お姉さんがやると言って脅していることを行動に移したら、強盗に遭って殺されると思う」と言った。彼女はウィルソンに、辻馬車を呼ぶよう伝えた。全身が震えてはいたが、ウィルソンは従順に言いつけに従った。馬車がやってきた。ミス・バレットはウィルソンに乗りなさい、と命じた。ウィルソンは死が待ち受けていることを確信しながらも、馬車に乗り込んだ。ミス・バレットはショアディッチ〔ロンドン東部の旧自治区〕にあるマニング街に行くよう、御者に伝えた。ミス・バレットも乗り込み、一行は出発する。すぐに彼らは厚板ガラスの窓、マホガニー材でできた正面玄関の扉、地下勝手口の鉄柵の付いた住宅地域を離れる。馬車は、ミス・バレットがこれまで一度も目にしたこともなければ、考えたこともなかったような世界に入る。寝室の下で牛たちが身を寄せ合い、窓の割れた部屋で家族全員が寝起きし、週に二度だけ水道から水が出され、悪徳と貧困がさらなる悪徳と貧困を生み出している世界に入る。立派な馬車の御者であれば知ることのない地区にやってきたのであった。馬車が止まる。御者がパブで道を尋ねる。「男たちが二、三人出てきました。『ああ、テイラーさんに会いたいんでしょう！』」この不思議な界隈にやってくる女性がふたり乗った馬車の用件といえばひとつで、それはすでに知られていた。途方途《と》轍《てつ》もなく不吉であった。「男がひとり、ある家に走っていって、『テイラーさんは自宅にはいませんけど、そこから降りてきませんか?』と言いました。ウィルソンは恐怖のあまり我を忘れ、そんなことはお考えにならないでください、と私に懇願しました」男どもと子どもらの群れが、馬車の周りに押しかける。「テイラー夫人に会いませんか?」と男は尋ねる。ミス・バレットは夫人に会いたいとはぜんぜん思わない。だが、「これまでの人生で、ずっと不安を覚えることもなく肥えてきた」ひどい肥満体の女が家から出てき、夫なら外出しています、とミス・バレットに告げたのだった。「数分で戻ってくるかもしれませんし、数時間かかるかもしれません――こっちでお待ちになりませんか?」ウィルソンが彼女のガウンを強く引っ張る。こんな女の家で待つなんて! 押しかけてくる男どもと少年たちに囲まれて、馬車の中で待つのだけでもひどいことなんですから、と言った。そこでミス・バレットは、馬車の中からこの「巨体の泥棒女」と交渉した。テイラーさんはわたしの犬を預かっています、と彼女は言った。その犬を返してくれると約束しました。今日必ず、ウィンポール街に届けてくれませんか?「ええ、かしこまりました」とよく肥えた女は満面の笑みをたたえて言った。まさにその用件のために、夫は家を出たと思うんですよ。それから女は「ゆったりした優雅な仕草で、頭を左右に傾けました」。

それから馬車はぐるりと向きを変え、ショアディッチのマニング街を後にした。ウィルソンの考えでは、「わたしたちは命からがら逃げ帰ってきたのでした」。ミス・バレット自身も不安を覚えていた。「あの界隈で一味の力が強いことは明らかです。動物愛好家連というあの協会は……地下に根を張っていました」と彼女は書いている。彼女の心には考えがあふれ、目にはたくさんの情景が残っていた。そうすると、これがウィンポール街の反対側に存在するものなのだ――こういった顔や家が。五年間、ウィンポール街の奥の寝室に横たわって目にしてきたものよりも、パブに停められた馬車の中の一瞬間の方がずっと多くのものを目にすることになった。「あの男たちの顔といったら！」彼女は叫んだ。その顔が、目に焼き付いている。本棚の上に安置された「大理石でできた、神々しいお姿」の胸像からは一度もなかったほどに、あの場で見た顔には激しく想像力を刺激された。ここにはわたしのような女性たちが住んでいる。だが、自分がソファに横たわって読書をし、物を書いているときに、彼女たちはああして暮らしているのだ。しかし、このとき、馬車はふたたび四階建ての家々の間をごとごといいながら走っていた。馴染みのある扉や窓のある大通りだ。目地に漆喰《しっくい》を塗った煉瓦、真鍮の叩き金、規則正しいカーテン。ここがウィンポール街五十番地。ウィルソンが馬車の外に飛び出す――安全なところに戻ってこれて、どれだけ安堵したか察しがつく。だが、おそらくミス・バレットはしばらくはためらっていたことだろう。彼女にはまだ「あの男たちの顔」が見えていたのである。数年後に、イタリアの陽光が降り注ぐバルコニーに座って書き物をしているときに、ふたたびその連中の顔が蘇ってくる[005]。このときの経験が、『オーロラ・リー』〔エリザベス・バレット＝ブラウニングの長編物語詩（一八五六）。社会問題・女性問題に触れている〕の最も鮮明な箇所を生み出すインスピレーションをもたらした。もう執事が扉を開けてくれたので、彼女は階段を上がり、ふたたび自分の部屋に戻った。

土曜日になり、フラッシュが監禁されてから五日が経過した。彼は疲労困憊し、絶望し、満員の部屋の暗い隅ではあはあと息を切らしていた。扉がばたんと閉められる。荒々しい声があがる。女たちが奇声をあげる。おうむがメダヴェイルの窓際では一度もしたことのなかった喋り方をしてみせたが、いまでは恐ろしい老婆たちが罵りの言葉を浴びせるだけだった。虫が毛皮の中を這うが、彼はすっかり衰弱して無関心になっており、毛皮を揺する気力もない。フラッシュの半生における多くの場面——読書、温室、ミス・ミットフォード、ケニヨン氏、本棚、胸像、ブラインドの上の農夫たち——が、大釜の中に溶けてゆく雪片のように消えていった。彼がまだ希望を抱いていたとすれば、それは名前も形も失った、何かに対してであった。「ミス・バレット」とまだ呼ばれる、表情のはっきりしないひとの顔に対してであった。彼女はまだ存在している。世界中に存在する他のものは、何もかも消え去った。だが、そのひとだけは存在している。彼女がこちらに渡ってくるにはおよそ不可能であるほどの深淵が、まだ両者の間には横たわっている。ふたたび、夕闇が落ち始める。暗闇は彼の最後の希望——ミス・バレットを、粉々に打ち砕くかのようであった。

事実、ウィンポール街の有力者たちはこの最後の瞬間になってもなお、フラッシュとミス・バレットを引き離すべく格闘していた。土曜日の午後、ミス・バレットは、あのひどく肥えた夫人が約束した通りにテイラー氏がやってくるのを横になって待っていた。とうとう男は来たが、フラッシュは連れてこなかった。伝言を持ってきていた——この場で六ギニー払えば、自分はすぐにでもホワイトチャペルに行き、「名誉にかけて」犬を連れてくる。「魔王」テイラーの言う名誉に、どれだけの価値があるかはわからない。しかし、「他に手段はないように思われました」。フラッシュの命が危ない。ギニー硬貨を数え、下の廊下にいるテイラー氏に届けさせた。だが、不運なことに、テイラー氏が傘や彫刻、パイル織物のカーペットや他の貴重な品々に囲まれて廊下で待っているときに、アルフレッド・バレットがやってきてしまった。魔王が家の中にいるのを実際に目にし、彼はかっとなった。かんかんに怒った。この男のことを「詐欺師、嘘つきの盗人野郎」と呼んだ。それに対し、テイラー氏もなんだとこの野郎、とどなり返した。さらに悪いことに、「あの犬は助かりたいと思っていたのに、二度と目にすることはないだろうな」と言い、家を飛び出していってしまったのである。こんなことになれば、明日の朝には血で汚れた小包が届けられてしまう。

ミス・バレットは急いでまた着替え、階下に駆け降りた。ウィルソンはどこ？　辻馬車を呼ぶように言って。すぐにショアディッチに戻るわ。家の者たちが走ってやってき、彼女のことを制止した。夕闇が迫っている。お姉様はもう疲労困憊しているわ。健全な男でも、こんな冒険はとても危険だよ。こんなことをするなんて狂気の沙汰だわ。そう彼女に伝えた。弟と妹が全員周りにやってきて脅し、説得し、「わたしに向かって、『とても狂っている』、強情だ、わがままだと叫びました——わたしはテイラー氏よろしく、罵詈雑言を浴びせかけられました」。だが、彼女は考えを曲げなかった。とうとう彼らは、彼女がとんでもない愚か者だということに気がついた。どれだけ危険であっても、言う通りにするしかない。セプティマスは、もしバー姉さんが部屋に戻って「ご機嫌でいてくれる」のなら、自分がテイラー氏の下に行ってお金を払い、フラッシュを連れ戻してこよう、と約束してくれた。

こうして、九月五日のホワイトチャペルの夕暮れは真っ暗な夜になった。部屋の扉がもう一度蹴り開けられる。毛むくじゃらの男が、隅にいたフラッシュの首をむんずと掴み、引きずりだす。馴染みのある敵の恐ろしい顔を見上げ、フラッシュは自分が連れ出されて殺されるのか、それとも自由の身になるのかわからなかった。おぼろげになったひとつの記憶の他は、どうだってよかった。男が屈《かが》む。どうしてこの男の大きな指は、自分の喉元をいじくり回すのだろう？　これはナイフ？　それとも鎖？　ふらふらする脚でよろめき、ものが半ば見えない状態のまま、フラッシュは戸外に連れ出された。

ウィンポール街にいたミス・バレットは、夕食に手を付けられずにいた。フラッシュは死んでしまったのかしら、それとも生きているのかしら？　わからない。八時になり、扉を叩く音がする。ふだん通りのブラウニング氏からの手紙だ。だが、手紙を受け取ろうとして扉を開けると、何かが走って入ってくる――フラッシュだ。まっすぐに紫色のボウルに向かう。水が三度注《つ》ぎ足される。それでもまだ飲む。ミス・バレットはぼうっと困惑している、汚れた犬が水を飲むのを見る。「思っていたほど、わたしの方を熱心に見ようとはしませんでした」と彼女は述べている。いや、彼がこの世で欲しがっていたものはただひとつ――きれいな水だったのだ。

結局のところ、ミス・バレットはあの男たちの顔をちらりと見ただけだったが、それを一生涯忘れなかった。まる五日間というもの、フラッシュは連中の真っ只中で生殺与奪《せいさい》の権を握られていた。いま一度クッションの上に身を横たえると、実体のある本物は冷たい水だけのように思われた。彼は続けざまに水を飲んだ。寝室の神々――本棚、衣装ダンス、胸像――には、実体がないように思われた。もはやこの部屋が全世界ではない。単なる避難所に過ぎない。野獣が徘徊《はいかい》し、毒蛇がとぐろを巻く森の中で、揺れる一枚の蓼《たで》の葉がアーチを作る、小さな谷あいでしかない。木々の背後には、襲いかかる準備をした殺人者が隠れている。ソファでミス・バレットの足元に横になり、ぼうっとし、疲労困憊していると、つなぎとめられた犬たちの哀れな鳴き声と、狂気にとらわれた鳥たちの叫び声がまだ耳の奥で響く。扉が開くと、ナイフを持った毛むくじゃらの男ではないかと思ってはっとしたが――入ってきたのは本を携えたケニヨン氏に過ぎない。あるいは、黄色い手袋をしたブラウニング氏に過ぎない。だがこのとき、フラッシュはケニヨン氏とブラウニング氏の下から後ずさった。もはやふたりを信じることはできない。微笑みをたたえた愛想のよい顔の裏に、裏切り、非情、欺瞞《ぎまん》が隠されているのだ。その愛撫には何も込められていない。郵便ポストまでウィルソンと散歩に行くのでさえ、フラッシュは怖がった。鎖なしでは動こうともしない。「かわいそうに、フラッシュ、悪いやつらに連れ去られてしまったのだね」と言われると、彼は頭を上げて嘆き、喚《わめ》いた。鞭がぴしりと鳴ると、安全な場所を求め、地下の勝手口へ続く階段を急いで降りる。家の中では、ソファの上にいるミス・バレットのそばへぴたりと寄り添う。このひとだけは、自分のことを見捨てなかった。まだ、いくぶんかは信じられる。次第に彼女は本来の姿へと戻っていく。彼は困憊し、震え、汚れ、痩せ細り、ソファの彼女の足元に横になる。

数日が経ち、ホワイトチャペルの記憶も薄れてくると、フラッシュはソファの上でミス・バレットのそばに横たわり、以前にも増してはっきりと彼女の気持ちを読み取れるようになった。ふたりは離れ離れになっていたが、いまは一緒であった。実際、ふたりはこれまでになかったほどに親密であった。彼女が驚き、動くたびに、フラッシュもそのことを体感した。いまや彼女はひっきりなしにはっとし、そわそわしている。小包の配達で飛び上がる。包みを開け、震える指で厚地のブーツを取りだす。すぐにそれを戸棚の隅に隠す。それからまるで何事もなかったかのように横になる。だが、何かが起こっている。ふたりきりになると、立ち上がって引き出しからダイヤモンドのネックレスを取りだす。ブラウニング氏からの手紙を入れた箱を手に取る。ブーツとネックレス、手紙類をすべて絨毯地の旅行用トランクに入れ、それから——まるで階段のところで足音が聞こえたかのように——、ベッドの下に押し込み、急いで横になり、ふたたびショールで身を包む。人目を忍んだこの秘密めいた行動は、迫りくる危機を予告しているに違いない、とフラッシュは感じた。これから一緒に逃げ出すの？　犬泥棒と独裁者の支配する恐ろしい世界から一緒に逃げ出す？　そんなことができたら！　フラッシュは興奮のあまり体を震わせ、鳴き声をあげた。しかし、静かにしなさい、とミス・バレットに低い声で命じられたので、すぐにそうした。彼女は、やけに静かにしている。弟たち妹たちが部屋に入ってくると、すぐにソファの上に横たわり、まったく静かになる。バレット氏にもふだん通り横になって話しかけている。

だが九月十二日の土曜日、ミス・バレットはそれまでフラッシュが見たことのなかったことをやってみせた。朝食を取ると、すぐに外出するかのように、ひとりで着替えた。さらに、着替えをじっと見ていると、自分は連れていってもらえないのだということがその表情からはっきり読み取れた。彼女は自分だけの秘密の用事のために出かけるのだ。十時になり、ウィルソンが部屋に入ってくる。彼女も散歩の格好をしている。ふたりは連れ立って外出した。フラッシュはソファに横たわり、ふたりの帰宅を待つ。一時間かそこらで、ミス・バレットはひとりで帰ってきた。こちらには目もくれない――何も目に入らないようだった。手袋を外すと、一瞬、左手の指に黄金に輝く指輪が嵌められているのが見えた。それから指輪を外し、暗い引き出しに隠すのを見た。そうしてから、彼女はふだん通りにソファに横になった。フラッシュは彼女に寄り添い、息をひそめる。何であれ、事が起これはそれを隠すためにはどんな犠牲でも払わなければならない。

どんな犠牲を払ってでも、寝室での暮らしはいつも通りに続けられなければならない。だが、すべてが変わっていた。ブラインドの揺れる様子ですら、フラッシュにはまるで何かの合図のように思われた。胸像の上で交錯する光と影も、何かをほのめかしており、合図を送っているようだ。部屋じゅうのものがすべて、その変化に気づいているようである。まるである出来事のために、準備を整えているかのようなのだ。けれども、すべてが沈黙していた。すべてが隠されていた。弟妹たちはふだん通りに部屋を出入りする。バレット氏も、いつも通り夜に部屋にやってくる。ふだん通りに厚切り肉が平らげられ、ワインが飲み干されているのを確認する。ミス・バレットは誰かが部屋にいれば談笑し、何かを隠す素振りを見せない。だが、ふたりきりになると、ベッドの下から旅行用トランクを引きずりだし、耳をそばだて、急いでこっそり物を詰め込む。緊張の色がありありと浮かんでいる。日曜日に教会の鐘が鳴る。「あれはどこの鐘ですか?」と誰かが尋ねる。「メリルボーン教会です」とミス・ヘンリエッタが言う。フラッシュはミス・バレットが顔面蒼白になるのを見た。だが、誰もそのことには気づかなかった。

そうして月、火、水、木曜日が過ぎた。沈黙のとばりが下りる。ふだん通りに食事、会話を行い、ソファの上に横になるというとばりが下りる。フラッシュは不安であまり眠れず、広大な森の暗闇の中で、羊歯の茂みと葉の下で一緒に横になっている夢を見た。すると、葉が左右に分けられ、目が覚める。暗闇である。だが、ウィルソンがこっそり部屋に入ってき、ベッドの下から旅行用トランクを取りだし、静かに部屋の外に運び出すのが見える。九月十八日金曜日の夜のことである。土曜日の午前中、彼はいつでもハンカチが落とされたり、小さな口笛の音がしたりすれば、それが生死の合図になることを知っている者であるかのように、横になっていた。ミス・バレットがひとりで着替えるのを見た。三時四十五分になると扉が開き、ウィルソンが入ってきた。すると、合図が出された――ミス・バレットが彼を両腕に抱き上げる。立ち上がり、扉の方に歩いていく。一瞬、ふたりは立ったまま部屋を見回す。ソファがあり、そばにブラウニング氏の肘掛け椅子がある。胸像とテーブルがある。陽の光が蔦の葉を通過し、農夫の描かれたブラインドが風でそっとふくらむ。すべてがいつも通りであった。同じような出来事が何百回と起こることを期待しているようだった。だが、ミス・バレットとフラッシュにとってはこのときが最後であった。静かにそっと、ミス・バレットは部屋の扉を閉める。

彼女たちは音を立てないように階段を静かに降り、客間、書斎、食堂の前を通り過ぎる。すべてがふだん通りであった。いつもの匂いがする。九月の暑い日の午後で、眠りこけているようだ。玄関の敷物の上でカティリヌが眠っている。表の扉まで辿り着き、音を立てないよう静かにハンドルを回す。外では馬車が待っている。

「ホジソン書店まで」とミス・バレットが言った。囁くように声をひそめて言った。フラッシュは膝の上で静かに座っていた。どんなことがあっても、このとてつもない静寂を破るものか、と思った。

第五章　イタリア

数時間、数日間、いや数週間にも及ぶように思われた。暗闇の中をがたがたと走り、突然明るくなったかと思うと今度は薄暗くて長いトンネルに入り、あちこちに投げ飛ばされ、あわただしく抱え上げられ、陽の光を浴び、見るとミス・バレットの顔が間近にあり、それから細い木々、電線、レール、強烈な日光が斑に反射する家々が続く――というのも、当時の鉄道の手荒い慣習として、犬は箱に入れて旅行するという習わしがあったのだった。だが、フラッシュは平気だった。僕たちは逃げている。独裁者と犬泥棒たちの下から立ち去っているんだ。列車ががたがた、ぎーっと音を立てて走る。汽車にあちこちに投げ飛ばされながら、彼は「気の済むまでそうやってがたがた、ぎーっとやっていてくれ」と呟いた。ウィンポール街とホワイトチャペルを後にすることができさえすれば、それでいい。とうとう視界が明るくなり、揺れが収まった。風の中に鳥の囀りと、木々の吐息が聞こえる。それともこれは水のほとばしる音？　ようやく目を開け、やっとのことで毛皮を揺すると、目に入ってきたのは――思いつくかぎりで最も驚愕すべき光景であった。ミス・

バレットが、奔流のただ中の岩の上にいるのである。頭上で木々がたわんでいる。周囲で川がたぎっている。危険な状況にあるに違いない。水を跳ねあげてひと飛びで小川を渡り、彼女の元に辿り着く。岩をよじ登ってそばまで来ると、「……彼ぞペトラルカ〔十四世紀のイタリアの詩人。人文主義の先駆者〕の名の下に洗礼を受くる」と言われた。一行はヴォクリューズ〔フランス南部に位置する県。ペトラルカが住んでいたことで知られる〕にいた。彼女はペトラルカの泉の真ん中の岩に腰掛けていたのだった。

それからまた、列車ががたがた、ぎーっと音を立てて走り、そうして彼はもう一度、しっかりした床の上に下ろされた。暗闇が晴れ、光が降り注ぐ。彼は生き、目覚め、目を白黒させ、さんさんと陽の光の降り注ぐ、がらんとした、広大な部屋の赤いタイルの上に立っていることに気づく。あちこちを走り回り、触わり、匂いを嗅ぐ。カーペットも暖炉もない。ソファーも肘掛け椅子も、本棚も胸像もない。鼻をつく未知なる匂いに鼻腔をくすぐられ、くしゃみが出る。底抜けに明るい、強烈な光で目がくらむ。こんなに堅く、明るく、大きく、家具のない空っぽの部屋——実際のところ、これが部屋であるのならばだが——に足を踏み入れたことなどない。中央に置かれたテーブルの近くに座るミス・バレットは、ますます小さく見える。そうこうしているうちに、ウィルソンが屋外に連れ出してくれる。まず太陽で、それから日陰のせいで目がくらくらする。通りの半分は焼けつくように熱く、もう半分は肌を刺すように冷たい。女性たちは毛皮で身を包み、日差しから頭部を守るためにパラソルを携帯している。通りはからからに乾いている。十一月も半ばだったが、脚を濡らす水たまりも、泥も、毛皮にこびりつく土塊もない。地下勝手口も鉄柵もない。ウィンポール街やオックスフォード街を散歩しているときに嗅いだ、気が狂うようなごたまぜの臭いもない。その一方で、石でできた尖った通りの曲がり角や、乾いた黄色い壁から発せられる新しい臭いは驚くばかりにつんとし、変わっている。すると揺れている黒いカーテン〔教会の入口〕の向こうから、びっくりするほど甘い匂いが、雲のようにふわふわと漂ってくる。立ち止まり、脚を上げ、匂いを味わう。その匂いについて中に入る。カーテンの下に潜り込む。天井が非常に高く、低音の反響する、きらめく広間がちらりと目に入る。そのとき、ウィルソンがキャッと叫び、激しく鎖を引っ張る。ふたりはふたたび通りを行く。通りの喧騒は耳が聞こえなくなるほどうるさい。誰も彼もが一斉に甲高い叫び声をあげているかのようだ。硬く、眠気を誘うロンドンの低く唸る音とは違い、がたごとと物のぶつかる音と叫び声、ちりんちりんという鈴の音と怒鳴り声、ぴしりという鞭とからんからんと鳴る鐘の音がする。フラッシュがあちこちにぴょんぴょん跳ね回れば、ウィルソンはそれに引っ張られる。荷車、牛、兵士の一団、山羊の群れを避けるために、何十回となく歩道を登り降りしなければならない。彼はここ数年来にないほど自分が若く、元気に満ちているように感じる。目はくらくらしたが、気持ちはうきうきしていて、赤いタイルの上に沈み込むと、ウィンポール街の奥の寝室の枕の上よりもぐっすりと眠ったのである。

　だが、すぐにフラッシュはロンドンとピサ——というのも、ここはピサだったのである——のさらに大きな違いに気がついた。犬が違うのである。ロンドンではちょっと走って郵便ポストまで行けば、必ずと言っていいほどパグ〔中国原産の小型犬。毛は短く耳が垂れており、巻き尾。顔にはしわが多く、しゃくれている〕、レトリーヴァー〔仕留めた獲物をくわえてくるよう訓練された猟犬〕、ブルドッグ、マスティフ〔英国産の大型犬。短毛で、番犬に用いられる〕、コリー、ニュー・ファンドランド〔カナダ東端にあるニュー・ファンドランド島産の大型犬で、性格は柔和、毛色は黒、黒と白、茶、灰色などで、水難救助に活躍する〕、セント・バーナード〔アルプス原産の賢い大型犬で、旅行者の救助に用いられる〕、フォックス・テリアや、スパニエル犬の著名な七つの家系のひとつと顔を合わせた。彼はそれぞれに異なる名前を付け、階級を与えた。しかし、ここピサでは犬はたくさんいるものの、階級は存在しない。どの犬も——はたしてこんなことがありえるだろうか？——雑種犬だった。見るかぎり、ただの犬ばかりなのである。灰色、黄色、虎毛、ぶちの犬だ。スパニエル、コリー、レトリーヴァー、マスティフは一匹たりともいない。ケンネル・クラブはイタリアでは司法権を持たないのだろうか？ スパニエル・クラブの存在は知られていないのだろうか？ 頭頂部の房を根絶し、耳の巻き毛を奨励し、羽毛のようにふさふさしている脚を保護し、額は半円形に膨れているべきで、尖っていてはならぬ、と断固求める法律は存在しないのだろうか？ どうもないらしい。フラッシュは自分のことを追放された王子だと感じた。下層民の群がる中で、自分だけが貴族なんだ。ピサ全体でも、自分だけが純血のコッカー・スパニエルなんだ。

長年にわたり、フラッシュは自分のことを貴族だと思うように躾《しつ》けられてきた。紫色のボウルと鎖の掟が、魂の奥底にまで染み込んでいた。彼が心の平衡感覚を失っていたとしても、およそ無理のないことである。ハワード家やキャベンディッシュ家といった貴族の人間が、泥土で作られた小屋に住む土着民の集団の中に居を構え、折に触れてチャッツワース〔イングランド中北部ダービシャー州にある、デヴォンシャー公爵家の地所〕での暮らしを思い出し、燃える夕日が彩色の施された窓から差し込んでくるときの赤い絨毯のことや、宝冠が壁に描かれた廊下のことなどを思い起こしては悔やんでいたのだとしても、非難するにあたらない。フラッシュに俗物的なところがあったことは認めねばなるまい。ミス・ミットフォードは何年も前にそのことに気がついていた。ロンドンで自分と同じ地位、あるいは自分よりも位の高い犬たちといるときには押さえ込まれていた自分は特別なんだという思いが、このときになるとふたたび湧き上がってきていた。彼は高圧的で、横柄になった。「フラッシュは絶対君主に成り果て、扉を開けて欲しいときに吠え立てるので、こちらの気が散ってたまりません」とブラウニング夫人は書いている。「ロバートはそのフラッシュが、わたしの夫である自分のことを、彼に仕えるため、という特別な目的のために創られた存在だと考えているんだ、と申しておりますが、本当にそうなのかもしれません」

「ロバート」「わたしの夫」――フラッシュが変貌していたのだとしたら、ミス・バレットもまた変わっていたのだった。なにもこの時分、彼女がブラウニング夫人と名乗り、陽光の下で、彼女の指に嵌められた黄金の指輪がきらめいていたというだけではない。フラッシュが変貌していたように、彼女も様変わりしていたのであった。フラッシュは彼女が「ロバート」「わたしの夫」と言うのを日に五十回も耳にする。毎回、彼女がその言葉を誇らしげに言うものだから、彼の首のあたりの毛は逆立ち、心臓がどきりとする。しかし、変化があったのは言葉遣いだけではなかった。彼女はまったくの別人になっていたのである。例えばいまではポートワインを少し飲んだだけで、頭が痛い、などと不満をもらすこともなく、代わりにキャンティを一口でぐっと飲み干しては、かえってよく眠るのだった。食卓には皮を剝いた黄色くて酸っぱいオレンジの代わりに、花を咲かせたオレンジの枝が置かれている。それからリージェンツ・パークに四人乗りのランドー馬車で出かける代わりに、ごつごつしたブーツを履き、岩を這い登る。自家用の四輪馬車に乗ってオックスフォード街をがたごとと揺れながら進む代わりに、がたぴし揺れる貧相な貸し馬車で湖畔まで出かけ、山並みを眺める。疲れていても、もう一台馬車を呼ぶということもない。岩の上で休み、トカゲを眺める。彼女は陽の光の下で喜びを感じ、寒さも喜ぶ。凍えるように寒いと、大公の森から取ってきた松の薪を暖炉の火にくべる。彼女たちはみな、ぱちぱちと爆《は》ぜる火の前に座り、強い松の香りを嗅ぐ。ミス・バレットは飽きもせずにイタリアを称賛しては、イギリスをこきおろすのだった。「……気の毒なことに、イギリス人には喜びを得るための教養が欠けているのだわ。暖炉の火ではなくて、陽の光によって洗練されることが必要なのよ」と声高に主張する。ここイタリアでは、太陽によって自由、生、喜びが生まれる。人々が争っているのを見たり、罵り合うのを聞いたり、酔っぱらったりしているのを見たことがない——ショアディッチの「あの連中の顔」がふたたび眼前に蘇ってくる。彼女はいつもピサとロンドンを比べては、ピサの方がずっといいわ、と言う。ピサでは、美しい女性が通りをひとりで歩くこともできる。上流階級の女性たちは、まず使った湯水をあけてから、「栄光の輝きに包まれて」宮廷に向かう。鐘、雑種犬、らくだ、松の木でごった返しているピサの方が、ウィンポール街やマホガニーの扉、羊の肩肉よりもはるかに好ましい。このように、ブラウニング夫人は毎日キャンティを飲み干し、枝からもうひとつオレンジをもぎ取ってはイタリアを賞賛し、貧相で退屈でじっと湿っている、日の光も届かなければ喜びも存在しない、物価の高い因習的なイギリスのことを嘆き悲しむのだった。

しばらくの間、ウィルソンが英国人としての精神的平衡を保っていたことはたしかである。執事や地階、玄関、カーテンにまつわる記憶は、なかなか心の中からは消せなかった。「ヴィーナス像の卑猥《ひわい》さに衝撃を受けて」美術館から出てくるだけの良心はまだ持ち合わせていた。のちに、ある友人の好意で華々しい大公の宮廷を覗き見たときにも、セント・ジェームズ宮殿〈ロンドンにある王宮で、ヘンリー八世からヴィクトリア女王の即位に到るまで王宮として用いられた〉の方がすばらしい、とまだ忠誠心を持って考えていた。「わたしたちイギリスの宮廷と比べると、すべてが……みすぼらしいのです」と彼女は報告している。だが、よくよく見つめていても、大公の親兵のすばらしい体軀《たいく》には目が奪われてしまった。想像力が掻き立てられ、判断力が鈍り、道徳的基準がぐらりと揺らいだ。リリー・ウィルソンは親兵のリーギ氏と熱烈な恋に落ちたのだった[006]。

ブラウニング夫人が新たな自由を試し、発見に喜んでいたまさにそのときに、フラッシュも自分なりに新発見をし、自由を試していた。ピサを発つ前に――一八四七年の春に、彼らはフィレンツェに引っ越した――、フラッシュはケンネル・クラブの掟が普遍的なものではないのだという、興味深くもあり、当初は衝撃的でもあった事実に直面していた。明るい色の頭頂部の房は必ずしも致命的な欠点とはならない、という事実に向き合ってみたのである。それに従い、規則を改正した。はじめこそいささかためらいはしたものの、犬社会に関する新たな理解の下に行動してみた。彼は日ごとにいよいよ民主的になった。ピサにいるときでさえ、ブラウニング夫人は「……フラッシュが毎日外出し、小犬にイタリア語で話かけている」ことに気がついたのであった。いま、フィレンツェで彼の最後の足枷《あしかせ》が外れた。ある日、カシーネ公園で自由に至る瞬間が訪れた。「きじが生き生きと飛翔する中」、「エメラルド色」の草の上を走り回っていたときに、フラッシュは突然リージェンツ・パーク、そしてそこに掲げられていた「犬は鎖につないでいなければなりません」という声明文を思い出した。「しなければならない」なんてものは、いまどこにある？　鎖はどこだ？　公園管理人と警棒は？　そんなものは犬泥棒や腐敗した貴族階級の連中のケンネル・クラブ、スパニエル・クラブとともに消えてしまった！　四輪馬車と二輪馬車、ホワイトチャペルとショアディッチとともになくなってしまった！　彼は直走《ひた》りに走る。毛皮が輝きを放ち、瞳が燃え上がる。いまや全世界が友達だ。犬はみな兄弟だ。この新しい世界に、鎖なんていらない。保護してもらう必要なんてないんだ。ブラウニング氏が散歩の時間に遅れるものなら――いまやふたりは親友であった――、フラッシュはずうずうしくも彼を召喚するのであった。ブラウニング夫人は彼が「夫の前に立ち、たいへん尊大な態度で吠えるのです」と多少苛立たしげに書いている。というのも、このときのふたりは以前よりもはるかに情熱を失った間柄になっていたからだった。彼女はもはや自分の経験に欠けているものを与えてもらうために、フラッシュの輝く目と赤い毛を必要とはしていなかった。ぶどう園とオリーブの林の間に、牧羊神パンの姿を見つけていたのだった。夜になれば、松の薪をくべた暖炉の火のそばにいてくれる。そういうわけで、ブラウニング氏が油を売っていれば、フラッシュは立ち上がって吠える。とはいっても、ブラウニング氏が自宅にとどまり、書き物をしたいと言うのであれば、それはそれで構わなかった。いまや、フラッシュは独立心が旺盛である。壁の藤と金鎖《キングサリ》が花を付けている。西洋蘇方《ズオウ》が庭で燃えるように鮮やかに咲いている。野生のチューリップが野原でちらほらと美しく花開いている。待つことなんてない。彼はひとり駆けだす。いまは何だって自分の思い通りにできるんだ。「……あの子はひとりで出かけ、いちどきに何時間も外にいます」とブラウニング夫人は書いている。「……彼はフィレンツェのすべての通りに通じています――何でも思い通りにやっているのでしょう。あの子がいなくても、わたしは決して怖くはありません」と付け加えている。ウィンポール街で苦しんでいたときのことや、ヴィア街で鎖に繋ぐのを忘れてしまい、それであの一味が馬の足元からフラッシュをくすめてやろうと待ち構えていたときのことなどを思い出し、笑ってしまった。フィレンツェでは恐れるものなど何もなかった。犬泥棒はいないし、それに、父親もいないわ、と彼女ならため息をついて言ったことだろう。

しかし、包み隠さず申し上げれば、カーサ・グイーディ〔貴族の所有していた邸宅。ブラウニング夫妻は一八四七年からここに住み始める〕の扉が開いていて、フラッシュが慌てて出ていったのは、絵画を見るためでも、暗い教会に入りおぼろげなフレスコ画を眺めるためでもなかった。あることを楽しむため、ここ数年にわたって遠ざけられていた、あるものを探し出すためであった。かつてヴィーナスの狩りの角笛が、バークシャーの草野で荒々しく吹かれたことがあった。そのとき彼は、パートリッジ氏の飼い犬と愛を交わした。彼女は自分の子を設けた。いま、同じ声がフィレンツェの狭い通りに鳴り響く。しかし、その声はここ数年沈黙していたために、以前にもまして有無を言わさぬ調子で激しく急き立てる。いまフラッシュは、人間が決して知り得ないものを知る――純粋な愛、偽りなき愛、完全無欠の愛だ。その愛は、過ぎ去った後には一切の憂いを残さず、羞恥心も自責の念も抱かせはしない。蜂がこちらの花に止まり、行ってしまうように、生まれては消えゆく。今日は薔薇、明日は百合《ゆり》、あるときは荒野に咲く薊《あざみ》、またあるときは温室育ちの豊満で高飛車な蘭、という具合だ。手当たり次第に、たいへん無頓着に、フラッシュは路地にいるぶちのスパニエル、斑模様の犬、黄色い毛並みの犬と交わった――相手が誰であれ、彼にとっては一緒であった。角笛が鳴り、そよ風がその調べを運ぶのなら、どこへでも向かう。愛がすべてだ。愛があれば十分だ。誰も彼の型破りな行動を咎《とが》めはしなかった。フラッシュが夜遅く、もしくは翌日の早朝に戻ってきても、ブラウニング氏はただ笑うだけだった――「立派な犬なのに、目も当てられません」。フラッシュが寝室の床の上に身を投げ、模造大理石《スカリオラ》に嵌め込まれたグイーディ家の

カーサ・グイーディにて

紋章の上で眠り込むと、ブラウニング夫人も笑ってしまうのだった。

というのも、カーサ・グイーディの部屋は剝き出しだったのである。浮世離れした隠遁生活で布を被せられていた家具の類は、ことごとくなくなってしまっていた。ベッドはベッド、手洗い台は手洗い台だった。すべてがそれ自体であり、別の何かということではなかった。広い客間には彫刻の施された、使い古しの黒《こく》檀《たん》の椅子が何脚かまばらに置かれている。燭台《しょくだい》を掲げる天使をふたり取り付けた鏡が、暖炉の上に掛かっている。ブラウニング夫人も、カシミヤのショールを捨てた。夫の好きな明るい色の絹でできた、薄地の帽子を被っている。髪型も新しくした。日が落ち、鎧戸が開けられると、彼女は薄地の白いモスリンの服を着、バルコニーを歩く。そこに座って通りをゆく人々を見、声を聞き、眺めるのが好きだった。

フィレンツェに滞在し始めてほどなくのある晩、通りで大きな叫び声と、どしんどしんというどよめきが聞こえたので、彼らは何が起きているのか見てみようとバルコニーに出てみた。眼下に大群衆が殺到している。旗を持ち、叫び、歌っている。窓辺にはおびただしい数の顔があり、バルコニーには人垣ができている。窓辺の人々は花と月桂樹を放り投げる。通りの人々――まじめな顔つきの男たち、陽気な若い女たち――は互いにキスをし、自分たちの赤ん坊を持ち上げてはバルコニーの人々に見せている。ブラウニング夫妻は手すりから身を乗りだし、何度も何度も拍手を送る。次から次へと旗が通り過ぎる。松明《たいまつ》が旗の上できらめく。ある旗には「自由」と書かれている。別のものには「イタリア統一〔十八世紀末以降、イタリアでは統一共和制国家の樹立を目指す運動が起こる。一八六一年には新王国が形成された〕」

と書かれている。「誉れ高き殉教者たち」「ピウス九世（イタリアの聖職者（一七九二－一八七八）、ローマ教皇（在位一八四六－七八）。イタリア統一運動の最中、穏健自由主義者たちによって、イタリア連邦国家の首長とすることが構想されていた）万歳」「レオポルド二世（トスカーナ大公（一七九七－一八七〇）。自由主義的憲法を公布するが、オーストリアからの独立を求める国民と対立し、国外に退去した）万歳」と書いてあるものもある——三時間半もの間、旗が通り過ぎ、人々は歓声をあげ続けた。ブラウニング夫妻はバルコニーにろうそくを六本立て、手を振り続ける。フラッシュもしばらくの間、夫妻の間でバルコニーの土台の石材に脚をかけて体を伸ばし、全力で喜んだ。だが、とうとう彼は——隠し通すことができなくなって——あくびをしてしまった。「ようやくあの子は、こいつはちょっと長いよ、と思っていることを白状いたしました」とブラウニング夫人は述べている。倦怠、疑念、卑猥な気持ちにとらわれた。なぜこんなことをするのだろう？　と彼は自問した。大公とは何者で、何を約束したというのだ？　どうしてこのひとたちは、こんなにばかばかしいまでに興奮しているのだ？——というのも、旗が通るたびに熱心に手を振り続けるブラウニング夫人の態度が、なぜだか鼻についたのだった。大公に対してそんなに熱くなるなんて、いささか大袈裟《おおげさ》だよ、と彼は感じた。そうしていると、大公が通るときに、小柄な犬が玄関の戸口で脚を止めたことに気がついた。ブラウニング夫人が以前にも増して夢中になっている機会をとらえ、彼はバルコニーから下りて走りだした。旗と群衆の間を駆け抜け、彼女の後を追う。犬はどんどんフィレンツェの中心部をめがけて逃げていく。はるか彼方で歓声があがる。万歳の声が小さくなり、静かになる。松明の明かりが消える。アルノ川のさざめく波間に輝く星は、わずかである。そのほとりに、フラッシュはぶちのスパニエルと並び、泥土の上に置かれていた古びたバスケットの中で寝そべった。太陽が昇るまで、二匹は愛で我を忘れて横になっていた。フラッシュが翌朝の九時になってようやく帰宅すると、ブラウニング夫人は多少の皮肉を込めて「ずいぶん早かったわね」とあいさつした――少なくとも、今日がわたしたちの結婚一周年記念であることは覚えていてくれたのかしら、と彼女は思った。だが、「とても楽しんできたようね」とも思った。その通り。彼女が四万人の大行進、大公の誓約、風にはためく旗に言い知れぬ満足を覚えていた一方で、フラッシュにとっては戸口にいた小柄な犬の方がはるかに良かったのである。

発見の客旅《かくりょ》にあり、ブラウニング夫人とフラッシュが異なる結論に辿り着きつつあったことは疑いえない――夫人にとってはそれが大公で、フラッシュにとってはぶちのスパニエル犬であった。けれども、ふたりの絆はまだ間違いなく結ばれていた。「しなければならない」という義務を撤廃し、きじが赤と金の翼ではばたく、カシーヌ園のエメラルド色の芝生の上を思うがままに駆けだすが早いか、フラッシュは突然妨害されてしまった。またしても尻餅をついた。始めはなんということもなく――それはかすかな兆候に過ぎなかった――、一八四九年の春に、ブラウニング夫人が忙しく針仕事をしているというだけであった。けれどもその様子を目にし、彼は慎重になって考えた。このひとは針仕事に慣れていないのに。ウィルソンがベッドを移動し、タンスの引き出しを開け、白い洋服をしまうのに気づく。タイル張りの床から頭をもたげ、注意深く観察し、耳を傾ける。また何かが起こる？　彼は不安になり、旅行かばんと荷作りの兆候を見守った。もう一度逃避行に出る？　だけど、どこに向かって、それに何から逃げるため？　ここでは何も恐くないよ、と彼はブラウニング夫人に請け合った。フィレンツェにいれば、テイラー氏のことや、茶色い包みに入った犬の頭のことなんて気にする必要はないよ。しかし、彼は困惑した。彼が読み取ったところでは、今回の変化の兆しはどうも逃避行を意味しているのではないらしい。ますます謎めいたことではあるが、何かを待ち望んでいるようなのである。ブラウニング夫人が落ち着き払い、けれども何も言わずに淡々と低い椅子で針仕事をしているのを見ると、フラッシュには避けようのない、恐ろしいものがやってくるように感じられた。数週間が経過し、ブラウニング夫人はほとんど家から出なくなった。座って、何か大きな出来事がやってくるのを待っているようだ。悪党テイラーのようなごろつきと会い、ひとりで誰の助けも借りずに鉄拳の雨あられを受けようとしている？　考えてみただけでも恐ろしく、震えが走る。きっと逃げだそうとしているのではない。かばんで荷造りをしているわけではないのだから。誰かが家から出ていくという兆しもない――それどころか、誰かがやってきそうな気配すらある。嫉妬に駆られ、不安になり、フラッシュは新しくやってくる訪問客をひとりずつ取り調べにかけた。いまでは多くの訪問客がやってくる――ミス・ブラグデン〔アイサ・ブラグデン（一八一六？－七三）。人生の大半をフィレンツェで過ごし、ブラウニング夫妻とも親交があった〕、ランドー氏〔ウォルター・サヴェイジ・ランドー（一七七五－一八六四）、イギリスの詩人・随筆家。二十年余りをイタリアで過ごした〕、ハティ・ホズマー〔アメリカの彫刻家（一八三〇－一九〇八）〕、リットン氏〔ロバート・ブルワー＝リットン（一八三一－九一）、前出のエドワード・ブルワー＝リットンの息子。初代ネブワース伯。外交官、詩人、インド副王〕――いまやカーサ・グイーディには、大勢の紳士淑女の訪問がある。来る日も来る日も、ブラウニング夫人は肘掛け椅子に座り、静かに針仕事をしている。

するとと、三月上旬のある日、ブラウニング夫人が居間にまったく姿を現さなくなった。他の者たちは出たり入ったりする。ブラウニング氏とウィルソンも出たり入ったりしている。彼らが気もそぞろに出たり入ったりするものだから、フラッシュはソファの下に隠れてしまった。人々は足音を立てて階段を上り下りし、走ったり、小さな囁き声と押し殺した耳慣れない声で呼びかけたりしている。二階の寝室に上がっていく。彼はソファの暗がりのさらに奥へと潜った。何か変化が起こりつつあることを全身で理解した——恐ろしいことが起ころうとしているんだ。数年前にはそれで階段を上がってくる覆面の男の足音を待った。とうとう扉が開き、ミス・バレットが「ブラウニングさん！」と叫んだ。今度は誰が来るのだ？　どんな覆面の男が？　時間が経過するにつれ、彼はまったくのひとりぼっちになった。客間には誰も足を踏み入れなかった。食べ物も飲み物も与えられないまま、彼は客間に横たわった。千匹ものぶちのスパニエルが、玄関のところで鼻をくんくん鳴らして匂いを嗅ぎまわっていたとしても、フラッシュはかかわるのを避けただろう。というのも、数時間が経過し、外から何かが侵入してくるという圧倒的な感じがしたからだ。ソファの襞《ひだ》飾りの陰から見てみる。燭台を掲げるキューピッド、黒檀のタンス、フランス製の椅子がすべてばらばらに置かれ、押しやられているように見える。何か目に見えない存在のために空間を空けておかねばならず、フラッシュは自分も壁ぎわに押しやられているような感じを受けた。一度ブラウニング氏の姿を見かけたが、ふだんとは違った。ウィルソンの姿も見えたが、彼女も違う――まるでフラッシュの感じ取った、目には見えない存在を見ているかのようだ。その目は変にぼうっとしている。

とうとうウィルソンが顔を真っ赤にし、髪も服も乱れたまま、けれども勝ち誇ったようにしてフラッシュを抱いて二階に連れていった。寝室に足を踏み入れる。暗い部屋の中に、かすかに泣き声がする――枕の上で何かが揺れ動いている。生きた動物だ。ブラウニング夫人は他の者たち全員から離れ、表口を開けることもなく、部屋の中で無我夢中になってただのひとりきりでふたりの人間に分裂していた。恐ろしい生きものが彼女のそばで手を動かし、泣いている。フラッシュは胸の内にしまっておくことのできぬ怒り、嫉妬、ひどいむかつきに心をかき乱され、離してくれともがき、階下に駆け降りていく。ウィルソンとブラウニング夫人が、戻ってきなさい、と呼びかける。優しく撫でて気を引いてみたり、好物で釣ってみたりするが、犬に小判である。彼はこのむかむかする光景と、ぞっとする生きものの姿に恐怖を覚え、暗い部屋の隅やソファの作る物陰であればどこでも逃げ込んだ。「……まる二週間というもの、あの子はひどく塞ぎ込み、どんなに世話を焼いてもつっぱねていました」――あれやこれや雑事に気を取られながらも、ブラウニング夫人はそのことに気付かざるを得なかった。人間の一分、一時間をもって犬の心を測り――というのも、そうしなければならないわけなのだが――、数分が数時間、数時間が数日へと膨らんでいくのを見れば、人間の時間で言うところのまる六カ月間、フラッシュが「ひどく塞ぎ込んでいた」と結論づけたとしても、大した誇張にはならないだろう。人間の多くは、それよりも短い時間で愛憎など忘れてしまうのだから。

ところがフラッシュは、ウィンポール街にいた頃のように、もはや無教育で無分別な犬というわけではなかった。自分なりに教訓を学んでいた。ウィルソンに撲たれたこともある。新鮮なうちに食べられたはずなのに、固くなってからケーキを飲み込まなければならなくなってしまったこともある。愛情を注ぎ、嚙んだりしません、と誓ったこともある。ソファの下で横になっていると、こうした記憶が心の中をぐるぐると駆け巡る。とうとう彼は出てきた。今度もまた報いられた。当初、その報酬はまるきり不快、とまではいかないが、わずかばかりのものであったことは否めない。赤ん坊を背負い、フラッシュはその子に耳を引っ張られながら、ちょこちょこと動き回らなければならなかった。しかし、彼はとてもおとなしく従い、その子が耳を引っ張ると、くるりと振り向き「くぼみのある小さな裸足にキス」をしたりするものだから、三カ月と経たないうちに、自分では何もできないこの弱虫、意気地のない、か細い声でえんえんと泣くこちらの坊やは、「概して」――とブラウニング夫人は述べている――他の人間よりも、どうやらフラッシュのことを気に入ったようだった。すると、何とも奇妙なことに、フラッシュも自分が赤ん坊の愛情に応えていることに気づいたのだった。自分たちは何か共通点を持っているのではないか？――この赤ん坊は、色々と自分に似ているのでは？　価値観、好みが一緒？　たとえば、風景からしてそうだ。フラッシュにとってはどんな景色も一様につまらなかった。過去数年間、わざわざ山を眺めたためしがない。バロンブローサ〔イタリア中部・トスカーナ州にある村で保養地）に連れていかれたときも、その壮麗な森林には退屈させられた。赤ん坊の月齢が数カ月に達すると、一行はふたたび馬車で長旅に出かけた。赤ん坊は乳母の膝の上におり、フラッシュはブラウニング夫人の膝の上に座っている。馬車はどんどん進み、苦労してアペニン山脈の高地を登坂する。ブラウニング夫人は有頂天さながらに喜ぶ。窓から顔を離しておくことなどとうていできやしない。彼女は英語全体をくまなく探しても、自分の感動したものを表現するのにぴったりな言葉を見つけることができなかった。「……アペニン山脈の何とも言えぬ幻想的なまでの花鳥風月、さまざまな形と色彩、突然に変化する、それぞれに精気に満ちた山並み、自らの重みで深い渓谷に垂下する栗林、淀むことを知らぬ湍流《たんりゅう》によって裂け、穿《うが》たれた岩、あたかも自らその至大な存在を積み上げたかのような丘の上に連なる丘は、その力行において、色の変化を生み出している」――アペニン山脈の眺望絶佳から数多の言葉が生まれたが、激しくぶつかり合い、消滅した。だが、赤ん坊とフラッシュはこのような刺激はまったく受けず、表現に対する不足を覚えることもなかった。ふたりとも黙っていた。フラッシュは「窓から頭を引き離し、見るには値しないと思っているようでした……彼は木々や丘、その類のものをこの上なく軽蔑しています」とブラウニング夫人は結んでいる。馬車はがたごと進む。フラッシュも眠り、赤ん坊も寝入る。するととうとう明かり、民家、人間が窓の外を通り過ぎる。一行は村に入った。すぐにフラッシュは全身を耳にして聞く。「……熱心になるあまり、あの子の目は顔から飛び出さんばかりでした。東を見、西を見、記録を取っているか、その準備をしていたものと言えます」彼はひとのいる光景に感動したのであった。美はまず緑や紫の粉の結晶にされ、フラッシュの鼻腔の奥深くにある縁毛を生やした溝に天上界のスポイトで吹きつけられる。すると、フラッシュははじめて嗅覚を刺激される。その後、彼は言葉ではなく、沈黙のうちに歓喜を覚える――少なくともそのように思われるのである。ブラウニング夫人は見、フラッシュは嗅ぐ。彼女が書くのならば、彼はくんくん鼻を鳴らすのだった。

そういうわけで、ここで伝記作家はいやおうなしに筆を擱《お》かなければならない。目にしたものを伝えるのには二、三千語でも不十分だというのに――ブラウニング夫人は自分がアペニン山脈に打ちのめされたことを認めねばならず、「ここで目にするものに関し、お伝えできるものは何もありません」と白状している――、その一方で、われわれは鼻で嗅いだものを表現するのには数語しか持ち合わせていない。人間の鼻というのは、実のところ、存在しないも同然である。世界的な詩人でさえ、一方では薔薇の、もう一方では人糞の臭いを嗅いだに過ぎない。両者の間に横たわる無限の階梯《かいてい》については、記されていない。けれども、フラッシュが生きていたのはおおかた匂いの世界である。愛とは主に匂いである。色も形も匂いである。音楽、建築、法律、政治、化学もそうである。宗教そのものが匂いなのだ。彼の日常生活における厚切り肉やビスケットに関するごくごく単純な経験についてでさえ、われわれには記述することがかなわない。スウィンバーン氏〈イギリスの詩人・批評家（一八三七－一九〇九）。代表作に、イタリア独立運動に影響を受けた『日の出前の歌』（一八七一）がある〉でさえ、六月の暑い日の午後のウィンポール街の匂いがフラッシュにとって何を意味していたのかを語れはしなかっただろう。松明、月桂樹、香、旗、ろうそく、樟脳《しょうのう》を入れておいた靴の、繻子《しゅす》のかかとで潰された薔薇の葉の花輪、それらと混じり合っているスパニエル犬の匂いを描写しようとするのであれば、『アントニーとクレオパトラ』のシェイクスピアなら、ひょっとしたら可能であったかもしれないが――、しかし、シェイクスピアであればペンを置いたりはしない。したがって、われわれの能力不足を白状すれば、人生の絶頂にあり、最も自由で、最も幸福な年月を過ごしていたフラッシュにとって、イタリアは主として匂いの連続であった、と述べるにとどめるほかない。恋は徐々に魅力を失っていくものだったに違いない。だが、匂いは残る。いま一行は、ふたたびカーサ・グイーディに落ち着いたので、それぞれが自分の仕事に勤しんだ。ブラウニング氏はいつも一室で物を書く。夫人もいつものごとく別の部屋で執筆する。赤ん坊は子ども部屋で遊ぶ。だがフラッシュは、うっとりする匂いを楽しまんと、フィレンツェの通りへふらふらと出かけていく。大通りから裏通りへ、広場から路地へと、匂いを頼りに縫うようにして進む。荒々しい匂い、なめらかな匂い、薄暗い匂い、金色の匂いといった具合に、匂いを嗅ぎわけて進む。真鍮が打たれ、パンが焼かれ、女たちが座って髪を梳かし、土手沿いの道には鳥かごがうず高く積み上げられ、歩道にはワインの濃淡の暗赤色の染みができており、皮革、引き具、にんにくの匂いがし、布が打たれ、蔦の葉が揺れ、男たちが座って酒を飲み、サイコロを振っているところを、フラッシュは出たり入ったり、登ったり降りたりする――彼は走り込んでいっては出てき、匂いのエッセンスを吸い込まんと、ひっきりなしに鼻を地面や香りを漂わせている空気に向ける。熱くなった日向に寝そべる――陽の光で、石がなんと強く臭うことか！　あの日陰になっているトンネルを探す――酸っぱい匂いを発する日陰で、石がこんなに臭うなんて！　フラッシュは熟れたぶどうを、主にその紫色の匂いのために房ごと貪る。イタリア人のおかみさんが、硬くなった山羊の肉とマカロニの残飯をバルコニーから投げ捨てれば、それがどんなものであれ、彼は口の中に入れ、嚙んでから吐き出す――山羊の肉とマカロニは、ざわざわする紅い匂いがする。うっとりする甘い香の匂いを辿り、紫色の複雑な匂いを発する暗い大聖堂の中へ入っていく。ふんふん鼻を鳴らし、ステンドグラスの影の落ちた墓の金文字の部分を舐める。彼の触覚も、負けず劣らず鋭敏である。彼はフィレンツェのなめらかな大理石のことも、埃だらけでじゃりじゃりしているフィレンツェのことも知っている。石像の折り重なっている古びた襞や、滑らかな指と足を舐め、鼻を震わせて匂いを嗅ぎとる。どこまでも繊細なその脚で、堂々たるラテン語の刻印を読み取る。つまり、彼は人間のあずかり知らぬ方法でフィレンツェを知っていたのである。ラスキンでさえも、ジョージ・エリオットでさえも、決してそんな風に知ることはなかった。言葉の話せぬ者だけが知っているように、彼はフィレンツェのことを熟知していた。彼の受け取る無数の感覚は、どれひとつとして、言葉によって歪められはしなかった。

老年期に差しかかっていたフラッシュが、底抜け騒ぎの、言葉にできぬ快楽を覚えていた、などと考えてみる。もしくは、ブラウニング夫妻の赤ん坊が日に日に言葉を覚え、感覚を少しずつ手の届かぬ範囲に追いやっていく一方で、フラッシュは、本質が究極的な純粋体として現れる、剝き出しの事物の魂が剝き出しの神経に感じられる楽園に、永遠に留まることを運命づけられていた、などと述べてみたりする。そう言ってみるのは、伝記作家としては喜ばしいことではあろうが——事実ではない。フラッシュはそんな天国には暮らしてなどいなかった。星から星に渡りゆく精霊や、煙が立ち昇る人家には決して寄りつかず、南極の雪原や熱帯雨林の最果てを飛ぶ鳥であったならば、ひょっとしたらそのような特権と至福を享受したかもしれない。だが、フラッシュは人間の膝の上に横になり、ひとの声を耳にしている。彼の肉体には人間の感情が通っている。そのため、彼は嫉妬、怒り、絶望を熟知している。いまや夏となり、彼は蚤《のみ》に苦しめられていた。[007] ぶどうを熟れさせる太陽が蚤も産み落とすというのは、ひどい皮肉である。「……ここフィレンツェにおけるサヴォナローラ〔イタリアのドミニコ会修道士（一四五二－九八）。宗教改革者であったが、火刑に処され、殉教した〕の殉死も、夏のフラッシュの受難ほどひどいものではありません」とブラウニング夫人は記している。フィレンツェの家の隅々から、蚤が勢いよく跳びあがる。古びた石のあらゆる隙間、タペストリの折り目という折り目、外套という外套、帽子、そして毛布からぴょんぴょん跳んでくる。彼らはフラッシュの毛皮に住みつく。毛がびっしりと生えているところを嚙んで進む。彼は搔きむしる。健康を害し、気難しくなり、痩せ細り、熱を出す。ミス・ミットフォードに要請が出される。蚤にはどのような対策を講じればよいのでしょうか？　と、ブラウニング夫人は心配のあまり書いている。ミス・ミットフォードは依然としてスリー・マイル・クロス村の温室に座り、悲劇について書いていたが、ペンを置き、古い処方箋を調べてみた――どの山査子《さんざし》と、薔薇の蕾《つぼみ》を処方したかしら。ところが、レディングの蚤は摘まめばやっつけられた。フィレンツェの蚤は凶暴で手強《てごわ》かった。そんな蚤に対し、ミス・ミットフォードの作る蚤退治の粉薬などは嗅ぎタバコ同然である。ブラウニング夫妻は絶望し、水を入れたバケツのそばに膝立ちになり、石鹼《せっけん》と目の粗いたわしで蚤を駆除すべく、一生懸命にこする。無駄であった。とうとうある日、ブラウニング氏がフラッシュを散歩に連れていると、街の人々が指差しているのに気づいた。彼はある男が鼻に指を当て、「疥癬《ラ・ローニャ》」と囁くのを耳にした。このときにはすでに、「ロバートも、わたしと同じようにフラッシュのことが好き」だったので、友人であったフラッシュと午後の散歩に出かけ、かかる汚名を着せられしまったことには我慢ならなかったのである。ロバートは「もはや目をつむってなどいられませんでした」と夫人は書いている。救済策はひとつだけあったが、それは疥癬に負けず劣らず苛烈なものであった。フラッシュがどれだけ民主的になり、社会的地位の印に無関心になっていたのだとしても、まだフィリップ・シドニーが言うところの「身分のあるひと」であった。彼は血統を背負っている。彼にとって毛皮は、広大な領地が、家紋の刻印されたただひとつの小さな金の懐中時計になってしまった貧しい郷士の有する、その時計と同じであった。いま、ブラウニング氏が手放そうと主張しているのがこの毛皮である。フラッシュを呼び寄せ、「ハサミを手に取り、全身を刈ると、彼はライオンのようになりました」。

ロバート・ブラウニングが刈り込み、コッカー・スパニエル家の勲章が床に落ち、まったく別の動物の下手な模造品のような首元が出現すると、フラッシュは去勢され、権威を損なわれたように感じ、恥ずかしがった。いまの自分は何者だ？　じっと鏡を見つめ、考える。鏡はそれ特有の残酷さを持って、はっきりと答える。「お前は何者でもない」自分は何者でもない。たしかにもう、コッカー・スパニエルなどではない。だが、鏡を見ていると、いまや地肌が見え、巻き毛のなくなった耳が、ぴくぴくと動くようである。まるで強力な力を備えた真実と笑いの聖霊が囁いているかのようだ。何者でもない――それはつまるところ、世界で最も望ましい状態なのではないか？　もういちど鏡で見てみる。ひだえりが付いている。われわれは偉大な存在である、と喧伝する連中の尊大さ――それを風刺すること自体、立派な生き方なのでは？　ともかく、彼がこの問題にどうけりをつけたのだとしても、蚤から自由になれたことには違いない。ひだえりを揺すってみる。細くなった剝き出しの脚で踊ってみる。元気が湧き上がってくる。絶世の美女が病の床から起き上がり、その顔が未来永劫醜いものになってしまったことに気づき、服と化粧品を火にかけ、もう二度と鏡をのぞき込むことも、恋人の冷たい態度やライバルの美しさに怯える必要もないのだわ、と思い、喜びのあまり笑い声をあげるのと同じであった。二十年もの間、糊《のり》のきいた黒ラシャの法服に身を包んでいた牧師がごみ箱にカラーを投げ捨て、押入れからヴォルテール〔フランス啓蒙期を代表する作家・思想家（一六九四－一七七八）〕の作品を取りだすのと同じであった。こうして毛を刈り取られたフラッシュは、ライオンのような格好で走り回りはしたものの、蚤からは自由になったのである。「フラッシュは利口な犬です」と、ブラウニング夫人は妹に宛てて書いている。おそらく彼女は、苦難によってのみ幸福に至る、というギリシア語のことわざを念頭に置いていたのだろう。真の賢者とは、毛皮を失い、蚤から自由になった者のことなのである。

だがほどなくしてフラッシュは、新たに勝ち得た思想を試すことになった。羊飼いにとって雷雨の到来を告げる雲や、政治家にとっての戦争を予告する噂と同じように、犬にとって恐ろしいのは、引き出しが開けられたり、箱から糸が一本だけぶらりと垂れ下がっていたりすることである。そういったものが音も立てずに集まってき、一八五二年の夏に、もう一度あの危機がやってくる、という兆候を示した。新たな変化、新たな旅の前触れだ。だが、それが何だというのだ？　トランクが引っ張りだされ、紐がかけられる。赤ん坊は子守に抱かれて外に連れ出される。ブラウニング夫妻は旅装で現れる。玄関に辻馬車が待機している。フラッシュは玄関で哲学者然として待つ。みんなの準備がよければ、ぼくも準備万端だ。いま一行が馬車に乗り込み、フラッシュもそれに続き、軽やかに跳び乗る。ヴェネツィア、ローマ、パリ――どこだろう？　いまではどの国も自分にとっては同じだ。人間はみな兄弟だ。自分でそういう教訓を学び取ったのだ。だが、ようやく暗闇から出てみると、それこそあらゆる考えが求められた――彼はロンドンにいたのである。

規則正しく煉瓦の配置されたさえざえとした大通りの左右に、家々が立ち並ぶ。歩道は冷たく、硬い。その、真鍮の叩き金の付いたマホガニーの玄関から、優美な紫色のビロードのローブをゆったりとまとった女性が出てくる。花を散りばめた軽やかな花輪を髪の上に載せている。従僕が屈《かが》んで四輪馬車の踏み段を下ろしているときに、彼女は衣装を体の周りにまとめ、尊大な感じで通りをちらりと見やる。ウェルベック街〔ロンドンのウェスト・エンドにある通り〕全体が——というのもここはウェルベック街だったのである——、きらびやかな赤い光に包まれている——イタリアの光のように冴えて強烈なわけではなく、何百もの車輪の吹き上げる埃と、ごまんといる馬車馬の足踏みのために、黄褐色で、荒々しい様子になっている。ロンドンの社交期は最高潮を迎えている。音のとばりと、混じり合う喧騒の生み出す雲が、ひとつの唸り声となって街に下りてくる。堂々たるディアハウンド〔スコットランド原産の鹿狩り用の猟犬〕が、召使いの少年に鎖で引かれてやってくる。警察官が、快い調子で揺れながら大股で歩いてき、手《て》提《さ》げランプで左右を照らす。無数にある地下室から、シチュー、牛肉、たれ、羊肉、キャベツの香りが立ち上ってくる。仕着せを着た下男が、郵便ポストに手紙を投函する。

　大都市の壮大さに圧倒されたフラッシュは、戸口の踏み段にしばらく脚を乗せたまま立ち止まった。ウィルソンも足を止めた。いまとなっては、イタリア文明、宮廷、革命、大公、親兵など、なんとつまらぬものか！　警察官が通り過ぎていき、ウィルソンは結局リーギ氏と結婚しなかったことを神に感謝したい気持ちになった。そのとき、通りの角のパブから、不気味な人物が出てきた。男は流し目で意地悪そうに見る。フラッシュはひと飛びで建物の中に入った。

　もう数週間にもわたり、フラッシュはウェルベック街の下宿屋の居間に厳重に閉じ込められていた。依然として、彼を閉じ込めておくことが必要だったのである。コレラが発生していた。ミヤマガラスの巣所《ルッカリー》が改善されたのは事実ではある。だが、それだけでは十分ではなかった。まだ犬が盗難に遭い、ウィンポール街では犬を鎖に繋いでいなければならなかったのである。もちろん、フラッシュは社交界に参入した。郵便ポストやパブの外で他の犬に会った。生まれと育ちの良さから、彼らはフラッシュの帰還を温かく迎えてくれた。東洋での暮らしで、現地の習慣を身に付けた英国貴族が——実のところ、彼はイスラム教に改宗しており、中国人の洗濯女との間に息子のいることがそれとなく噂されているのだが——、宮廷で職を得ると、旧友たちは彼のそんな逸脱した点は気にせず、チャッツワースにも気軽に招いてくれる——妻のことには触れず、家族での祈禱《きとう》にも当然のことながら参加してくれるだろう、と考えてくれている——こんな具合に、ウィンポール街のセッターやポインターも、フラッシュのことを快く迎え入れてくれ、毛皮の状態については見逃してくれたのである。しかし、このときのフラッシュには、ロンドンの犬たちが病気に罹《かか》っているように思われた。カーライル夫人の飼っていたネロが、自殺を図って最上階の窓から飛び降りた[008]ことは広く知られている。チェイニー・ロー〔ロンドンのチェルシーにある小路で、ここの二十四番地にカーライルが住んだ〕での緊張した暮らしに耐えられなかったのだと言われている。ふたたびウェルベック街に戻ってきたフラッシュには、そのことが実によくわかった。監禁、山のように積み上げられた品々、夜中のゴキブリ、昼間の青蝿、なかなか消えぬ羊肉の匂い、食器棚にいつまでもしまわれているバナナ——こういうものと一緒に、服を着込み、それほど頻繁に、あるいは実のところまったく体を洗わない数人の男女がそばにいたため、彼は癇癪《かんしゃく》を起こし、神経を過労させた。何時間も西洋だんすの下で寝そべった。扉から出ていくことはできなかった。正面玄関にはいつも鍵が掛かっていた。誰かに鎖で引っ張っていってもらうのを待たなければならなかった。

　数週間にわたるロンドンの滞在中に、単調な生活を打ち破る事件が二つだけ起こった。夏も終わりのある日、ブラウニング夫妻はファーナム〔イングランド南部、サリー州の西部にある町〕にいるチャールズ・キングズリー牧師〔英国の牧師・小説家（一八一九－七五）。代表作に、エリザベス一世の時代を背景とした海洋冒険小説『西へ向かえ』（一八五五）がある〕を訪ねに出かけた。イタリアの地面は剝き出しで、煉瓦のように固かったことだろう。蚤はひとの手には負えなかったはずだ。のろのろと日陰から日陰へと、重たい脚を引きずって移動しなければならず、ドナテロ〔イタリアのルネサンス初期最大の彫刻家〕の彫像の振りかざす腕が作る、一本の影にすら感謝したことだろう。だがここファーナムには、緑の草地、青い水たまり、木の葉の囁く森、足で触れると弾ね返してくる目の細かな芝生があった。ブラウニング家とキングズリー家はその日をともに過ごした。フラッシュが彼らの後ろを速足で歩いていると、ふたたび古代のらっぱが鳴る。古の歓喜が戻ってくる——あれは野うさぎ、それともきつね？　スリー・マイル・クロス村にいた昔からなかったことだが、サリー州の荒野を一目散に走った。きじが紫と金のほとばしりとなり、勢いよく飛び上がる。フラッシュがそのきじの尾羽を嚙まんとするところで、声が響き渡る。鞭がぴしりと鳴る。ついてきなさい、と厳しい声で呼びかけてくるのは、チャールズ・キングズリー牧師だろうか？　いずれにせよ、フラッシュはそれ以上走らなかった。ファーナムの森では猟は厳禁であった。

数日後、彼がウェルベック街の下宿屋の居間で横になっていると、ブラウニング夫人が散歩の格好をして部屋に入ってき、食器戸棚の下にいる彼に呼びかけた。鎖を首輪にかけ、一八四六年の九月以来はじめてのことながら、ふたりで一緒にウィンポール街を歩いた。五十番地の玄関にやってき、昔と同じように立ち止まる。執事は、以前と同じように、なかなか姿を現さない。とうとう扉が開く。マットの上に寝そべっているのはカティリナだろうか？　歯抜けの老犬はあくびをし、伸び、こちらを顧みることもない。以前、階下に降りたときのように、ふたりは人目を忍び、静かに二階へ上がる。まるでそこで恐ろしいものを目にしてしまうかのように、ブラウニング夫人は扉をひとつずつ音も立てずにそっと開け、部屋から部屋へと移る。部屋の中を覗き、憂鬱な顔をする。「……どういうわけか、部屋は以前よりも小さくて暗いようで、家具も似合っておらず、使い勝手が悪そうでした」と彼女は書いている。蔦はいまもなお奥の寝室の窓ガラスを優しく叩く。部屋は図柄の付いたブラインドのために、依然として暗い。何も変わっていない。この数年間、何も起こらなかったのだ。そうやって彼女は部屋から部屋へと移動し、悲しい気持ちになって昔を思い出す。だが、彼女が検分を終えるだいぶ前から、フラッシュはひどく不安になっていた。バレット氏がやってきて、見つかってしまったらどうしよう？　しかめっつらで鍵を掛け、自分たちを永遠に閉じ込めてしまったら？　ようやくブラウニング夫人が扉を閉め、もう一度そっと階下に降りる。そうね、この家には掃除が必要ね、と言った。

その後のフラッシュの願いはただひとつ——ロンドン、ひいてはイギリスから永久に出ていくことだった。英仏海峡を渡り、フランスへ向かう蒸気船の甲板に立ち、ようやくフラッシュは幸せな気持ちになれた。船旅は荒れた。海峡を渡りきるのに八時間もかかった。蒸気船が上下左右に揺れ、フラッシュの記憶も心の中でごちゃ混ぜになった。紫色のビロードの服を着た女性、袋を背負い、ぼろをまとった男たち、リージェンツ・パーク、騎乗の従者を従え、馬車でさっと通り過ぎていったヴィクトリア女王、イングランドの緑の芝生と歩道のひどい臭い——甲板の上で横になっていると、こういった記憶が心の中を通り抜けていった。見上げると、険しい顔をした背の高い男性が手すりにもたれているのが目についた。

「カーライルさん!」ブラウニング夫人が叫ぶのを聞き——このときの海峡横断がひどいものであったことを留意しておかなければならない——、フラッシュはひどい吐き気に襲われた。船員がバケツとモップを持って走ってきた。「……かわいそうに、あの子は甲板から離れているように命じられてしまいました」とブラウニング夫人は述べている。というのも、甲板はまだイギリス領だったのである。「犬は甲板で船酔いにかかってはいけません」このような次第で、フラッシュは故国の海岸に最後の別れを告げたのだった。

第六章　最期

　フラッシュはいまでは老犬になりつつあった。イギリスに旅行し、昔の記憶が蘇り、くたびれてしまったことはたしかである。フィレンツェの日陰はウィンポール街の日向よりも暑かったが、それでもフィレンツェに戻ってきてからというもの、フラッシュが日向よりも日陰を求めるのが目についた。彫像の足元に横たわったり、噴水の縁の下でときたま毛皮にいくらかしぶきがかかるようにと寝そべったりなどし、数時間にわたって居眠りをする。若い犬たちがよく彼の周りにやってくる。ホワイトチャペルとウィンポール街での体験談を語ってやる。クローヴァーやオックスフォード街の匂いについて話してやる。革命にまつわる記憶をひとつずつ詳しく聞かせてやる——どんな風にして大公がやってきて、去っていったのか。しかし、左手の路地にいたぶちのスパニエル——あの娘はいつまでも達者に暮らしていくだろうよ、と彼は言ったものだ。そのとき、乱暴なランドー氏が急ぎ足で通り過ぎていき、彼に向かって怒ったふりをしながら握り拳を振り回す。親切なミス・ブラグデンは立ち止まり、小物入れ《レティキュール》から砂糖をまぶしたビスケットを取りだす。市場にいる農家の女たちは、彼のために籠の日陰に野菜の葉でベッドを作ってやり、ときどきぶどうを一房投げ与えてやる。彼の存在はフィレンツェじゅうに知れわたっていて、誰しもに――身分の高い者にも低い者にも、犬にもひとにも愛されていた。

だが、フラッシュはいまでは老犬になりつつあって、以前に比べて噴水の下でも横にはなりたがらず――年老いた骨身に玉石は固すぎた――、人造大理石で作られたグイーディ家の紋章のおかげで、床がなめらかになっているブラウニング夫人の寝室であったり、客間のテーブルの作る物陰などに横になりたがった。ロンドンから戻ってきてまもないある日のこと、フラッシュはテーブルの下で体を伸ばし、ぐっすり眠り込んでいた。老年期の夢を見ない深い眠りが、体にずっしりのしかかっていた。実際、この日の眠りはいつもより深い。眠っていると、周囲が暗くなったように思われた。寝ている最中に、ときどき、夢を見ている鳥の眠たげな囀りや、風が枝を揺らし、物思いに耽《ふけ》る猿の深みのある笑い声が聞こえてきたりするような夢を見ることはあったが、いやしくも夢を見たとしても、その中で彼は陽の光と人間の声の届かぬ、原始の森の奥深くに眠っていた。

すると突然、枝が左右に分かれ、光が差し込んでくる――目も眩んばかりの光線が、あちこちから入り込んでくる。猿がペチャクチャとおしゃべりをし、鳥が驚き、呼びかけ合って飛び立つ。フラッシュはびっくりして立ち上がり、すっかり目を覚ます。周囲が驚くほど騒がしい。彼は脚が剝き出しになっている、どこにでもあるような客間のテーブルの下に入って寝ていた。それがいまや、大きく波打つスカートとズボンに囲まれている。それに、テーブルそのものが左右に激しく揺れ動いているではないか。どちらに走って出たらいいのかわからない。一体何が起こっているんだ？　一体全体、テーブルに何が取り憑《つ》いているんだ？　彼は何がどうしたんだと、長々と遠吠えをあげた。

　ここではフラッシュの疑問に対し、満足のいく解答を与えることはできない。事実を、それも最も赤裸々な事実をいくつかお伝えすることしかできない。簡単に述べよう。十九世紀初頭に、ブレッシントン伯爵夫人〔マーガレット・ガーディナー・ブレッシントン（一七八九－一八四九）、アイルランドの作家で、初代ブレッシントン伯チャールズ・ガーディナーと再婚し、夫の死後、残された財産でサロンを開いた〕がある魔術師から水晶球を購入したのだが、彼女には「その使い方がちっともわかりません」ということだった。事実、彼女が球の中に見ることができたのはその水晶だけだった。しかし、彼女の死後、遺品が競売にかけられると、「より深く物事を見通す、すなわち、はるかに澄んだ目を持つ」者たちの手に水晶球がわたり、球の中に水晶以外のものも見られるようになった。スタナップ卿〔フィリップ・ヘンリー・スタナップ（一八〇五－七五）、第五代スタノップ伯。政治家・歴史家〕がこの水晶球を競り落とした当人なのか、はたまた、卿がその「はるかに澄んだ目」の持ち主であったのかは述べられていない。しかし、確実なことは、一八五二年までにスタナップ卿がこの水晶球を手にし、卿が見たものの中に「太陽の精霊」もいたということである。どう考えてみても、客人を丁重にもてなす貴族であるならばこんな見ものを自分の胸のうちに閉まっておくことなどできるはずもないわけで、スタナップ卿も昼食会で水晶球を披露しては、太陽の精霊を見てもらおうと友人たちに勧めていた。この光景には不思議と愉快な感じ——実際にはチョーリー氏〈ヘンリー・フォザーギル・チョーリー（一八〇八－七二）。イギリスの音楽評論家で、文芸誌『アセニーアム』の編集主任。ワーグナーの音楽を批判したことで知られる。エリザベス・バレットと親交があった〉だけはそうではなかったのだが——があった。水晶球がブームになった。幸運なことに、ロンドンのある眼鏡屋は、エジプト人や魔術師でなくとも、こんな水晶球なら作れることをまもなく発見した——もちろん、イギリス製の方が値は張ることにはなったが。このような次第で、一八五〇年代前半に、多くのひとが水晶球を所有するようになった。と言ってもスタナップ卿は「多くのひとが水晶球を使用しているものの、そのことを告白する精神的勇気は持ち合わせていない」と述べてはいるけれども。実際、ロンドンにおける精霊の流行はめざましいもので、少々不安な感じもした。スタンリー卿〈第十四代ダービー伯（一七九九－一八六九）。英国の首相を務める〉は、サー・エドワード・リットン〈一八〇三－七三、初代ネブワース男爵。政治家・小説家〉に、「真相を可能なかぎり明らかにするために、英国政府としては調査委員会を発足すべきです」と提言している。政府の委員会が設置されつつあるという噂が精霊に警戒心を抱かせたのか、はたまた、精霊というのは肉体のようにこっそりと人目につかぬようにして増えるものだからなのかはわからないが、彼らに落ち着きのなくなった兆候が見え、その多くが逃げ出し、テーブルの脚を住処《すみか》としたことは間違いない。真意が何であれ、この方策が功を奏した。水晶球は高価だったが、テーブルであればおよそ誰もが所有している。こうして一八五二年の冬に、ブラウニング夫人がイタリアに戻ってきたときには、彼女に先立ってすでに精霊がやってきていたのだった。フィレンツェのテーブルはほとんどどれも取り憑かれていた。「公使館からイギリス人の営む薬屋にいたるまで……いたるところで人々は『テーブルに奉仕〔聖書においては、この表現が十二使徒の伝道の使命に対する日々の食事に関する物質的な仕事を意味している（「使徒行伝」六－二）〕』していますと彼女は書いている。「テーブルの周りに集まるのは、トランプでホイスト〔ふたり一組になって四人で行うトランプのゲームで、ブリッジの前身〕をするためではありません」その通り、テーブルの脚が伝えるメッセージを解読するためである。そこで子どもの年齢を尋ねてみると、テーブルは「利口そうに脚を鳴らして応答し、アルファベットの順番に従って答えるのです」。もしテーブルが、あなたの子どもは四歳だ、と答えられるのならば、その能力に限界はないのである。家具屋は回転式テーブルの広告を打ち出した。「リヴォルノ〔イタリア中西部トスカーナ州にある港町〕にて発見《スコペルテ》」された奇蹟、という張り紙が壁に貼りだされた。この運動は一八五四年までにあっという間に広がり、「実際、精霊との交信を楽しんでいると……名乗りでたアメリカの世帯数は、四十万に上りました」。そしてイギリスからは、サー・エドワード・ブルワー＝リットンが「叩音《こうおん》で交信するアメリカの精霊を何体か」ネブワース〔イギリス・ハートフォードシャーにあるチューダー朝の邸宅で、サー・エドワード・ブルワー＝リットンの邸〕に輸入し、ありがたい結果になったという知らせが届いた――「みすぼらしいガウンを着た、見知らぬ老紳士」が、朝食の席でじっと自分のことを見ているのを目にしたとき、幼いアーサー・ラッセルはこう告げられた――サー・エドワード・ブルワー＝リットンは、自分が透明人間なんだと信じ込む[009]ようになってしまった、と。

昼食会で初めてスタナップ卿の水晶球を覗き込んだとき、ブラウニング夫人には何も見えなかった――実際には、この球が当時、目を見張る大流行を見せていたことだけは見て取ったのだが。実のところ、太陽の精霊は、あなたはまさにローマに行くところだ、と告げたのだが、彼女は行こうとはしていなかったので、違います、と反論した。「しかし、わたしは不思議なものが大好きです」と彼女は嘘偽りのない気持ちを付け加えている。彼女の取り柄は冒険心のあるところだ。命の危険を冒し、マニング街に出向いたこともある。ウィンポール街から馬車で三十分のところに、夢にも思っていなかったような世界が存在していることを発見したのであった。フィレンツェからほんの少し行ったところに、別の世界はないかしら――いたずらにこの世界に来ようとしている死者たちの住む、より良い、より美しい世界が？　とにかく、いちかばちかやってみましょう。彼女はそう思い、テーブルに着いた。透明人間だという父親を持つ、才気煥発《かんぱつ》な息子のリットン氏がやってくる。フレデリック・テニソン氏〈詩人（一八〇七－九八）。桂冠詩人アルフレッド・テニソンの実兄〉、パワーズ氏〈ハイラム・パワーズ（一八〇五－七三）、アメリカの彫刻家。一八三七年以降フィレンツェに住む〉、ヴィラリ氏〈パスカーレ・ヴィラリ（一八二七－一九一七）。一八四八年のナポリ革命に参加した歴史学者。のちに文相〉も訪ねてくる――みなが着席し、テーブルが床を蹴ると、彼らは紅茶を飲み、クリームがけのストロベリーを口にしながら、「フィレンツェが紫がかった丘に溶け、星々が見守る」中、大いに語らった。「……わたしたちはなんとたくさんの話をし、奇跡に誓ったことでしょう。ああ、アイサ、わたしたちは心霊の信者なのです、ロバートを除いてですが……」それからまばらに白い髭を生やしたカーカップ氏〈シーモア・ストッカー・カーカップ（一七八八－一八八〇）。イギリスの美術家、ダンテ研究家。一八一六年からフィレンツェに住み、ブラウニング夫妻らと親交があった〉が勢いよく入ってくる。やってき、「精霊の世界は存在する――死後の世界はある。告白しよう。私はとうとうそのことを確信したのだ」とばかり大声で曰《のたま》うのである。「無神論一歩手前」を常に自身の信条としてきたカーカップ氏が、耳の聞こえないにもかかわらず、「三度、とんとんとんという、とても甲高い音がして飛び上がった」というだけで宗旨替えしたのだから、ブラウニング夫人が両手をテーブルから離しておくことなどできはしまい。「ご存知の通り、わたしはなかなかの夢想家でして、世界中の扉を叩いて回り、この世界から抜けだしてみたい気がしております」と彼女は書く。というわけで、彼女は信者をカーサ・グイーディに呼び出しては客間のテーブルに手をついて座り、この世界から飛び出そうとしたのである。

フラッシュはとてつもなく強い不安を覚え、飛び上がった。スカートとズボンが周囲で大きく波打っている。テーブルが一本脚で立っている。テーブルの周りにいる紳士淑女には何かが見え、何かが聞こえているかもしれないが、フラッシュには何も見えず、何も聞こえなかった。たしかにテーブルは一本脚で立っていたが、一方に急な角度で傾ければそうなる。フラッシュにはテーブルをひっくり返してひどく怒られた経験が何度もある。だが、いまブラウニング夫人は、まるで何か不思議なものが外に見えるかのように、大きな目をぱっちりと開き、じっと見つめているのである。フラッシュはバルコニーに走りで、あたりを見回す。旗と松明を従え、また別の大公が馬に乗って通り過ぎていくのだろうか？　フラッシュには通りの角にいる、メロンの入った籠にうずくまる物乞いの老女しか見えない。しかし、ブラウニング夫人の目にはたしかに何かが見えているのだ。明らかに、何かとても不思議なものが見えているのだ。こんな風にして、以前、ウィンポール街でも、彼女はフラッシュにはわけのわからぬ理由のために涙したことがあるし、それに染みだらけのなぐり書きを持ち上げて笑ったこともある。だが今回は違う。いまの彼女の表情には、どこかしらぎょっとさせられるものがある。部屋、テーブル、ペティコート、ズボンから、ひどくいやな感じがするのだ。

数週間も経つと、ブラウニング夫人はこの目に見えぬ存在にますます夢中になった。よく晴れた暑い日であっても、とかげが岩の間をするすると出たり入ったりするのを見る代わりに、テーブルに座ろうとする。星のきらめく闇夜であっても、本を読んだり、紙の上で手を動かしたりする代わりに、ブラウニング氏が外出していなければ、ウィルソンを呼び出す。彼女はあくびをしながらやってくる。それから、テーブルは物陰を作ることをその主な役割としていたが、この家具が床を蹴るまで、ふたりは揃って座っている。するとブラウニング夫人は、ウィルソンがすぐに病気になるとテーブルは告げているわ、と大声をあげる。ウィルソンは、眠たいだけです、と答える。だがまもなく、あの冷酷無情で公正明大な英国人のウィルソンが叫び声をあげて気絶する。ブラウニング夫人は「衛生酢酸」〔卒倒したときに嗅がせる気つけ薬〕を求めてあちこちに走り回る。フラッシュには、こんな風にして静かな夜を過ごされるのは非常に不快である。座って本を読んでいてもらった方がはるかにましだ。

疑いようもなく、はらはらさせられる不安状態、触れはしない不快な臭い、蹴ったり叫んだりといった騒ぎ、それに衛生酢酸といったもののせいで、フラッシュの神経はこたえた。赤ん坊のペニーニが「フラッシュの毛が伸びますように」と祈るのはとても良いことだったし、そう願いたくなることも理解できた。だが、こんな風にしてひどい臭いのするみすぼらしい身なりの男たちや、どこからどう見てもがっしりしているマホガニーのテーブルを使ってふざけたりすることが必要とされるお祈りなんかに対しては、フラッシュも、屈強にして繊細、身なりの立派な男である御主人ブラウニング氏と同じように、腹に据えかねた。だが、フラッシュにとって臭いやおふざけよりもいやだったのは、誰もいないのに、何かを見るように窓の外を見つめているときのブラウニング夫人の表情だった。フラッシュは彼女の正面に立ちはだかる。彼女はまるで彼がそこにいないかのように彼の向こうを見通す。これまで自分に見せてきたどんな表情よりも冷たい。ブラウニング氏の脚を噛んだときの、あの冷やりとする怒りよりもひどい。リージェンツ・パークで脚が扉に挟まれてしまったときの、あの嘲りよりもひどい。実際、彼はウィンポール街とあの部屋のテーブルを懐かしく思うこともあった。五十番地のテーブルなら、決して一本で急な角度に傾くこともない。彼女の高価な装飾品を入れておく、周りに輪の嵌め込まれた小さなテーブルは、いつもぴくりともせずに静止していた。はるか昔の暮らしでは、ソファに飛び乗りさえすれば、ミス・バレットははっと目を覚まし、こっちを見てくれた。いまもう一度、ソファの上に飛び乗ってみる。だが、気づいてはくれない。彼女は書き物をしている。フラッシュにはまったく注意を払わない。彼女は書き続ける――「そうしてまた、霊媒師の求めにより、精霊はテーブルの上の花輪を持ち上げ、わたしの頭の上に置きました。花輪を置いた手は、人間の大きさで言うと非常に大きなもので、雪のように白く、とても美しいものでした。書いているときのわたしの手と同じくらい身近にあり、はっきりと見ることができました」。フラッシュは前脚で彼女のことを鋭く引っ掻く。まるで目には見えない存在であるかのように、夫人はフラッシュの向こうを見る。彼はソファから飛び降り、階下に駆け降り、通りに出ていった。

灼けつくような暑さの昼下がりである。通りの角にいた物乞いの老女はメロンの上で眠りこけている。太陽は上空で低く唸っているようである。通りの日陰側を移動し、フラッシュは市場に通ずる勝手知ったる道を速歩で進む。広場全体が日除け、屋台、明るい色の傘できらめく。市場の女たちは果物を入れた籠の脇に座っている。鳩がばさばさと音を立てて羽ばたき、鐘の音がからんからんと鳴り響き、鞭がぴしりと鳴る。フィレンツェ生まれのさまざまな毛色の雑種犬が、鼻をふんふん鳴らし、脚で地面を引っ掻き、走って出たり入ったりしている。万事が蜂の巣のように活発で、オーブンの中のように暑い。フラッシュは日陰を求める。友人のカッテリーナの脇に置かれている、大きな籠の影に身を投げ出す。赤と黄の花を生けている茶色い花瓶が、その脇に影を落とす。頭上の彫像が右腕を伸ばし、その影を濃い紫色に変える。フラッシュはそのひんやりしたところに横になり、若い犬が自分たちの用事で忙しくしているのを見る。彼らは青春の喜びに身を委ね、唸り、噛みつき、伸び、転げ回っている。フラッシュがかつて路地でぶちのスパニエル犬を追いかけ回したときのように、出たり入ったり、ぐるぐる回ったりしている。つかの間、彼はレディングに思いを馳せる――パートリッジ氏の飼っていたスパニエル犬、初恋、恍惚、穢《けが》れなき青春へと思いが向く。たしかに、自分の青春は過ぎ去った。だが、若い連中を羨んだりはしない。この世界は生きていく分には楽しいところだ。いまとなってはあれこれ言うつもりもない。市場の女が彼の耳の裏を掻く。彼はよくぶどうを盗んだり、他にも悪行を働いたりしたので、よく平手で打たれたものだが、いまや彼女もフラッシュも年を取った。フラッシュは女のメロンの番をし、彼女は耳を掻いてやる。そんな風にして、彼女は縫い物をし、フラッシュは居眠りをする。蝿が、中の果肉を見せるためにうすく切って置かれていた大きなピンク色のメロンにぶんぶんたかる。

陽の光が百合の花、赤、緑の日傘越しに、小気味よく燃えあがる。大理石の彫像が、太陽の熱さをさっぱりしたさわやかな熱へと和らげる。フラッシュは横になり、太陽が毛を通り抜け、肌まで焼くのをそのままにする。片側が焼けると、寝返って反対側を焼かれるがままにする。しじゅう市場の人々はぺちゃくちゃとしゃべり、値切り交渉をしている。市場の女たちが通り過ぎる。立ち止まって指で野菜と果物に触れる。フラッシュが好んで聞く、ひとの声の生み出すざわめきがいつまでも響く。しばらくすると、フラッシュは百合の花の影の下でうとうとする。犬が寝て夢を見るときのように、フラッシュも寝入る。いま、脚がぴくぴくと動く——スペインでウサギの狩りをする夢を見ているのだろうか？　生い茂った藪からうさぎが勢いよく飛び出し、浅黒い男たちが「スパン！　スパン！」と叫ぶ中、熱い丘の斜面を走って追いかけるのだろうか？　今度はまた動かなくなる。いま、続けざまに何度も素早く、そして静かに、きゃんきゃんと鳴く。ミッ

編み物をする市場の女性とうとうとするフラッシュ

トフォード博士が、レディングでグレイハウンドを狩りに急き立てようとするのを聞いたのかもしれない。それから、怯えるように尻尾を動かす。切り株の中に立ち、傘を振るミス・ミットフォードのところにこそこそと戻り、「本当にしようがない犬だこと！」と怒鳴るのを聞いたのだろうか？　それからしばらく彼はいびきをかいたまま寝、老年期の深い幸せな眠りに包まれる。突然、身体中の筋肉がびくっと動く。ひどく驚いて目が覚める。自分はどこにいると思っていたのだろう？　ホワイトチャペルでごろつきたちに囲まれている？　また喉元にナイフを突き付けられている？

どんな夢であれ、彼は恐ろしくなり、目を覚ました。避難所めがけ、安全地帯を求めるかのごとく、走りだす。市場の女たちが彼を笑い、腐ったぶどうを投げつけ、戻っていらっしゃい、と呼びつける。彼はわき目も振らない。通りを走り抜けているときに、思わず荷車の車輪に押しつぶされそうになる——立って運転していた男どもが、この野郎、とフラッシュに向かって怒鳴り、鞭でぴしりと打つ。裸の子どもたちが彼に小石を投げつけ、走り去る際に「おかしい《マッタ》！　おかしい《マッタ》！」と叫ぶ。驚きあわてててやってきた母親たちが、子どもたちを引き戻す。とすると、彼はおかしくなってしまったのだろうか？　太陽に頭をやられてしまったのだろうか？　それとももう一度ヴィーナスの吹く狩りの角笛の調べを聞いたのだろうか？　あるいは、叩音によって交信を行う、テーブルの脚に取り憑いたアメリカの精霊が、彼にも憑依《ひょうい》したのだろうか？　いずれにせよ、彼は一直線に進み、カーサ・グイーディの玄関に到着する。まっすぐ二階の客間に向かう。

ブラウニング夫人はソファに横になり、本を読んでいる。フラッシュが入ってくると、彼女はびっくりして目を上げる。いや、精霊ではない——フラッシュね。彼女は笑う。それから、フラッシュがソファの上に飛び乗ってき、顔に顔を押し付けると、彼女は自身の詩を思い出す。

この犬をご覧なさい。ほんの昨日のことだった
この子のことを忘れ、ここで物思いに耽っていたのは
次から次へと思いが連なり、代わる代わる涙になる
頬を濡らし寝ていた枕元から
ファウヌスのように毛深い頭が飛び出し
突然わたしの顔に押し付けられる——黄金の澄んだ
大きな両の目でわたしの目を驚かした——垂れ下がった耳が
わたしの両の頬を軽く打ち、涙のしぶきを乾かす！
はじめこそ驚いた、
曙《あけぼの》の木立で牧羊神に驚嘆したアルカディア人のように
だが牧羊神の幻がきれいに

私の涙を振り払ってくれ、それがフラッシュだとわかると、
驚きと悲しみも越え、――真の牧羊神パンに感謝した
下等な生きものを通じ、愛の高みに導いてくれるのだから。

ウィンポール街に住んでいたときの、とても不幸せであった数年前のある日のこと、彼女はこの詩を生み出した。いまとなっては幸せだ。自分も年を取り、フラッシュも年老いた。しばらくの間、彼女はフラッシュの体の上に身を屈める。大きな口と瞳、重たい巻き毛は、不思議とまだフラッシュのものと似ている。別々の存在に分けられてはいたが、同じ形を持ち、おそらくふたりは相手のうちに眠っているものを、それぞれが完全なものにしているのだろう。だが、彼女は人間の女性で、フラッシュは犬だった。ブラウニング夫人は読書を続ける。それからもう一度、フラッシュのことを見る。だが、彼は夫人の方を見ない。大きな変化が訪れていた。「フラッシュ！」彼女は叫ぶ。しかし、返事はない。ついいままで生きてはいたが、いまは死んでいる[010]。それだけのことだった。とてもおかしなことに、客間のテーブルはぴくりともせず静かに立っていた。

原註

001――**図柄が描かれた織物**　ミス・バレットは、「わたしの開き窓には、透明なブラインドが付いていました」と述べている。「パパはお菓子屋の裏手の窓に似ている、と言ってわたしのことをばかにしますが、そう言うにもかかわらず、陽の光で城などが浮き上がると、明らかに感動するようなのです」と付け加えている。城などは薄い金属の素材に描かれていたと考える者もいれば、豪華な刺繍《ししゅう》をあしらったモスリンのブラインドであったと考える者もいる。このことに関しては、はっきりした答えを出すことができないようである。

002――**ケニヨン氏は……多少言葉が不明瞭であった。前歯が二本無かったのである。**　この箇所は誇張されていて、憶測に基づいた部分がある。情報源はミス・ミットフォードである。ホーン氏との会話で、次のように述べたことが伝えられている。「ご承知の通り、わたしたちの親友は、家族の他はほとんどひとに会いません。彼女は某氏の朗読の技術と、洗練された趣味を高く評価していますので、彼に新作の詩の朗読をしてもらいます。……そうして某氏は、暖炉の前の敷物の上に立ち、原稿を掲げ、読み上げます。わたしたちの親友はカシミヤのショールに包まれ、うつむいて頭から長い黒髪を垂らし、全身を耳にして聴きます。さて、親愛なる某氏には前歯が一本なく――といっても正確には前歯ではなくて、前方脇に位置する歯なのですが――、このために発声に難があります。親しみを覚える不明瞭な発音で、それぞれの音節がぼんやりと柔らかくなり、沈黙がシン黙のように聞こえます」某氏がケニヨン氏であることには、ほとんど疑いの余地がない。歯に関するヴィクトリア人特有の気遣いにより、伏せ字にすることが求められたのである。だが、ここには英文学に影響を及ぼす、はるかに重要な問題が関与している。長年、ミス・バレットは耳が悪いと指摘されてきた。ミス・ミットフォードは、ケニヨン氏の歯が抜けていることこそ非難されるべきだと主張している。他方、ミス・バレット本人は、ケニヨン氏の歯が欠けていたことや、耳が悪かったことと、自分の詩の間には何ら関係がないと言っている。「わたしは詩の主題の方に、完璧で正確な韻律に払われるであろう以上の多大な注意を払い、動じることなく、新たな手法に踏み切ろうと決心してまいりました」そのようにして、彼女は「天使」と「灯し」、「天国」と「不信仰」、そして「島々」と「しじま」と韻を踏んだのである——動じることなく。もちろん、判決を下すのは教授陣である。だが、ブラウニング夫人の性格と行状を研究したことがある者なら誰でも、彼女が芸術であろうが恋愛であろうが、ルールを破ろうとする者であるとし、彼女と近代詩の発展を結び付けたくなるだろう。

003

——**黄色い手袋**　オール夫人〔アレクサンドラ・オール（一八二八—一九〇三）、ロンドンにいた頃、ロバート・ブラウニングと親交を深める。ブラウニング協会に寄付を行ない、のちにブラウニングの伝記を書く〕の『ブラウニングの人生』において、彼がレモン色の手袋を着けていたことが記されている。ブライデル＝フォックス夫人〔イギリスの画家・教師（一八二四？—一九〇三）。ブラウニング夫妻と交流があった〕は、一八三五から六年にかけて彼に会い、「当時はほっそりとしていて浅黒く、とてもハンサムで——こう申し上げてよいなら——、ちょっとした伊達男で、レモン色をしたキッド革の手袋などに凝っていた」と述べている。

004

——**誘拐されたのだった**　実のところ、フラッシュは三度誘拐されている。だが、伝記にまとまりをつけるためには、三件を一件に圧縮することが求められるように思われた。誘拐犯にミス・バレットが支払った総額は、二十ポンドであった。

005

——**イタリアの陽光が降り注ぐバルコニーに座って書き物をしているときに、ふたたびその連中の顔が蘇ってくる**　『オーロラ・リー』の読者であれば——と言ってもそんな人間は存在しないので、説明しなければならないのだが、ブラウニング夫人が同名の詩を書き、その中で最も鮮明な一節が（ウィルソンにスカートを引っ張られ、四輪馬車から一度しか見ることができなかったので、詩人にとってはとうぜん歪められたものとなったのだが）、ロンドンの貧民窟の描写なのである。あきらかにブラウニング夫人は、寝室の化粧台の上のホメロスやチョーサーの胸像では決して満たされない、人間の暮らしに対する強い好奇心を抱いていた。

006

——**リリー・ウィルソンは、親兵のリーギ氏と熱烈な恋に落ちたのだった**　リリー・ウィルソンの人生は極端なまでに曖昧であるため、伝記作家の尽力がひとかたならず必要となる。ブラウニング夫妻の手紙に登場する人間で、主要人物を除き、彼女ほど私たちの好奇心を刺激し、その心を挫く者はいない。彼女の洗礼名はリリー、姓はウィルソンである。彼女の生まれと育ちについて知ることができるのは、これで全てである。ホープ・エンド近辺の農夫の娘で、礼儀正しい振る舞いと、清潔なエプロンを身に着けていたことで、バレット家の料理人に好意的に受け入れられ、使いを頼まれてお邸に伺った際に、ちょうどバレット夫人が部屋に入ってきて、彼女に気に入られ、ミス・バレットの女中に任命されたのか、あるいはロンドン子であったのか、はたまたスコットランド出身であったのか——どうだったのかは誰にもわからない。いずれにせよ、一八四八年にはミス・バレットに仕えていたのである。彼女は「高くつく召使い」であった——賃金は年十六ポンドだった。フラッシュ同様めったに口をきかなかったので、彼女の性格の輪郭はほとんど知られていない。また、ミス・バレットは彼女の詩を一編も書かなかったので、外見はフラッシュのものよりも俄然《がぜん》わからない。けれども、手紙の中で示唆されているところでは、彼女はまずはじめに、当時のイギリスの地階が誇っていた、慎み深くておよそ非人間的なまでに品行方正であったイギリス人女中のひとりだったのである。ウィルソンが権利と作法にうるさい人間であったことは明らかだ。彼女が「地位」を崇めていたことには疑いの余地もない。下回りの召使いは、ある場所でプディングを、女中頭は別の場所で食べなければならない、と主張した最初の人間であったかもしれない。このことは、「正当なことなので」フラッシュをやっつけました、という彼女の発言にほのめかされている。言うまでもないが、しきたりに対するこのような敬意は、どのような形であれ、それを破ることに対し、極端なまでの恐怖心を生み出す。マニング街で下層階級の者たちと対峙《たいじ》した際に、彼女はミス・バレットよりもはるかに慌てふためき、犬泥棒は殺人者だ、と強く確信したのであった。同時に、恐怖心を克服し、馬車に乗り込んでミス・バレットについていったときの勇ましさからは、女主人に忠実であれ、というもうひとつのしきたりが、いかに深く彼女の内に根付いていたのかがわかる。ミス・バレットの行くところ、ウィルソンも行かなければならない。この信念は駆け落ちの際に見事に示された。ミス・バレットはこのときまでウィルソンの勇ましさを疑っていたが、その疑念はいわれのないものだった。「ウィルソンは」——この言葉が、彼女がミス・バレットとしてブラウニング氏に宛てた最後の手紙となる——「わたしにとって完璧な人間です。ですが、わたしは……彼女を『臆病者』と呼びますし、その臆病なところを恐れているのです！　わたしはかっとなったときの臆病者ほど、大胆な者はいないと思い始めています」ついでに、ここでいましばらく、使用人の人生というものが極めて危ういものであったのだと考えておくことには価値がある。ミス・バレットにはわかっていたのだが、自分についてこなければ、ウィルソンは年十六ポンドの給料の中から貯めていたわずか数シリングだけを手に、おそらくは「日没前に通りに放りだされて」いたことだろう。そんなことになったら、彼女の人生はどのようなものになっていたのだろうか？　一八四〇年代のイギリス小説で、侍女の人生を扱ったものはほとんどなく、伝記も下層階級の者には光を当てることはなかったので、この疑問は疑問のまま残るに違いない。しかし、ウィルソンは冒険に出た。彼女は「世界じゅうのどこにでもついていきます」と宣言した。ウィルソンは自分にとって文明、正しい考え、人間らしい生活を意味していた地下の台所、寝室、ウィンポール街のすべてを後にして、放蕩《ほうとう》と無信仰のはびこる外国へと旅立ったのである。

イタリアにおいて、ウィルソンの英国人的な上品さと、彼女の生まれ持った感情との間で対立が生まれるのを見ることほど、興味深いものはない。彼女はイタリアの宮廷を嘲笑し、絵画に衝撃を受けた。だが、「ヴィーナスの卑猥さに驚き」はしたものの、非常に感心なことに、女性も服を脱げば裸になるものだ、と考えたようである。わたしも、一日のうちに数秒は裸にはなるわね、と考えたのかもしれない。そうして「もう一度試してみれば、この厄介な慎み深さというやつも抑え込めるかもしれない、そうならないなんてこと、誰にわかるかしら？　と彼女は考えています」。それをたちまちのうちに抑え込めたことは明らかだ。彼女はじきにイタリアのことを認めたばかりでなく、大公の親兵であったリーギ氏と恋に落ち——「親兵を務めるのは社会的に非常に立派で、道徳的な男性たちで、身長も六フィートはあります」——、婚約指輪を嵌め、ロンドンの求婚者をはねつけ、イタリア語を学んだ。すると、ふたたび暗雲が垂れ込め、雲が上がると、ウィルソンは捨てられていた——「不誠実なリーギは、ウィルソンとの婚約を破棄しました」。プラート〔イタリア中部トスカーナ州にある、羊毛産業が盛んな市。フィレンツェの北西に位置する〕で卸し売業を営んでいた小間物商の兄に嫌疑がかかる。リーギは親兵の職を辞すと、兄の助言に従って小売りの小間物商になった。彼の立場で、小間物商の知識のある妻が必要だったのか、プラートの女のひとりがその条件を満たすことができたのかはわからないが、彼が必要なほどまめにウィルソンに手紙を書かなかったことだけはたしかである。社会的に非常に立派で、道徳的な男性が、どのようなことをしでかし、ブラウニング夫人をして、一八五〇年に次のように叫ばせたのだろうか。「（ウィルソンにとって）今回のことは完全に終わったことで、そのように割り切れるのが、彼女の良識とまっすぐな性格の非常にいいところです。どうしてあんな男を愛し続けることなどできるでしょうか？」——なぜこれだけの短時間で、リーギが「あんな男」に堕したのかはわからない。リーギにふられてから、ウィルソンはブラウニング家に対する愛着を強めた。侍女としての役目を果たしただけでなく、粉をこねてはケーキを作り、服を仕立て、赤ん坊のペニーニには献身的に子守りの役目を果たした。やがてこの赤ん坊は、ウィルソンを、彼女が当然のことながらなじんでいた家族の構成員のひとりにまで格上げし、そうして彼女は自分のことをリリーという名前でだけ呼んでほしい、と求めた。一八五五年、ウィルソンはブラウニング家の下男で、「善良で優しい心を持った」ロマニョーリと結婚した。しばらくの間、ふたりはブラウニング家の家事を執り行なっていた。ところが、一八五九年に、ロバート・ブラウニングがランドー家の後見人としての任務を得ることになる。この任務は、大変な気遣いと責任が求められるものだった。というのもランドーはとても気難しい性質の人間であったからだ。「いささかも自制心はありませんでしたが、猜疑心は大いにありました」とブラウニング夫人は書いている。このような状況において、ウィルソンは「ランドーの割当て金の残額に加え」、年二十二ポンドの給与を受け取るという「付添い女性」に任命されたのであった。のちに、彼女の給与は三十ポンドまで増えた。というのも、料理が気に入らないといって皿を窓の外に投げたり、床に叩きつけたり、召使いが机の引き出しを開けるのではないかと疑ったりする、「虎の気性」を持った「年老いた獅子」の付添い人として行動するには、「特定の危険」が付きまとい、「少なくともわたしはそんな目に遭いたくありません」とブラウニング夫人が述べるほどであったからだ。ところが、バレット氏と精霊に通じていたウィルソンにとって、たかだか皿が二、三枚程度、窓の外に飛ぶ、床の上に叩きつけられる、というのは大したことではなかった——そんな危険は日常茶飯事であったのである。

　私たちにわかるのは、彼女の人生はきっと変わったものであったろう、ということだけである。イギリスの片田舎の村で生を受けたかどうかはわからないが、彼女の人生はヴェネツィアのレッツォーニコ宮〔ヴェネツィアの運河沿いに建つ、バロック様式の館。一八八〇年代に、ブラウニングがこの館に住むようになる〕で終りを迎えた。未亡人となった彼女は、少なくとも一八九七年までこの地で自分が子守りをして愛情を注いだ少年——バレット・ブラウニング氏の館で暮らした。紅く染まるベネツィアの夕暮れどきに、年老いた彼女は夢見心地の気分で椅子に座り、とてもおかしな人生だった、と思っていたのかもしれない。農家に嫁いだ友人たちはビールを引っ掛けようと、イギリスの小道をまだよろよろと歩いている。自分は、ミス・バレットの駆け落ちに同行してイタリアまで来た。あらゆる風変わりなものを見てきた——革命に親兵、精霊、ランドー氏は窓から皿を投げたかしらね。それから、ブラウニング夫人は亡くなってしまった――夕方にレッツォーニコ宮の窓辺に座る、年老いたウィルソンの思考力は健在だったことだろう。だが、彼女が考えていたことを推測できる、などと考えるのは、この上なく空しいことである。というのも、彼女は自分と同じような職業に就いていた、その他大勢の人間の典型であったからである――歴史上に存在する、謎めいた、およそ沈黙を貫き続ける姿の見えない女中たち。「ウィルソンの心よりも実直で、誠実で、情愛の深いものは見つけられません」――女主人の言葉は、彼女の墓碑銘にふさわしいだろう。

007――**「彼は蚤に苦しめられていた」**　十九世紀半ば、イタリアは蚤で有名だったようである。実際、蚤がいなければ打ち破られることのなかった習慣が廃止されるほどであった。例えば、ナサニエル・ホーソーン〔米国の小説家（一八〇四－六四）。代表作に『緋文字』(*The Scarlet Letter*, 1850) がある〕がローマでミス・ブレーメル〔スウェーデンの女流作家（一八〇一－六五）で、女性解放運動の指導者〕とお茶に出かけたときには（一八五八年）、「私たちは蚤について話しました――ローマではこの害虫が誰しもの仕事と気持ちに深刻な影響を与えており、ごくごくありふれた、避けようのない出来事になっていますので、蚤の与える苦しみについてそれとなく伝えようと気を遣うこともありません。かわいそうなミス・ブレーメルは、お茶を入れているときにも苦しめられていました……」。

008――**ネロが……最上階の窓から飛び降りた**　カーライルによると、ネロ（生年一八四九―六〇頃）は「長い毛むくじゃらのキューバ産の小型犬（マルチーズ？　そうでなければ雑種）で、毛は大部分が白い――とても情愛深く、活発な小型犬なのだが、その他の点においては良という程度の評価で、しつけはほとんど、もしくはまったくされていない」とのことである。この犬に関する資料は豊富に存在するが、いまはそれを活用すべきときではない。誘拐され、馬が買えるほどの額の小切手を首に付けて戻ってきたことがあり、「二、三度、私はこの犬を（アバーダー〔スコットランド東部ファイフ州にある村〕の）海に投げ込んだのだが、本人はちっとも好きではなかった」ということと、一八五〇年に書斎の窓から身を投げ、敷地に設えられた忍び返しを回避し、「ピシャリ」と歩道に落ちた、ということだけを述べれば十分である。「朝食後に」とカーライル夫人は述べている、「彼は開け放たれた窓辺に立ち、鳥をじっと見ていました。……私がベッドで横になっていると、樅材《もみ》の仕切りを通して、エリザベスが、なんてこと！　ネロ！と叫び、吹き荒ぶ強風のようにして階段を駆け降り、表玄関から飛び出していくのが聞こえました。……それから私は飛び起き、夜着のままで彼女に会いに向かいました。……C（カーライル）氏があご中に泡を付け、寝室から降りてきて尋ねました。『ネロに何かあったのかね?』――『ああ、足を全部骨折しているに違いありません、あなたの部屋の窓から飛び降りたのです!』――『なんだと!』とC氏は言い、ひげ剃りを終わらせるべく戻っていきました」。しかし、ネロは一切骨折せず、生き延びはしたものの、肉屋の荷馬車に轢《ひ》かれ、この事故の後遺症のために、とうとう一八六〇年の二月一日に他界したのであった。彼はチェイニーローの庭園の一番高いところにある、小さな墓石の下に埋葬されている。

　ネロが自殺を望んだのか、はたまたカーライル夫人がほのめかしているように単に鳥を追いかけて飛んだだけなのかは、犬の心理に関するたいへん興味深い論文を生み出す契機となるだろう。バイロンの飼っていた犬は、バイロンに共感したために気が狂ってしまったと言う者もいるし、カーライルが飼い主だったために、ネロは自暴自棄になって憂鬱になったと言う者もいる。犬と時代精神に関する問題全体は、飼い主の詩風や哲学が犬にどのような影響を与えるのかということとともに、ある犬をエリザベス朝的、別のものを新古典主義的、また別のものをヴィクトリア朝的と呼べるかどうかという、この場で議論する以上の価値があるものでもある。目下のところ、ネロの動機は不明なままである、とするほかない。

009――**自分が透明人間なんだと信じ込む**　『ヴィクトリア朝の幼年期』において、フート・ジャクソン夫人〔詩人・作家（一八七〇－一九四四）。上流階級の女主人役を務めた〕は述べている、「アーサー・ラッセル卿は、幾年も経ってから、幼い頃に母親にネブワースに連れていかれたときのことをわたしに語ってくれた。翌朝、彼が大広間で朝食を取っていると、みすぼらしい化粧着を着た、風貌のおかしな老紳士がやってき、代わる代わる客人のことを見つめては、テーブルの周りをゆっくりと歩いた。『気になさらないでください。あのひとは自分が透明人間だと思っているのです』と、母が隣人に囁いているのを彼は聞いた。この人物こそが、リットン卿そのひとだったのである」（一七－一八頁）。

010――**いまは死んでいる**　フラッシュが死んだことはたしかだが、死亡日と死因はわかっていない。「フラッシュはかなりの年になるまで生き、カーサ・グイーディの地下納骨所に埋葬されている」という文章で、唯一言及されているだけである。ロバート・ブラウニング夫人はフィレンツェの英国人墓地に、ロバート・ブラウニングはウェストミンスター寺院に埋葬されている。そういうわけで、フラッシュは依然として、昔々ブラウニング一家が住んでいた家の下に眠っているのである。

典拠

いかにも、この伝記を書くための典拠はごくわずかであった。しかし、事実を確かめたい、もしくは、フラッシュについてもっと調べたいという読者は、以下のものを参照されたい。

「わが忠犬、フラッシュに寄す」「フラッシュ、あるいはファウヌス」エリザベス・バレット・ブラウニングによる詩。

『ロバート・ブラウニング、エリザベス・バレット往復書簡集』全二巻。

『エリザベス・バレット・ブラウニング書簡集』フレデリック・ケニヨン編、全二巻。

『リチャード・ヘンギスト・ホーン宛て　エリザベス・バレット・ブラウニング書簡集』S・R・タウンゼント・メーヤー編、全二巻。

『エリザベス・バレット・ブラウニング　妹への書簡集　一八四六－五九年』レナード・ハクスリー法学博

士編。

『手紙の中のエリザベス・バレット・ブラウニング』パーシー・ラボック著。

フラッシュへの言及は『メアリー・ラッセル・ミットフォード書簡集』H・チョーリー編、全二巻にも見られる。

ロンドンのミヤマガラスの巣所に関する説明は、『ロンドンにおけるミヤマガラスの巣所』トマス・ビームズ著、一八五〇年を参照されたい。

附録　ヴァージニア・ウルフ「忠実なる友について」

われわれが大枚をはたいて動物を購入し、それを自分のものだなどと言うのは、どこか無鉄砲であるだけでなく、向こう見ずでもある。われわれのこの奇妙な慣習について、暖炉の敷物の上の物言わぬ批評家はどう考えているのだろうかと、考えずにはいられない――神秘的な雰囲気をまとったペルシャ猫は、その祖先が神だと崇められてきたが、その一方で飼い主であったわれわれは、洞穴の中を這い回り、全身を青く塗りたくっていたのである。この猫はずいぶんとたくさんの経験を受け継いできていて、それで思案がちな目をしているように思われるのだが、その様子には名状しがたい厳かさと繊細さとが見て取れる。わたしにはしばしば、この猫が遅れて誕生してきたわれわれの文明を眺めては微笑み、数々の王朝の栄枯盛衰に思いをめぐらせているように思われてならない。わたしたちは動物を馴れ馴れしく、半ば嘲笑的に扱ったりするが、これは彼らに対する冒瀆的行為である。少しばかり単純な野生生活を用心して移植し、自分たちの生活の傍らで飼育したりするが、われわれの生活にしたところで、それは単純でも野生的でもないものなのである。犬の目には、まるでその犬が若かった頃に、人里離れた地で狩りを行なっていた野犬であったかのような、原始的な獣としての表情が不意に現れることがままある。せいぜいその振りをさせることしかできないのだから、われわれの都合で本能を捨てさせるなどというのは無礼至極である。これは文明の犯した手の込んだ罪のひとつだ。わたしたちははるかに純粋な環境から、自分たちがどんな野性味を引き抜こうとしているのかもわかっていなければ、紅茶を飲む時に、さとうをいっこください、と求めるように躾けた相手がいったい誰なのか――牧羊神パンなのか、妖精ニンフなのか、それとも木の精ドリュアス[01]なのか――もわかっていないのだから。

亡くなった我が家の友人シャグを飼育していたときに、自分たち一家がそのような罪悪を犯してしまったようには思われない。彼は元来愛想が良く、人間界にも似たような存在がいる。クラブの張りだし窓で煙草をくゆらし、心地良さそうに両足を伸ばし、友人と株式取引所の最新事情について語らっているその姿を思い描くことができる。親友は、彼にロマンチックだったり、謎めいたりしている動物らしい部分があると言いはしないが、このような性格のために、人間にとってはますます付き合いやすい相手であった。しかし、この犬はロマンチック要素あふれる血統書付きの犬と

★01――ギリシア神話に登場する樹木の精。

して我が家にやってきた。彼に付けられた値段に驚愕した購入希望者は、コリー犬の頭と胴体に、ひどいことにスカイテリアの脚が生えているではないか、と指摘したが、われわれは彼が間違いなくスカイ島生まれであり、人間社会で言うところのオブライエン家やオコーナー家の長と同じく、重要な地位にあったことを確信していた。スカイテリア族は――つまりは、父方の特徴を受け継いだ者たちだが――、何らかの理由で絶滅してしまった。この一族の正統な血筋を受け継いだ唯一の末裔であるシャグは、ノーフォーク州の名もない村におり、下層階級の鍛冶屋に飼われていた。鍛冶屋は、この犬の風貌にこれ以上ないほどの忠誠心を見せていて、高貴な家柄の出であることを声高に主張したりするものだから、わたしたちはまんまと乗せられ、相当な額で彼を購入するという栄誉に浴せられることになってしまったのである。この犬は偉大な紳士であったために、本来求められていたはずのネズミの駆除という平民の仕事に携わってはくれなかったが、我が家にはたしかにしっかりとした世間体をもたらしてくれた。散歩に出かけると、毎度のごとく、自分の階級に対する敬意を忘れた無鉄砲な中産階級の犬どもに罰を与えたりするものだから、法的な規制[★02]が撤廃されてからしばらく経つというのに、その高貴なあごに口輪を嵌めておかなければならなかった。中年になり、初老に差しかかると、犬に対してだけでなく、飼い主の人間にもだいぶ暴君的な態度を取るようになった。シャグに関するかぎり、飼い主などという称号はばかげたものだったので、わたしたちは自分たちのことをおじやおばと呼んだ。一度だけ、不快感を覚えて人間に噛みついたことがあったが、そのときは訪問客が軽率にも彼のことを普通の愛玩犬のように扱い、砂糖でそそり、「名前ではなく」小型犬によく付けられるばかばかしい「ファイドー」などという名前で呼んだからであった。するとシャグは、独立心が旺盛であったということもあり、砂糖を拒み、代わりにふくらはぎを心ゆくまで口いっぱいに頬張ったのだった。だが、適切に扱えば、彼はこの上なく忠実な友となった。感情をはっきりと表に出すことはなかったが、目が悪くなってからも飼い主の顔ははっきりとわかっていたし、耳が遠くなってもまだ飼い主の声を聞き取っていたのだった。

シャグの人生における悪霊は、愛嬌たっぷりの幼い牧羊犬の小犬という姿をまとって我が家にやってきた。この小犬は生まれこそ立派だったが、残念なことにしっぽがなかった——このことをシャグは愉快になって論わずにはいられなかった。わたしたちは、この子が年取ったシャグの息子という立場に落ち着いてくれるだろうとばかり思い込んでいた。しばらくのあいだ、二匹はともに幸せに暮らしていた。だが、シャグは社交上のたしなみというものをずっとばかにしてきていて、飼い主に対し、自分は独立心旺盛で、徳の高い犬なのだと思ってもらおうとしていたのであった。ところが、こちらの若紳士にはとても愛嬌があり、わたしたちとしては努めて公平であろうとはしたも

★02——一八七一年に口吻《こうふん》口輪法（Muzzling of Dogs Act）が制定されたが、このエッセイが出版された当時は、一時的に特定の地域でのみ課せられていた。しかし、一八九七–一九〇〇年には狂犬病を撲滅するために国家規模で施行された。

のの、シャグの目からすると、どうも彼に釘付けになっていたらしい。いまならよくわかるのだが、彼がまごまごと恥ずかしそうな顔をし、年老いて固くなった前脚を持ち上げ、握手、と差し出したりしたのは、もともとはこの小犬がうまくやっていた芸当だったのである。わたしは思わず泣きそうになった。顔では微笑んでいたものの、心の中では悲劇の身にあるリア王を思い出さずにはいられなかった。だが、シャグは新たなたしなみを身に付けるには歳を取り過ぎていた。二番手に甘んじていることなど我慢ならず、武威によってこの問題を解決しなければならぬ、と結論を下したのであった。このような次第で、数週間にわたって緊張が高まり、それから闘いの火蓋が切って落とされた。二匹ともきらりとひかる白い歯を剝き出しにして相手に襲いかかる――シャグが先に攻撃を仕掛ける――がっちり組み合い、芝生の上をごろごろ転げ回る。ようやく離れると、二匹とも流血し、毛がばさばさに立ち、負傷していた。交戦後に平和に過ごすなど無理なことであった。二匹は顔を合わせれば唸り合い、全身をこわばらせた。問題は――勝利を手にしたのはどちらなのだ？　どちらがとどまり、どちらが追放されるのだ？　わたしたちの導き出した結論は見下げ果てた、不公平なものだったが、おそらくは申し訳の立つものであった。老王は退位し、新しい世代に譲位しなければならない、と考えられた。こうしてシャグは退き、パーソンズ・グリーンにある立派な寡婦用住宅に送られた。代わりに、小犬が彼の地位に収まった。数年が経過したものの、わたしたちが幼少期をともに過ごしたこの旧友に会うことはなかった。ところが、夏の休暇中、わたしたちが留守にしていたとき、彼は世話人とともにもう一度我が家にやってきたのであった。こうした経緯で昨年に至る。わたしたちのあずかり知らぬことではあったが、この年が彼の人生の最後の年となってしまった。ある冬の晩、ひどい病に罹って苦しんでいたとき、中に入れてくれ、と繰り返し吠えるのが台所の外で聞こえた。こんな風に吠えるのが聞こえたのは、実に数年ぶりのことであったが、このときは台所にいた者だけがそれに気づいた。戸を開けると、シャグはこれまでに幾度となくそうしてきたように歩いて入ってき、ほとんど目も見えず、耳も聞こえなかったにもかかわらず、脇目も振らずに暖炉のそばの昔の定位置まで移動し、体を丸め、音も立てずに寝入った。王位簒奪者《さんだつしゃ》に見つかれば、彼は極まり悪そうにこそこそと立ち去ったことだろう。というのも、もはやシャグは権利を求めて闘う年回りではなかったからである。われわれにはついぞ知り得ぬことだが、なんとも不思議な記憶の数々と同情を欲する直感に襲われ、シャグは数年間過ごした家を後にし、以前の飼い主の住んでいた、勝手知ったる家の扉の踏み段をもう一度探しに来たのである――これは決して真相の明らかにされることのない、無数の事件のひとつである。家族の中で彼がかつての住まいの最後の住人となってしまった。というのも、幼少の頃にはじめて散歩に連れていかれたときに犬という犬に嚙みつき、乳母車に乗った赤ん坊という赤ん坊を怖がらせた、道の筋向かいの公園へと続く道路を渡っている最中に、彼は命を落としてしまったのである。視覚と聴覚を失った老犬には、馬車のやってくるのが見えず、その音が聞こえなかった。車輪に轢かれ、もはやそれ以上幸せな人生を歩んでいくことができなくなり、即座に最期を迎えた。毒ガスの撒《ま》き散らされる処刑室や、馬小屋で服毒死させられるよりかは、こうやって馬車に轢かれたことで、安らかに旅立てたのだった。

こうしてわたしたちは、この親愛で忠実なる友に別れを告げる。彼の美徳を忘れはしない——そもそも犬には、欠点などあまりないのだが。

附録　エリザベス・バレット「わが忠犬、フラッシュに寄す」

I.

贈られし御身の友よ、
忠誠心が
その身体を貫いている
祝福を述べよう
この手をお前の頭に載せて、
心優しき友よ！

II.

貴婦人の持つ褐色の巻き毛のごとく、
絹のような耳が垂れる、
顔の両側から慎み深く、
銀色の衣を纏った胸は
そこのみが光り輝く
まざりけなく。

III.

茶褐色の身駆は、
陽の光によって、
鈍い色から変わる——
なめらかで多彩な巻き毛が
あまねく黄金色に輝く、
豊かな光艶を纏って。

IV.

わたしが撫でるこの手の下で
柔和な榛色の驚いた目が
輝き、さらに大きくなる――
弾むようにして跳ね、
茶目っ気たっぷりにクルベットの姿勢で跳躍すれば、
飛び跳ねる馬のよう。

V.

跳べ！　幅広い尾が灯火のように揺れる
跳べ！　細身の脚は鮮やか、
天蓋のような房べりに覆われる。
跳べ――飾り房の付いた耳が
何とも不思議に揺れ動く――明るく、美しい、
いくばくかの長さの黄金色の毛が。

VI.

けれど、陽気で愛らしい友よ、
際限《きり》がないのだ
お前の素晴らしさを褒め称えれば！
ほかの犬どもも同じく
おそらく耳は垂れ、
その毛には光沢が宿っていることだろう。

VII.

だが、こう言われるはずだ、この犬はベッドの傍らで見つめている、と
日がな一日飽きもせず、——
カーテンの閉ざされた部屋で見つめている、
薄闇が陽の光に照らされることのない場所で
病に伏せる憂う者のそばで。

VIII.

花瓶に生けられし薔薇は
この部屋ですみやかに死を迎える、
光もなく風もない――
この犬だけが待ち続ける、
知っているのだ、光が消え去ろうとも、
愛は輝き続けることを。

IX.

他の犬どもは麝香草《じゃこうそう》の香る露の中
野兎を追いかける
陽の当たる荒野と牧草地を駆け抜ける――
この犬だけは横になる
眠っている物憂げな者の頬の隣で、
暗闇の中にて。

X.

忠実で陽気なよその犬どもは
響き渡る口笛を耳にして飛び跳ね、
森の外れへ急ぐ――
この犬だけは離れて見ている
かすかに話し声と大きなため息が
耳に入るところで。

XI.

そして、涙がすばやく一粒二粒
艶めく耳に落ち、
あるいはため息がいやはやにつかれるならば、――
鼻息荒く急いで飛び上がり、
じゃれつき、愛撫し、呼吸を速める、
悩ましき愛情のゆえに。

XII.

こうしてこの犬は満足する、
青白く痩せた手に胸垂のあたりを
上へ下へと撫でられ、——
その手の内に鼻を入れ、
そして、——開かれた掌の上に
あごを置き据える。

XIII.

親しみを込めた声で
いま、こんな部屋に監禁されることなどよりも、
もっと楽しいことへと誘おうとする
来い！　と扉の向こうから乞われたとしても、——
これまでのように後ずさり、
私の上に飛び乗ってくる。

XIV.

したがって、この犬に対して私は
さげすむことなく、愛情を持って
好意と称賛の念を示そう！
その頭に手を置き、
祝福の言葉を述べよう
そのためにこそ、永久《とこしえ》に。

XV.

彼はそうして私を愛してくれる、
犬が人間を
よく愛する以上に、
私はさらに愛を返す
犬がしばしば人間から受け取る以上のものを、——
人間の範から離れて。

XVI.

祝福しよう、わが忠犬よ、
可愛らしい色輪は見事、
砂糖入りの牛乳で太る！
喜びで尾が揺れる――
かならずや心を込めた手で
撫でてもらえることだろう！

XVII.

ふかふかの枕に頭を載せ、
絹のようなまぶたの助けを借り、
陽の光の下でお前は眠り続ける！
蠅の羽音でも目を覚まさない――
水が深々と入れられた紫の器を
誰も破壊することはない。

XVIII.

頬髯を生やした猫どもよ、去れ——
屈強な止め手がコロンのエキスから
お前を引き離す。
行く手にある木の実は石となり、
祝祭日のマカロンは
日々配給される糧食となる！

XIX.

お前の幸福を願うことは、嘲ることになるのだろうか？——
目には涙が溢れ、私は感じ入る
お前は生まれつき公正明大な存在だ、
必要とするものも、はっきりとさせよう——
ほんのわずかな愛では喜ぶこともない、
大いなる愛の者よ。

XX.

けれども祝福しよう
お前の性格はあらゆる善と喜びの高みを
感じ取る、――
限りなく愛されよ
お前の愛に応える愛によって、
御身の友よ！

ヴァージニア・ウルフ［1882–1941］年譜

▼——世界史の事項　●——文化史・文学史を中心とする事項　**太字ゴチの作家**
『タイトル』——〈ルリユール叢書〉の既刊・続刊予定の書籍です

一八八二年

一月二十五日、ヴァージニア・ウルフ、レズリー・スティーヴンとジュリア・ダックワースの次女として、ハイドパーク・ゲイト二十二番地に生まれる。

▼ドイツ・オーストリア・イタリアの三国同盟成立（〜一九一五）［欧］●ハウエルズ『ありふれた訴訟事件』［米］●エティエンヌ＝ジュール・マレイ、クロノフォトグラフィを考案［仏］●コビュスケン・ヒュト『レンブラントの国』（〜八四）［蘭］●ツルゲーネフ『散文詩』［露］●中江兆民訳ルソー『民約訳解』［日］

一八八三年［一歳］

弟エイドリアン誕生。

▼クローマー、エジプト駐在総領事に就任［エジプト］●スティーヴンソン『宝島』［英］●アミエル『日記』［スイス］●ヴィリエ・ド・リラダン『残酷物語』［仏］●モーパッサン『女の一生』［仏］●コッローディ『ピノッキオの冒険』［伊］●ダヌンツィオ『間

奏詩集』〔伊〕●メネンデス・イ・ペラーヨ『スペインにおける美的観念の歴史』（〜八九）〔西〕●ニーチェ『ツァラトゥストラかく語りき』〔独〕●リーリエンクローン『副官の騎行とその他の詩集』〔独〕●**フォンターネ『梨の木の下に』**（〜八五）、『シャッハ・フォン・ヴーテノー』〔独〕●エミネスク『金星』〔ルーマニア〕●ヌーシッチ『国会議員』〔セルビア〕●ビョルンソン『能力以上』〔ノルウェー〕●フェート『夕べの灯』（〜九一）〔露〕●ガルシン『赤い花』〔露〕

一八八四年
▼アフリカ分割をめぐるベルリン会議開催（〜八五）〔欧〕▼甲申の変〔朝鮮〕●バーナード・ショー、〈フェビアン協会〉創設に参加〔英〕●ウォーターマン、万年筆を発明〔米〕●マーク・トゥエイン『ハックルベリー・フィンの冒険』〔米〕●**ヴェルレーヌ『呪われた詩人たち』**、『往時と近年』〔仏〕●ユイスマンス『さかしま』〔仏〕●エコゥト『ケルメス』〔白〕●アラス『裁判官夫人』〔西〕●R・デ・カストロ『サール川の畔にて』〔西〕●ブラームス《交響曲第４番ホ短調》（〜八五）〔独〕●シェンキェーヴィチ『火と剣によって』〔ポーランド〕●カラジャーレ『失われた手紙』〔ルーマニア〕●ビョルンソン『港に町に旗はひるがえる』〔ノルウェー〕●三遊亭円朝『牡丹燈籠』〔日〕

一八八五年
▼インド国民会議〔インド〕●スティーヴンソン『子供の歌園』〔英〕●ペイター『享楽主義者マリウス』〔英〕●メレディス『岐路にたつダイアナ』〔英〕●R・バートン訳『千一夜物語』（〜八八）〔英〕●ハウエルズ『サイラス・ラパムの向上』〔米〕●セザンヌ《サント＝ヴィクトワール山》〔仏〕●ゾラ『ジェルミナール』〔仏〕●モーパッサン『ベラミ』〔仏〕●マラルメ『リヒャルト・ヴァーグナー、あるフランス詩人の夢想』〔仏〕●ジュンケイロ『永遠なる父の老年』〔ポルトガル〕●ルー・ザロメ『神をめぐる闘い』〔独〕●リスト《ハンガリー狂詩曲》〔ハンガリー〕●ヘディン、第一回中央アジア探検（〜九七）〔スウェーデン〕●イェーゲル『クリスチアニア＝ボエーメンから』〔ノルウェー〕●コロレンコ『悪い仲間』〔露〕●坪内逍遥『当世書生気質』、『小説神髄』〔日〕

一八八六年　▼ベルヌ条約成立〔欧〕●スティーヴンソン『ジキル博士とハイド氏』〔英〕●バーネット『小公子』〔米〕●オルコット『ジョーの子供たち』〔米〕●ケラー『マルティン・ザランダー』〔スイス〕●ランボー『イリュミナシオン』〔仏〕●ヴェルレーヌ『ルイーズ・ルクレール』、『ある寡夫の回想』〔仏〕●ヴィリエ・ド・リラダン『未来のイヴ』〔仏〕●モレアス「象徴主義宣言」〔仏〕●デ・アミーチス『クオーレ』〔伊〕●パルド・バサン『ウリョーアの館』〔西〕●レアル『反キリスト』〔ポルトガル〕●ニーチェ『善悪の彼岸』〔独〕●クラフト＝エビング『性的精神病理』〔独〕●イラーセック『狗頭族』〔チェコ〕●H・バング『静物的存在たち』〔デンマーク〕●トルストイ『イワンのばか』、『イワン・イリイチの死』〔露〕

一八八七年　▼仏領インドシナ連邦成立〔仏〕▼ブーランジェ事件（～八九）〔仏〕●ドイル『緋色の研究』〔英〕●オルコット『少女たちに捧げる花冠』〔米〕●C・F・マイアー『ペスカーラの誘惑』〔スイス〕●**モーパッサン**『**モン＝オリオル**』、『オルラ』〔仏〕●ロチ『お菊さん』〔仏〕●ヴェラーレン『夕べ』〔白〕●ペレス＝ガルドス『ドニャ・ペルフェクタ』〔西〕●テンニェス『ゲマインシャフトとゲゼルシャフト』〔独〕●ズーダーマン『憂愁夫人』〔独〕●フォンターネ『セシル』〔独〕●**H・バング**『**化粧漆喰**』〔デンマーク〕●ストリンドベリ「父」初演〔スウェーデン〕●ローソン『共和国の歌』〔豪〕●リサール『ノリ・メ・タンヘレ』〔フィリピン〕●二葉亭四迷『浮雲』（～九一）〔日〕

一八八八年　▼ヴィルヘルム二世即位（～一九一八）〔独〕●ベラミー『顧りみれば』〔米〕●ヴェルレーヌ『愛』〔仏〕●デュジャルダン『月桂樹は切られた』〔仏〕●バレス『蛮族の眼の下』〔仏〕●E・デ・ケイロース『マイア家の人々』〔ポルトガル〕●シュトルム『白馬の騎者』〔独〕●フォンターネ『迷い、もつれ』〔独〕●ストリンドベリ『痴人の告白』（仏版）、『令嬢ジュリー』〔スウェーデン〕●ヌーシッチ『怪しいやつ』〔セルビア〕●チェーホフ『曠野』、『ともしび』〔露〕●ダリオ『青……』〔ニカラグア〕

一八八九年　▼パン・アメリカ会議開催〔米〕▼第二インターナショナル結成〔仏〕●J・K・ジェローム『ボートの三人男』〔英〕●L・ハーン『チタ』〔英〕●ハウエルズ『アニー・キルバーン』〔米〕●パリ万博開催、エッフェル塔完成〔仏〕●ベルクソン『意識に直接与えられているものについての試論』〔仏〕●ヴェルレーヌ『並行して』〔仏〕●E・シュレ『偉大なる秘儀受領者たち』〔仏〕●ブールジェ『弟子』〔仏〕●ダヌンツィオ『快楽』〔伊〕●ヴェルガ『親方・貴族ジェズアルド』〔伊〕●パラシオ＝バルデス『サン・スルピシオ修道女』〔西〕●G・ハウプトマン『日の出前』〔独〕●マーラー《交響曲第一番》初演〔ハンガリー〕●エミネスク歿、『ミンナ』〔ルーマニア〕●H・バング『ティーネ』〔デンマーク〕●ゲレロプ『ミンナ』〔デンマーク〕●W・B・イェイツ『アシーンの放浪ほかの詩』〔愛〕●トルストイ『人生論』〔露〕●森田思軒訳ユゴー『探偵ユーベル』〔日〕

一八九〇年　▼フロンティアの消滅〔米〕▼普通選挙法成立〔西〕▼第一回帝国会議開会〔日〕●J・G・フレイザー『金枝篇』（〜一九一五）〔英〕●W・モリス、ケルムコット・プレスを設立〔英〕●L・ハーン『ユーマ』、『仏領西インドの二年間』〔英〕●W・ジェイムズ『心理学原理』〔米〕●ハウエルズ『新しい運命の浮沈』〔米〕●ヴェルレーヌ『献辞集』〔仏〕●ロートレアモン『マルドロールの歌』〔仏〕●ヴィリエ・ド・リラダン『アクセル』〔仏〕●クローデル『黄金の頭』〔仏〕●ゾラ『獣人』〔仏〕●ブリュンチエール『文学史におけるジャンルの進化』〔仏〕●ギュイヨー『社会学的見地から見た芸術』〔仏〕●ズヴェーヴォ『ベルポッジョ街の殺人』〔伊〕●ヴェラーレン『黒い炬火』〔白〕●ゲオルゲ『讃歌』〔ドイツ〕●フォンターネ『シュティーネ』〔独〕●プルス『人形』〔ポーランド〕●イプセン『ヘッダ・ガブラー』〔ノルウェー〕●ハムスン『飢え』〔ノルウェー〕●森鷗外『舞姫』〔日〕

一八九一年　▼全ドイツ連盟結成〔独〕●ドイル『シャーロック・ホームズの冒険』〔英〕●W・モリス『ユートピアだより』〔英〕●ワイルド『ドリアン・グレイの画像』〔英〕●ハーディ『ダーバヴィル家のテス』〔英〕●バーナード・ショー『イプセン主義神髄』〔英〕

●ビアス『いのちの半ばに』〔米〕●ハウエルズ『批評と小説』〔米〕●ノリス『イーヴァネル――封建下のフランスにおける伝説』〔米〕●メルヴィル歿、『ビリー・バッド』〔米〕●ヴェルレーヌ『幸福』、『詩選集』、『わが病院』、『彼女のための歌』〔仏〕●ユイスマンス『彼方』〔仏〕●シュオッブ『二重の心』〔仏〕●モレアス、〈ロマーヌ派〉樹立宣言〔仏〕●ジッド『アンドレ・ヴァルテールの手記』〔仏〕●パスコリ『ミリーチェ』〔伊〕●クノップフ《私は私自身に扉を閉ざす》〔白〕●ホーフマンスタール『昨日』〔墺〕●ヴェーデキント『春のめざめ』〔独〕●S・ゲオルゲ『巡礼』〔独〕●G・ハウプトマン『さびしき人々』〔独〕●ポントピダン『約束の地』(〜九五)〔デンマーク〕●ラーゲルレーヴ『イエスタ・ベルリング物語』〔スウェーデン〕●トルストイ『クロイツェル・ソナタ』〔露〕●マルティ『素朴な詩』〔キューバ〕●マシャード・デ・アシス『キンカス・ボルバ』〔ブラジル〕●リサール『エル・フィリブステリスモ』〔フィリピン〕ピダン『約束の地』(〜九五)〔デンマーク〕●ラーゲルレーヴ『イエスタ・ベルリング物語』〔スウェーデン〕●トルストイ『クロイツェル・ソナタ』〔露〕●マシャード・デ・アシス『キンカス・ボルバ』〔ブラジル〕

●リサール『エル・フィリブステリスモ』〔フィリピン〕

一八九二年

▼メキシコ、カリフォルニア、アリゾナで地震被害〔北米〕▼パナマ運河疑獄事件〔仏〕●ワイルド《サロメ》上演〔英〕●ヴェルレーヌ『私的典礼』〔仏〕●ブールジェ『コスモポリス』〔仏〕●シュオッブ『黄金仮面の王』〔仏〕●メーテルランク『ペレアスとメリザンド』〔白〕●ロデンバック『死都ブリュージュ』〔白〕●ズヴェーヴォ『ある生涯』〔伊〕●ダヌンツィオ『罪なき者』〔伊〕●ノブレ『ひとりぼっち』〔ポルトガル〕●〈ミュンヘン分離派〉結成〔独〕●S・ゲオルゲ、文芸雑誌「芸術草紙」を発刊(〜一九一九)、『アルガバル』〔独〕●フォンターネ『イェニー・トライベル夫人』〔独〕●G・ハウプトマン『同僚クランプトン』〔独〕●ガルボルグ『平安』〔ノルウェー〕●アイルランド文芸協会設立、ダブリンに国民文芸協会発足〔愛〕●チャイコフスキー《くる

み割り人形》［露］●ゴーリキー『マカール・チュドラー』［露］●カサル『雪』［キューバ］●森鷗外訳アンデルセン『即興詩人』［日］

一八九三年

▼世界初の女性参政権成立［ニュージーランド］●ドヴォルザーク《交響曲第九番「新世界から」》［米］●S・クレイン『街の女マギー』［米］●ビアス『怪奇な物語』［米］●デュルケーム『社会分業論』［仏］●ヴェルレーヌ『彼女への頌歌』、『悲歌集』、『わが牢獄』、『オランダでの二週間』［仏］●ヘゼッレ『時代の花環』［白］●シュニッツラー『アナトール』［墺］●ディーゼル、ディーゼル機関を発明［独］●G・ハウプトマン「織工たち」初演、『ビーバーの毛皮』［独］●ヴァゾフ『軛の下で』［ブルガリア］●ムンク《叫び》［ノルウェー］●イェイツ『ケルトの薄明』［愛］●チェーホフ『サハリン島』（～九四）［露］

一八九四年

▼ドレフュス事件［仏］▼日清戦争（～九五）［中・日］●「イエロー・ブック」誌創刊［英］●キップリング『ジャングル・ブック』［英］●ハーディ『人生の小さな皮肉』［英］●L・ハーン『知られぬ日本の面影』［英］●ヴェルレーヌ『陰府で』、『エピグラム集』［仏］●**マラルメ『音楽と文芸』**［仏］●ゾラ『ルルド』［仏］●P・ルイス『ビリチスの歌』［仏］●ルナール『にんじん』［仏］●フランス『赤い百合』『エピキュールの園』［仏］●ダヌンツィオ『死の勝利』［伊］●フォンターネ『エフィ・ブリースト』（～九五）［独］●ミュシャ《ジスモンダ》［チェコ］●イラーセック『チェコ古代伝説』［チェコ］●ペレツ『初祭のための小冊子』（～九六）［ポーランド］●バーリモント『北国の空の下で』［露］●ショレム・アレイヘム『牛乳屋テヴィエ』（～一九一四）［イディッシュ］●シルバ『夜想曲』［コロンビア］●ターレボフ『アフマドの書』［イラン］

一八九五年［十三歳］

母ジュリア他界。最初の精神的不調を経験し回復に一年以上要する。

▼キューバ独立戦争〔キューバ〕●ウェルズ『タイム・マシン』〔英〕●ハーディ『日陰者ジェード』〔英〕●G・マクドナルド『リリス』〔英〕●コンラッド『オールメイヤーの阿房宮』〔英〕●L・ハーン『東の国から』〔英〕●D・バーナム《リライアンス・ビル》〔米〕●S・クレイン『赤い武功章』『黒い騎士たち』〔米〕●トウェイン『まぬけのウィルソン』〔米〕●モントリオール文学学校結成〔カナダ〕●ヴェルレーヌ『告白』〔仏〕●ヴァレリー『レオナルド・ダ・ヴィンチ方法序説』〔仏〕●ヴェラーレン『触手ある大都会』〔白〕●マルコーニ、無線電信を発明〔伊〕●フォガッツァーロ『昔の小さな世界』〔伊〕●ペレーダ『山の上』〔西〕●ブロイアー、フロイト『ヒステリー研究』〔墺〕●シュニッツラー『死』、「恋愛三昧」初演〔墺〕●ホフマンスタール『六七二夜の物語』〔墺〕●レントゲン、X線を発見〔独〕●パニッツァ『性愛公会議』〔独〕●ナンセン、北極探検〔ノルウェー〕●パタソン『スノーウィー・リヴァーから来た男』〔豪〕●樋口一葉『たけくらべ』〔日〕

一八九六年

▼マッキンリー、大統領選勝利〔米〕▼アテネで第一回オリンピック大会開催〔希〕●ウェルズ『モロー博士の島』〔英〕●スティーヴンソン『ハーミストンのウィア』〔英〕●コンラッド『南海のあぶれもの』〔英〕●ワイルド《サロメ》上演〔英〕●ハウスマン『シュロップシャーの若者』〔英〕●L・ハーン『心』〔英〕●スティーグリッツ、「カメラ・ノート」誌創刊〔米〕●ベックレル、ウランの放射能を発見〔仏〕●ベルクソン『物質と記憶』〔仏〕●ヴァレリー『テスト氏との一夜』〔仏〕●ジャリ《ユビュ王》初演〔仏〕●プルースト『楽しみと日々』〔仏〕●ラルボー『柱廊』〔仏〕●シェンキェーヴィチ『クオ・ヴァディス』〔ポーランド〕●H・バング『ルズヴィスバケ』〔デンマーク〕●フレーディング『しぶきとはためき』〔スウェーデン〕●チェーホフ「かもめ」初演〔露〕●ダリオ『希有の人びと』、『俗なる詠唱』〔ニカラグア〕●ブラジル文学アカデミー創立〔ブラジル〕

一八九七年〔十五歳〕

ロンドンにあるキングズ・カレッジでギリシア語と歴史を学ぶ。

▼ヴィリニュスで、ブンド（リトアニア・ポーランド・ロシア・ユダヤ人労働者総同盟）結成〔東欧〕▼バーゼルで第一回シオニスト会議開催〔欧〕●テイト・ギャラリー開館〔英〕●H・エリス『性心理学』（〜一九二八）〔英〕●ハーディ『恋の霊』〔英〕●ウェルズ『透明人間』〔英〕●コンラッド『ナルシッサス号の黒人』〔英〕●H・ジェイムズ『ポイントンの蒐集品』、『メイジーの知ったこと』〔米〕●マラルメ『骰子一擲』、『ディヴァガシオン』〔仏〕●フランス『現代史』（〜一九〇一）〔仏〕●**ジャリ『昼と夜』**〔仏〕●ジッド『地の糧』〔仏〕●ロデンバック『カリヨン奏者』〔白〕●ガニベ『スペインの理念』〔西〕●クリムトら〈ウィーン・ゼツェッシオン（分離派）〉創立〔墺〕●K・クラウス『破壊された文学』〔墺〕●シュニッツラー『死人に口なし』〔墺〕●S・W・レイモント『約束の土地』（〜九八）〔ポーランド〕●ストリンドベリ『インフェルノ』〔スウェーデン〕●B・ストーカー『ドラキュラ』〔愛〕

一八九八年

▼アメリカ、ハワイ王国を併合〔米〕▼米戦艦メイン号の爆発をきっかけに米西戦争開戦、スペインは敗北〔米・西・キューバ・フィリピン〕●ウェルズ『宇宙戦争』〔英〕●コンラッド『青春』〔英〕●H・ジェイムズ『ねじの回転』〔米〕●ノリス『レディ・レティ号のモーラン』〔米〕●キュリー夫妻、ラジウムを発見〔仏〕●ゾラ、「オーロール」紙に大統領への公開状『われ弾劾す』発表〔仏〕●ブルクハルト『ギリシア文化史』（〜一九〇二）〔スイス〕●ズヴェーヴォ『老年』〔伊〕●文芸誌「ビダ・ヌエバ」創刊（〜一九〇〇）〔西〕●ガニベ自殺〔西〕●リルケ『フィレンツェ日記』〔墺〕●T・マン『小男フリーデマン氏』〔独〕●カラジャーレ『ムンジョアラの宿』〔ルーマニア〕●H・バング『白い家』〔デンマーク〕●イェンセン『ヘマラン地方の物語』（〜一九一〇）〔デンマーク〕

●ストリンドベリ『伝説』、『ダマスカスへ』(〜一九〇一)[スウェーデン]●森鷗外訳フォルケルト『審美新説』[日]

一八九九年[十七歳]

兄トビー・スティーヴン、ケンブリッジ大学トリニティ・カレッジに入学。のちに「ブルームズベリー・グループ」と呼ばれる集団を形成することになるクライヴ・ベル、リットン・ストレイチー、レナード・ウルフらと出会う。

▼米比戦争(〜一九〇二)[米・フィリピン]▼ドレフュス有罪判決、大統領特赦[仏]▼第二次ボーア戦争勃発(〜一九〇二)[南アフリカ]●コンラッド『闇の奥』、『ロード・ジム』(〜一九〇〇)[英]●A・シモンズ『文学における象徴主義運動』[英]●ノリス『ブリックス』[米]●ショパン『目覚め』[米]●**ジャリ『絶対の愛』**[仏]●ミルボー『責苦の庭』[仏]●ダヌンツィオ『ジョコンダ』[伊]●シェーンベルク《弦楽六重奏曲「浄夜」》[墺]●シュニッツラー《緑のオウム》初演[墺]●K・クラウス、個人誌「ファッケル(炬火)」創刊(〜一九三六)[墺]●ホルツ『叙情詩の革命』[独]●ストリンドベリ『罪さまざま』、『フォルクングのサガ』、『グスタヴ・ヴァーサ』[スウェーデン]●アイルランド文芸劇場創立[愛]●イェイツ『葦間の風』[愛]●チェーホフ『ワーニャ伯父さん』初演、『犬を連れた奥さん』、『可愛い女』[露]●トルストイ『復活』[露]●ゴーリキー『フォマー・ゴルデーエフ』[露]●ソロヴィヨフ『三つの会話』(〜一九〇〇)[露]●レーニン『ロシアにおける資本主義の発展』[露]●クロポトキン『ある革命家の手記』[露]

一九〇〇年〔十八歳〕

ヴァージニア、姉のヴァネッサとともにトリニティ・カレッジの五月舞踏会に参加。

▼労働代表委員会結成〔英〕▼義和団事件〔中〕●L・ハーン『影』〔英〕●ドライサー『シスター・キャリー』〔米〕●ノリス『男の女』〔米〕●L・ボーム『オズの魔法使い』〔米〕●ベルクソン『笑い』〔仏〕●ジャリ『鎖につながれたユビュ』〔仏〕●コレット『学校へ行くクローディーヌ』〔仏〕●シュピッテラー『オリュンポスの春』（〜〇五）〔スイス〕●フォガッツァーロ『現代の小さな世界』〔伊〕●ダヌンツィオ『炎』〔伊〕●フロイト『夢判断』〔墺〕●シュニッツラー『輪舞』、『グストル少尉』〔墺〕●プランク、「プランクの放射公式」を提出〔独〕●ツェッペリン、飛行船ツェッペリン号建造〔独〕●ジンメル『貨幣の哲学』〔独〕●S・ゲオルゲ『生の絨毯』〔独〕●シェンキェーヴィチ『十字軍の騎士たち』〔ポーランド〕●ヌーシッチ『血の貢ぎ物』〔セルビア〕●イェンセン『王の没落』（〜〇一）〔デンマーク〕●ベールイ『交響楽（第一・英雄的）』〔露〕●バーリモント『燃える建物』〔露〕●チェーホフ『谷間』〔露〕●マシャード・デ・アシス『むっつり屋』〔ブラジル〕

一九〇一年

▼マッキンリー暗殺、セオドア・ローズベルトが大統領に〔米〕▼ヴィクトリア女王歿、エドワード七世即位〔英〕▼革命的ナロードニキの代表によってSR結成〔露〕▼オーストラリア連邦成立〔豪〕●キップリング『キム』〔英〕●ウェルズ『予想』〔英〕●L・ハーン『日本雑録』〔英〕●ノリス『オクトパス』〔米〕●シュリ・プリュドム、ノーベル文学賞受賞〔仏〕●ジャリ『メッサリーナ』〔仏〕●フィリップ『ビュビュ・ド・モンパルナス』〔仏〕●マルコーニ、大西洋横断無線電信に成功〔伊〕●ダヌンツィオ「フランチェスカ・ダ・リーミニ」上演〔伊〕●バローハ『シルベストレ・パラドックスの冒険、でっちあげ、欺瞞』〔西〕

●T・マン『ブデンブローク家の人々』〔独〕●H・バング『灰色の家』〔デンマーク〕●ストリンドベリ『夢の劇』〔スウェーデン〕
●ヘイデンスタム『聖女ビルギッタの巡礼』〔スウェーデン〕●チェーホフ「三人姉妹」初演〔露〕

一九〇二年〔二十歳〕

父がサー・レズリー・スティーヴンとなる。

▼日英同盟締結〔英・日〕▼コンゴ分割〔仏〕▼アルフォンソ十三世親政開始〔西〕●ドイル『バスカヴィル家の犬』〔英〕●L・ハーン『骨董』〔英〕●スティーグリッツ、〈フォト・セセッション〉を結成〔米〕●W・ジェイムズ『宗教的経験の諸相』〔米〕●H・ジェイムズ『鳩の翼』〔米〕●ジャリ『超男性』〔仏〕●ジッド『背徳者』〔仏〕●ロラント・ホルスト＝ファン・デル・スハルク『新生』〔蘭〕●クローチェ『表現の科学および一般言語学としての美学』〔伊〕●ウナムーノ『愛と教育』〔西〕●バローハ『完成の道』〔西〕●バリェ＝インクラン『四季のソナタ』（〜〇五）〔西〕●アソリン『意志』〔西〕●ブラスコ＝イバニェス『葦と泥』〔西〕●レアル・マドリードCF創設〔西〕●リルケ『形象詩集』〔墺〕●シュニッツラー『ギリシアの踊り子』〔墺〕●ホフマンスタール『チャンドス卿の手紙』〔墺〕●モムゼン、ノーベル文学賞受賞〔独〕●インゼル書店創業〔独〕●ツァンカル『断崖にて』〔スロヴェニア〕●ゴーリキー『小市民』、『どん底』初演〔露〕●アンドレーエフ『深淵』〔露〕●クーニャ『奥地の反乱』〔ブラジル〕●アポストル『わが民族』〔フィリピン〕

一九〇三年

▼ロシア社会民主労働党、ボリシェビキとメンシェビキに分裂〔露〕●G・B・ショー『人と超人』〔英〕●S・バトラー『万人の路』〔英〕●ウェルズ『完成中の人類』〔英〕●ハーディ『覇王たち』（〜〇八）〔英〕●スティーグリッツ、「カメラ・ワーク」誌

創刊〔米〕●ノリス『取引所』、『小説家の責任』〔米〕●ロンドン『野性の呼び声』、『奈落の人々』〔米〕●H・ジェイムズ『使者たち』〔米〕●J＝A・ノー『敵なる力』（第一回ゴンクール賞受賞）〔仏〕●ロマン・ロラン『ベートーヴェン』〔仏〕●プレッツォリーニ、パピーニらが『レオナルド』創刊（〜〇七）〔伊〕●ダヌンツィオ『マイア』〔伊〕●A・マチャード『孤独』〔西〕●ヒメネス『哀しみのアリア』〔西〕●バリェ＝インクラン『ほの暗き庭』〔西〕●リルケ『ロダン論』（〜〇七）、『ヴォルプスヴェーデ』〔墺〕●ホフマンスタール『エレクトラ』〔墺〕●T・マン『トーニオ・クレーガー』〔独〕●デーメル『二人の人間』〔独〕●クラーゲス、表現学ゼミナールを創設〔独〕●ラキッチ『詩集』〔セルビア〕●ビョルンソン、ノーベル文学賞受賞〔ノルウェー〕●アイルランド国民劇場協会結成〔愛〕●永井荷風訳ゾラ『女優ナヽ』〔日〕

一九〇四年［二十二歳］

父他界。ヴァージニア、精神的不調に苦しめられる。はじめて「ガーディアン」に記事が掲載される。

▼日露戦争（〜〇五）〔露・日〕●コンラッド『ノストローモ』〔英〕●L・ハーン『怪談』〔英〕●ロンドン『海の狼』〔米〕●ミストラル、ノーベル文学賞受賞〔仏〕●J＝A・ノー『青い昨日』〔仏〕●ロマン・ロラン『ジャン＝クリストフ』（〜一二）〔仏〕●コレット『動物の七つの対話』〔仏〕●ダヌンツィオ『エレットラ』、『アルチヨーネ』、『ヨーリオの娘』〔伊〕●エチェガライ、ノーベル文学賞受賞〔西〕●バローハ『探索』、『雑草』、『赤い曙光』〔西〕●ヒメネス『遠い庭』〔西〕●リルケ『神さまの話』〔墺〕●M・ヴェーバー『プロテスタンティズムの倫理と資本主義の精神』（〜〇五）〔独〕●フォスラー『言語学における実証主義と観念主義』〔独〕●ヘッセ『ペーター・カーメンツィント』〔独〕●H・バング『ミケール』〔デンマーク〕

一九〇五年〔三十三歳〕

労働者階級向けモーレー・カレッジで無給教員として働く。ゴードン・スクウェア四十六番地で兄トビーによる週に一度の「木曜の夜の会」が開催される。ブルームズベリー・グループの発端となる。この年の春、弟エイドリアンとともにスペイン、ポルトガルを旅行する。

▼ノルウェー、スウェーデンより分離独立〔北欧〕▼第一次ロシア革命〔露〕●バーナード・ショー「人と超人」初演〔英〕●チェスタトン『異端者の群れ』〔英〕●ロンドン『階級戦争』〔米〕●キャザー『トロール・ガーデン』〔米〕●ウォートン『歓楽の家』〔米〕●アインシュタイン、光量子仮説、ブラウン運動の理論、特殊相対性理論を提出〔スイス〕●ラミュ『アリーヌ』〔スイス〕●ブルクハルト『世界史的考察』〔スイス〕●クローチェ『純粋概念の科学としての論理学』〔伊〕●マリネッティ、ミラノで詩誌「ポエジーア」を創刊(～〇九)〔伊〕●ダヌンツィオ『覆われたる灯』〔伊〕●アソリン『村々』、『ドンキホーテの通った道』〔西〕●ガニベ『スペインの将来』〔西〕●ドールス『イシドロ・ノネルの死』〔西〕●リルケ『時禱詩集』〔墺〕●フロイト『性欲論三篇』〔墺〕●A・ワールブルク、ハンブルクに〈ワールブルク文庫〉を創設〔独〕●T・マン『フィオレンツァ』〔独〕●モルゲンシュテルン『絞首台の歌』〔独〕●シェンキェーヴィチ、ノーベル文学賞受賞〔ポーランド〕●ヘイデンスタム『フォルクング王家の系図』(～〇七)〔スウェーデン〕●夏目漱石『吾輩は猫である』〔日〕●上田敏訳詩集『海潮音』〔日〕

一九〇六年〔二十四歳〕

ギリシア、トルコを旅行。兄トビー、腸チフスに罹り死去。

▼サンフランシスコ地震〔米〕▼イギリスの労働代表委員会、労働党と改称〔英〕●ゴールズワージー『財産家』〔英〕●ロンドン『白い牙』〔米〕●ビアス『冷笑家用語集』(一一年、『悪魔の辞典』に改題)〔米〕●シュピッテラー『イマーゴ』〔スイス〕●ロマン・ロラン『ミケランジェロ』〔仏〕●J・ロマン『更生の町』〔仏〕●クローデル『真昼に分かつ』〔仏〕●カルドゥッチ、ノーベル文学賞受賞〔伊〕●ダヌンツィオ『愛にもまして』〔伊〕●ドールス『語録』〔西〕●ムージル『寄宿者テルレスの惑い』〔墺〕●ヘッセ『車輪の下』〔独〕●モルゲンシュテルン『メランコリー』〔独〕●H・バング『祖国のない人々』〔デンマーク〕●ビョルンソン『マリイ』〔ノルウェー〕●ターレボフ『人生の諸問題』〔イラン〕●島崎藤村『破戒』〔日〕●内田魯庵訳トルストイ『復活』〔日〕

一九〇七年〔二十五歳〕

姉ヴァネッサ、クライヴ・ベルの求婚を受け結婚。ヴァージニア、弟のエイドリアンとともにフィツロイ・スクウェア十九番地に移る。

▼第二回ハーグ平和会議●キップリング、ノーベル文学賞受賞〔英〕●コンラッド『密偵』〔英〕●シング《西海の伊達者》初演〔英〕●ロンドン『道』〔米〕●W・ジェイムズ『プラグマティズム』〔米〕●グラッセ社設立〔仏〕●ベルクソン『創造的進化』〔仏〕●クローデル『東方の認識』、『詩法』〔仏〕●コレット『感傷的な隠れ住まい』〔仏〕●デュアメル『伝説、戦闘』〔仏〕●ピカソ《ア

ヴィニヨンの娘たち》〔西〕●A・マチャード『孤独、回廊、その他の詩』〔西〕●バリェ＝インクラン『紋章の鷲』〔西〕●リルケ『新詩集』(〜〇八)〔墺〕●S・ゲオルゲ『第七の輪』〔独〕●レンジェル・メニヘールト「偉大な領主」上演〔ハンガリー〕●ストリンドベリ『青の書』(〜一二)〔スウェーデン〕●M・アスエラ『マリア・ルイサ』〔メキシコ〕●夏目漱石『文学論』〔日〕

一九〇八年

▼ブルガリア独立宣言〔ブルガリア〕●A・ベネット『老妻物語』〔英〕●チェスタトン『正統とは何か』、『木曜日の男』〔英〕●フォード車T型車登場〔米〕●ロンドン『鉄の踵』〔米〕●モンゴメリー『赤毛のアン』〔カナダ〕●ガストン・ガリマール、ジッドと文学雑誌「NRF」(新フランス評論)を創刊(翌年、再出発)〔仏〕●J・ロマン『一体生活』〔仏〕●ラルボー『富裕な好事家の詩』〔仏〕●プレッツォリーニ、文化・思想誌「ヴォーチェ」を創刊(〜一六)〔伊〕●クローチェ『実践の哲学――経済学と倫理学』〔伊〕●バリェ＝インクラン『狼の歌』〔西〕●ヒメネス『孤独の響き』〔西〕●G・ミロー『流浪の民』〔西〕●K・クラウス『モラルと犯罪』〔墺〕●シュニッツラー『自由への途』〔墺〕●オイケン、ノーベル文学賞受賞〔独〕●レンジェル・メニヘールト「感謝せる後継者」上演(ヴォジニッツ賞受賞)〔ハンガリー〕●ヘイデンスタム『スウェーデン人とその指導者たち』(〜一〇)〔スウェーデン〕

一九〇九年〔二十七歳〕

リットン・ストレイチー、ヴァージニアに求婚。叔母キャロライン・エミリア・スティーヴンが他界。遺産相続。この頃オットリン・モレルと知り合う。

▼モロッコで反乱、バルセロナでモロッコ戦争に反対するゼネスト拡大「悲劇の一週間」、軍による鎮圧〔西〕●ウェルズ『トノ・バンゲイ』〔英〕●スタイン『三人の女』〔米〕●ロンドン『マーティン・イーデン』〔米〕●ウィリアム・カーロス・ウィ

リアムズ『第一詩集』〔米〕●ジッド『狭き門』〔仏〕●コレット『気ままな生娘』〔仏〕●マリネッティ、パリ「フィガロ」紙に『未来派宣言』(仏語)を発表〔伊〕●バローハ『向こう見ずなサラカイン』〔西〕●リルケ『鎮魂歌』〔墺〕●T・マン『大公殿下』〔独〕●**レンジェル・メニヘールト**「**颱風**」上演〔ハンガリー〕●ラーゲルレーヴ、ノーベル文学賞受賞〔スウェーデン〕●ストリンドベリ『大街道』〔スウェーデン〕●M・アスエラ『毒草』〔メキシコ〕

一九一〇年［二十八歳］

ヴァージニア、精神状態が悪化する。友人のロジャー・フライがロンドンで「マネとポスト印象派展」を開く。

▼エドワード七世歿、ジョージ五世即位〔英〕▼ポルトガル革命〔ポルトガル〕▼メキシコ革命〔メキシコ〕▼大逆事件〔日〕●**ウェルズ**『〈**眠れる者**〉**目覚める**』、『ポリー氏』〔英〕●E・M・フォースター『ハワーズ・エンド』〔英〕●A・ベネット『クレイハンガー』〔英〕●バーネット『秘密の花園』〔米〕●ロンドン『革命、その他の評論』〔米〕●アポリネール『異端教祖株式会社』〔仏〕●クローデル『五大賛歌』〔仏〕●ボッチョーニほか『絵画宣言』〔伊〕●ダヌンツィオ『可なり哉、不可なり哉』〔伊〕●G・ミロー『墓地の桜桃』〔西〕●K・クラウス『万里の長城』〔墺〕●リルケ『マルテの手記』〔墺〕●ハイゼ、ノーベル文学賞受賞〔独〕●クラーゲス『性格学の基礎』〔独〕●モルゲンシュテルン『パルムシュトレーム』〔独〕●ルカーチ『魂と形式』〔ハンガリー〕●ヌーシッチ『世界漫遊記』〔セルビア〕●フレーブニコフら〈立体未来派〉結成〔露〕●谷崎潤一郎『刺青』〔日〕

一九一一年〔三十九歳〕

セイロン（現スリランカ）から一時帰国したレナードと出会う。

▼イタリア・トルコ戦争〔伊・土〕●ウェルズ『新マキアベリ』〔英〕●A・ベネット『ヒルダ・レスウェイズ』〔英〕●コンラッド『西欧の目の下に』〔英〕●チェスタトン『ブラウン神父物語』（〜三五）〔英〕●ビアボーム『ズーレイカ・ドブスン』〔英〕●ロンドン『スナーク号航海記』〔米〕●ドライサー『ジェニー・ゲアハート』〔米〕●ロマン・ロラン『トルストイ』〔仏〕●J・ロマン『ある男の死』〔仏〕●ジャリ『フォーストロール博士の言行録』〔仏〕●ラルボー『フェルミナ・マルケス』〔仏〕●メーテルランク、ノーベル文学賞受賞〔白〕●プラテッラ『音楽宣言』〔伊〕●ダヌンツィオ『聖セバスティアンの殉教』〔伊〕●バッケッリ『ルドヴィーコ・クローの不思議の糸』〔伊〕●バローハ『知恵の木』〔西〕●ホフマンスタール『イェーダーマン』、『ばらの騎士』〔墺〕●**M・ブロート『ユダヤの女たち』**〔独〕●フッサール『厳密な学としての哲学』〔独〕●セヴェリャーニンら〈自我未来派〉結成〔露〕●アレクセイ・N・トルストイ『変わり者たち』〔露〕●A・レイェス『美学的諸問題』〔メキシコ〕●M・アスエラ『マデーロ派、アンドレス・ペレス』〔メキシコ〕●島村抱月訳イプセン『人形の家』〔日〕

一九一二年〔三十歳〕

精神分析医の加療を受ける。八月、レナードと結婚。

▼ウィルソン大統領選勝利〔米〕▼タイタニック号沈没〔英〕▼中華民国成立〔中〕●コンラッド『運命』〔英〕●ストレイチー『フ

ランス文学道しるべ』〔英〕●キャザー『アレグザンダーの橋』〔米〕●W・ジェイムズ『根本的経験論』〔米〕●サンドラール『ニューヨークの復活祭』〔スイス〕●フランス『神々は渇く』〔仏〕●リヴィエール『エチュード』〔仏〕●ボッチョーニ『彫刻宣言』〔伊〕●マリネッティ『文学技術宣言』〔伊〕●ダヌンツィオ『ピザネル』、『死の瞑想』〔伊〕●チェッキ『ジョヴァンニ・パスコリの詩』〔伊〕●A・マチャード『カスティーリャの野』〔西〕●アソリン『カスティーリャ』〔西〕●バリェ＝インクラン『勲の声』〔西〕●シュニッツラー『ベルンハルディ教授』〔墺〕●G・ハウプトマン、ノーベル文学賞受賞〔独〕●T・マン『ヴェネツィア客死』〔独〕●M・ブロート『アーノルト・ベーア』〔独〕●ラキッチ『新詩集』〔セルビア〕●アレクセイ・N・トルストイ『足の不自由な公爵』〔露〕●ウイドブロ『魂のこだま』〔チリ〕●石川啄木『悲しき玩具』〔日〕

一九一三年［三十一歳］

睡眠薬を過剰摂取し自殺未遂。

▼マデーロ大統領、暗殺される〔メキシコ〕●ロレンス『息子と恋人』〔英〕●ニューヨーク、グランドセントラル駅竣工〔米〕●ロンドン『ジョン・バーリコーン』〔米〕●キャザー『おゝ開拓者よ！』〔米〕●ウォートン『国の慣習』〔米〕●フロスト『第一詩集』〔米〕●サンドラール「シベリア鉄道とフランス少女ジャンヌの散文」(『全世界より』)〔スイス〕●ラミュ『サミュエル・ブレの生涯』〔スイス〕●リヴィエール『冒険小説論』〔仏〕●J・ロマン『仲間』〔仏〕●マルタン・デュ・ガール『ジャン・バロワ』〔仏〕●アラン＝フルニエ『モーヌの大将』〔仏〕●プルースト『失われた時を求めて』(～二七)〔仏〕●コクトー『ポトマック』(～一九)〔仏〕●アポリネール『アルコール』、『立体派の画家たち』〔仏〕●ラルボー『A・O・バルナブース全集』〔仏〕●ルッソロ

『騒音芸術』〔伊〕●パピーニ、ソッフィチと「ラチェルバ」を創刊（〜一五）〔伊〕●アソリン『古典作家と現代作家』〔西〕●バローハ『ある活動家の回想記』（〜三五）〔西〕●バリェ＝インクラン『侯爵夫人ロサリンダ』〔西〕●シュニッツラー『ベアーテ夫人とその息子』〔墺〕●クラーゲス『表現運動と造形力』、『人間と大地』〔独〕●ヤスパース『精神病理学総論』〔独〕●フッサール『イデーン』（第一巻）〔独〕●フォスラー『言語発展に反映したフランス文化』〔独〕●カフカ『観察』、『火夫』、『判決』〔独〕●デーブリーン『タンポポ殺し』〔独〕●トラークル『詩集』〔独〕●シェーアバルト『小惑星物語』〔独〕●ルカーチ『美的文化』〔ハンガリー〕●シェルシェネーヴィチ、未来派グループ〈詩の中二階〉を創始〔露〕●マンデリシターム『石』〔露〕●マヤコフスキー『ウラジーミル・マヤコフスキー』〔露〕●**ベールイ『ペテルブルグ』**（〜一四）〔露〕●ウイドブロ『夜の歌』『沈黙の洞窟』〔チリ〕●タゴール、ノーベル文学賞受賞〔印〕

一九一四年〔三十二歳〕

健康回復。第一次世界大戦勃発。レナードとともにリッチモンドに移る。

▼サライェヴォ事件、第一次世界大戦勃発（〜一八）〔欧〕▼大戦への不参加表明〔西〕●ウェルズ『解放された世界』〔英〕●スタイン『やさしいボタン』〔米〕●ノリス『ヴァンドーヴァーと野獣』〔米〕●**ラミュ『詩人の訪れ』、『存在理由』、「セザンヌの例」**〔スイス〕●J＝A・ノー『かもめを追って』〔仏〕●ジッド『法王庁の抜穴』〔仏〕●ルーセル『ロクス・ソルス』〔仏〕●サンテリーア『建築宣言』〔伊〕●オルテガ・イ・ガセー『ドン・キホーテをめぐる省察』〔西〕●ヒメネス『プラテロとわたし』〔西〕●ゴメス・デ・ラ・セルナ『グレゲリーアス』、『ありえない博士』〔西〕●ベッヒャー『滅亡と勝利』〔独〕●ジョイス『ダブリンの

市民』［愛］●ウイドブロ『秘密の仏塔』［チリ］●ガルベス『模範的な女教師』［アルゼンチン］●夏目漱石『こころ』［日］

一九一五年［三十三歳］

日記をつけ始める。精神状態が悪化。ダックワース社より小説家デビュー作『船出 *The Voyage Out*』出版。ウルフ夫妻、リッチモンドのホガース・ハウスに移る。

▼ルシタニア号事件［欧］●D・H・ローレンス『虹』、ただちに発禁処分に［英］●コンラッド『勝利』［英］●F・フォード『善良な兵士』［英］●キャザー『ヒバリのうた』［米］●ヴェルフリン『美術史の基礎概念』［スイス］●ロマン・ロラン、ノーベル文学賞受賞［仏］●ルヴェルディ『散文詩集』［仏］●アソリン『古典の周辺』［西］●カフカ『変身』［独］●デーブリーン『ヴァン・ルンの三つの跳躍』（クライスト賞、フォンターネ賞受賞）［独］●T・マン『フリードリヒと大同盟』［独］●クラーゲス『精神と生命』［独］●ヤコブソン、ボガトゥイリョーフら〈モスクワ言語学サークル〉を結成（～二四）［露］●グイラルデス『死と血の物語』、『水晶の鈴』［アルゼンチン］●芥川龍之介『羅生門』［日］

一九一六年［三十四歳］

女流作家キャサリン・マンスフィールドと交流。

▼スパルタクス団結成［独］●O・ハックスリー『燃える車』［英］●A・ベネット『この二人』［英］●S・アンダーソン『ウィンディ・マクファーソンの息子』［米］●サンドラール『ルクセンブルクでの戦争』［スイス］●文芸誌「シック」創刊（～一九）［仏］

●ダヌンツィオ『夜想譜』〔伊〕●ウンガレッティ『埋もれた港』〔伊〕●パルド＝バサン、マドリード中央大学教授に就任〔西〕●文芸誌「セルバンテス」創刊（〜二〇）〔西〕●バリェ＝インクラン『不思議なランプ』〔西〕●G・ミロー『キリスト受難模様』〔西〕●クラーゲス『筆跡と性格』、『人格の概念』〔独〕●カフカ『判決』〔独〕●ルカーチ『小説の理論』〔ハンガリー〕●ヘイデンスタム、ノーベル文学賞受賞〔スウェーデン〕●ジョイス『若い芸術家の肖像』〔愛〕●ペテルブルクで〈オポヤーズ〉（詩的言語研究会）設立〔露〕●M・アスエラ『虐げられし人々』〔メキシコ〕●ウイドブロ、ブエノスアイレスで創造主義宣言〔チリ〕●ガルベス『形而上的悪』〔アルゼンチン〕

一九一七年〔三十五歳〕

ウルフ夫妻、印刷機を購入し、ヴァージニア作「壁のしみ"The Mark on the Wall"」とレナード作「三人のユダヤ人"Three Jews"」を出版。

▼ドイツに宣戦布告、第一次世界大戦に参戦〔米〕▼労働争議の激化に対し非常事態宣言。全国でゼネストが頻発するが、軍が弾圧〔西〕▼十月革命〔露〕●ピュリッツァー賞創設〔米〕T・S・エリオット『二つの短編小説』〔英〕●サンドラール『奥深い今日』〔スイス〕●ラミュ『大いなる春』〔スイス〕●ピカビア、芸術誌「391」創刊〔仏〕●ルヴェルディ、文芸誌「ノール＝シュド」創刊（〜一九）〔仏〕●ヴァレリー『若きパルク』〔仏〕●**ウナムーノ『アベル・サンチェス』**〔西〕●G・ミロー『シグエンサの書』〔西〕●ヒメネス『新婚詩人の日記』〔西〕●芸術誌「デ・ステイル」創刊（〜二八）〔蘭〕●フロイト『精神分析入門』〔墺〕●S・ツヴァイク『エレミヤ』〔墺〕●モーリツ『炬火』〔ハンガリー〕●クルレジャ『牧神パン』、『三つの交響曲』〔クロアチア〕

●ゲーラロップ、ポントピダン、ノーベル文学賞受賞〔デンマーク〕●レーニン『国家と革命』〔露〕●A・レイェス『アナウァック幻想』〔メキシコ〕●M・アスエラ『ボスたち』〔メキシコ〕●フリオ・モリーナ・ヌニェス、フアン・アグスティン・アラーヤ編『叙情の密林』〔チリ〕●グイラルデス『ラウチョ』〔アルゼンチン〕●バーラティ『クリシュナの歌』〔印〕

一九一八年〔三十六歳〕

モダニズムを代表する作家ジェイムズ・ジョイスの『ユリシーズ *Ulysses*』出版を長大かつ猥雑という理由で断る。

▼第一次世界大戦休戦▼「セルビア人・クロアチア人・スロヴェニア人」王国の建国宣言〔東欧〕▼スペイン風邪が大流行、カタルーニャとガリシアで地域主義運動激化、アンダルシアで農民運動拡大〔西〕●O・ハックスリー『青春の敗北』〔英〕●E・シットウェル『道化の家』〔英〕●W・ルイス『ター』〔英〕●ストレイチー『著名なヴィクトリア朝人たち』〔英〕●キャザー『マイ・アントニーア』〔米〕●ラルボー『幼ごころ』〔仏〕●アポリネール『カリグラム』、『新精神と詩人たち』〔仏〕●**ルヴェルディ**『**屋根のスレート**』、『**眠れるギター**』〔仏〕●デュアメル『文明』（ゴンクール賞受賞）〔仏〕●サンドラール『パナマあるいは七人の伯父の冒険』、『殺しの記』〔スイス〕●ラミュ『兵士の物語』（ストラヴィンスキーのオペラ台本）〔スイス〕●文芸誌「グレシア」創刊（～二〇）〔西〕●ヒメネス『永遠』〔西〕●シュピッツァー『ロマンス語の統辞法と文体論』〔墺〕●K・クラウス『人類最後の日々』（～二二）〔墺〕●シュニッツラー『カサノヴァの帰還』〔墺〕●**デーブリーン**『**ヴァツェクの蒸気タービンとの戦い**』〔独〕●T・マン『非政治的人間の考察』〔独〕●H・マン『臣下』〔独〕●ルカーチ『バラージュと彼を必要とせぬ人々』〔ハンガリー〕●ジョイス『亡命者たち』〔愛〕●**アンドリッチ**、「南方文芸」誌を創刊（～一九）、『**エクスポント（黒海より）**』〔セルビア〕●M・ア

スエラ『蝿』〔メキシコ〕●魯迅『狂人日記』〔中〕

一九一九年〔三十七歳〕

T・S・エリオットの『詩集――一九一九年 *Poems 1919*』をホガース・プレスより出版。イースト・サセックスにあったモンクス・ハウスを別荘として購入。第二作『夜と昼 *Night and Day*』をダックワース社より出版。

▼パリ講和会議〔欧〕▼ハプスブルク家の特権廃止。オーストリア共和国の成立〔墺〕▼合衆国憲法修正第十八条（禁酒法）制定、憲法修正第十九条（女性参政権）可決〔米〕▼アメリカ鉄鋼労働者ストライキ〔米〕▼ストライキが頻発、マドリードでメトロ開通〔西〕▼ワイマール憲法発布〔独〕▼第三インターナショナル（コミンテルン）成立〔露〕▼ギリシア・トルコ戦争〔希・トルコ〕●**コンラッド『黄金の矢』**〔英〕●モーム『月と六ペンス』〔英〕●パルプ雑誌「ブラック・マスク」創刊（〜五一）〔米〕●S・アンダーソン『ワインズバーグ・オハイオ』〔米〕●シュピッテラー、ノーベル文学賞受賞〔スイス〕●サンドラール『弾力のある十九の詩』、『全世界より』、『世界の終わり』〔スイス〕●ガリマール社設立〔仏〕●ブルトン、アラゴン、スーポーとダダの機関誌「文学」を創刊〔仏〕●ベルクソン『精神エネルギー』〔仏〕●ジッド『田園交響楽』〔仏〕●コクトー『ポトマック』〔仏〕●デュアメル『世界の占有』〔仏〕●ローマにて文芸誌「ロンダ」創刊（〜二三）〔伊〕●バッケッリ『ハムレット』〔伊〕●ヒメネス『石と空』〔西〕●ホフマンスタール『影のない女』〔墺〕●グロピウス、ワイマールにバウハウスを設立（〜三三）〔独〕●カフカ『流刑地にて』、『田舎医者』〔独〕●ヘッセ『デーミアン』〔独〕●クルティウス『現代フランスの文学開拓者たち』〔独〕●ツルニャンスキー『イタカの抒情』〔セルビア〕●シェルシェネーヴィチ、エセーニンらと〈イマジニズム〉を結成（〜二七）〔露〕●M・アスエラ『上品

な一家の苦難』〔メキシコ〕●有島武郎『或る女』〔日〕

一九二〇年〔三十八歳〕

メモワール・クラブ初会合。

▼国際連盟発足〔欧〕●D・H・ローレンス『恋する女たち』、『迷える乙女』〔英〕●ウェルズ『世界文化史大系』〔英〕●O・ハックスリー『レダ』、『リンボ』〔英〕●E・シットウェル『木製の天馬』〔英〕●クリスティ『スタイルズ荘の怪事件』〔英〕●クロフツ『樽』〔英〕●ピッツバーグで民営のKDKA局がラジオ放送開始〔米〕●フィッツジェラルド『楽園のこちら側』〔米〕●ウォートン『エイジ・オブ・イノセンス』（ピュリッツァ賞受賞）〔米〕●ドライサー『ヘイ、ラバダブダブ！』〔米〕●ドス・パソス『ある男の入門——一九一七年』〔米〕●ロマン・ロラン『クレランボー』〔仏〕●コレット『シェリ』〔仏〕●デュアメル『サラヴァンの生涯と冒険』（〜三二）〔仏〕●チェッキ『金魚』〔伊〕●文芸誌「レフレクトル」創刊〔西〕●バリェ゠インクラン『ボヘミアの光』、『聖き言葉』〔西〕●デーブリーン『ヴァレンシュタイン』〔独〕●**アンドリッチ『アリヤ・ジェルゼレズの旅』『不安』**〔セルビア〕●ハムスン、ノーベル文学賞受賞〔ノルウェー〕●アレクセイ・N・トルストイ『ニキータの少年時代』（〜二二）、『苦悩の中を行く』（〜四一）〔露〕

一九二一年〔三十九歳〕

この年の夏、ヴァージニアは精神疾患によって強烈な恐怖体験を覚える。

▼ワシントン会議開催〔欧・米〕▼ファシスト党成立〔伊〕▼モロッコで、部族反乱に対しスペイン軍敗北〔西〕●O・ハックスリー『クローム・イエロー』〔英〕●S・アンダーソン『卵の勝利』〔米〕●ドス・パソス『三人の兵隊』〔米〕●オニール『皇帝ジョーンズ』〔米〕●アナトール・フランス、ノーベル文学賞受賞〔仏〕●アラゴン『アニセまたはパノラマ』〔仏〕●ラルボー『恋人よ、幸せな恋人よ』〔仏〕●ピランデッロ《作者を探す六人の登場人物》初演〔伊〕●文芸誌「ウルトラ」創刊(～二二)〔西〕●オルテガ・イ・ガセー『無脊椎のスペイン』〔西〕●J・ミロ《農園》〔西〕●バリェ＝インクラン『ドン・フリオレラの角』〔西〕●G・ミロー『われらの神父聖ダニエル』〔西〕●S・ツヴァイク『ロマン・ロラン』〔墺〕●アインシュタイン、ノーベル物理学賞受賞〔独〕●クラーゲス『意識の本質』〔独〕●ハシェク『兵士シュヴェイクの冒険』(～二三)〔チェコ〕●コストラーニ『血の詩人』〔ハンガリー〕●ツルニャンスキー『チャルノイェヴィチに関する日記』〔セルビア〕●ボルヘス、雑誌「ノソトロス」にウルトライスモ宣言を発表〔アルゼンチン〕

一九二二年〔四十歳〕

ホガース・プレスより『ジェイコブの部屋 *Jacob's Room*』出版。ヴィタ・サックヴィル＝ウェストと出会う。

▼KKK団の再興〔米〕▼ムッソリーニ、ローマ進軍。首相就任〔伊〕▼アイルランド自由国正式に成立〔愛〕▼スターリンが書記長に就任、ソビエト連邦成立〔露〕●イギリス放送会社BBC設立〔英〕●D・H・ローレンス『アロンの杖』、『無意識の幻想』〔英〕●E・シットウェル『ファサード』〔英〕●T・S・エリオット『荒地』(米国)〔英〕●マンスフィールド『園遊会、その他』〔英〕●イギリス放送会社BBC設立〔英〕●D・H・ローレンス『アロンの杖』、『無意識の幻想』〔英〕●E・シットト

ウェル『ファサード』〔英〕●スタイン『地理と戯曲』〔米〕●キャザー『同志クロード』（ピューリッツァー賞受賞）〔米〕●ドライサー『私自身に関する本』〔米〕●フィッツジェラルド『美しき呪われし者』、『ジャズ・エイジの物語』〔米〕●ロマン・ロラン『魅せられた魂』（〜三三）〔仏〕●マルタン・デュ・ガール『チボー家の人々』（〜四〇）〔仏〕●モラン『夜ひらく』〔仏〕●J・ロマン『リュシエンヌ』〔仏〕●コレット『クローディーヌの家』〔仏〕●アソリン『ドン・ファアン』〔西〕●S・ツヴァイク『アモク』〔墺〕●クラーゲス『宇宙創造的エロス』〔独〕●T・マン『ドイツ共和国について』〔独〕●ヘッセ『シッダールタ』〔独〕●カロッサ『幼年時代』〔独〕●コストラーニ『血の詩人』〔ハンガリー〕●ジョイス『ユリシーズ』〔愛〕●アレクセイ・N・トルストイ『アエリータ』（〜二三）〔露〕●ボルヘス『ブエノスアイレスの熱狂』〔アルゼンチン〕

一九二三年［四十一歳］

エリオット作『荒地 *The Waste Land*』をホガース・プレスより出版。

▼プリモ・デ・リベーラ将軍のクーデタ、独裁開始（〜三〇）〔西〕▼ミュンヘン一揆〔独〕▼トルコ共和国成立〔トルコ〕▼関東大震災〔日〕●ハーディ『コーンウォール女王の悲劇』〔英〕●D・H・ローレンス『アメリカ古典文学研究』、『カンガルー』〔英〕●**コンラッド『放浪者 あるいは海賊ペロル』**〔英〕●ウォルト・ディズニー・カンパニー創立〔米〕●「タイム」誌創刊〔米〕●S・アンダーソン『馬と人間』、『多くの結婚』〔米〕●キャザー『迷える夫人』〔米〕●J・ロマン『ル・トルーアデック氏の放蕩』〔仏〕●ラディゲ『肉体の悪魔』〔仏〕●ジッド『ドストエフスキー』〔仏〕●ラルボー『秘やかな心の声……』〔仏〕●コクトー『山師トマ』、『大胯びらき』〔仏〕●モラン『夜とざす』〔仏〕●F・モーリヤック『火の河』、『ジェニトリクス』〔仏〕●コレット

『青い麦』〔仏〕●サンドラール『黒色のヴィーナス』〔スイス〕●バッケッリ『まぐろは知っている』〔伊〕●ズヴェーヴォ『ゼーノの苦悶』〔伊〕●オルテガ・イ・ガセー、「レビスタ・デ・オクシデンテ」誌を創刊〔西〕●ドールス『プラド美術館の三時間』〔西〕●ゴメス・デ・ラ・セルナ『小説家』〔西〕●リルケ『ドゥイーノの悲歌』、『オルフォイスに寄せるソネット』〔墺〕●カッシーラー『象徴形式の哲学』(〜二九)〔独〕●ルカーチ『歴史と階級意識』〔ハンガリー〕●M・アスエラ『不運』〔メキシコ〕●グイラルデス『ハイマカ』〔アルゼンチン〕●バーラティ『郭公の歌』〔インド〕●菊池寛、「文芸春秋」を創刊〔日〕

一九二四年〔四十二歳〕

ウルフ夫妻、タヴィストック・スクウェア五十二番地に引っ越す。モダニズムのマニフェストと言われる「ベネット氏とブラウン夫人 "Mr Bennett and Mrs Brown"」を出版。

▼中国、第一次国共合作〔中〕●E・M・フォースター『インドへの道』〔英〕●I・A・リチャーズ『文芸批評の原理』〔英〕●F・M・フォード『パレーズ・エンド』(〜二八、五〇刊)〔英〕●ヘミングウェイ『われらの時代に』〔米〕●スタイン『アメリカ人の創生』〔米〕●オニール『楡の木陰の欲望』〔米〕●サンドラール『コダック』〔スイス〕●M・モース『贈与論』〔仏〕●ブルトン『シュルレアリスム宣言』、雑誌『シュルレアリスム革命』創刊(〜二九)〔仏〕●ラディゲ『ドルジェル伯の舞踏会』〔仏〕●ダヌンツィオ『鎚の火花』(〜二八)〔伊〕●A・マチャード『新しい詩』〔西〕●ムージル『三人の女』〔墺〕●シュニッツラー『令嬢エルゼ』〔墺〕●デーブリーン『山・海・巨人』〔独〕●T・マン『魔の山』〔独〕●カロッサ『ルーマニア日記』〔独〕●ベンヤミン『ゲーテの親和力』(〜二五)〔独〕●ネズヴァル『パントマイム』〔チェコ〕●バラージュ『視覚的人間』〔ハンガリー〕●ヌーシッチ『自叙

伝』〔セルビア〕●**アンドリッチ『短編小説集一』**〔セルビア〕●アレクセイ・N・トルストイ『イビクス、あるいはネヴゾーロフの冒険』〔露〕●トゥイニャーノフ『詩の言葉の問題』〔露〕●A・レイェス『残忍なイピゲネイア』〔メキシコ〕●宮沢賢治『春の修羅』〔日〕

一九二五年〔四十三歳〕

「意識の流れ」の手法を本格的に用いた『ダロウェイ夫人 *Mrs Dalloway*』を出版。同年、『一般読者 *Common Reader*』も発表。ヴィタとロング・バーンで過ごす。

▼ロカルノ条約調印〔欧〕●**コンラッド『サスペンス』**〔英〕●O・ハックスリー『くだらぬ本』〔英〕●クロフツ『フレンチ警部最大の事件』〔英〕●R・ノックス『陸橋殺人事件』〔英〕●H・リード『退却』〔英〕●S・アンダーソン『黒い笑い』〔米〕●キャザー『教授の家』〔米〕●ドライサー『アメリカの悲劇』〔米〕●ドス・パソス『マンハッタン乗換駅』〔米〕●フィッツジェラルド『偉大なギャツビー』〔米〕●ルース『殿方は金髪がお好き』〔米〕●サンドラール『黄金』〔スイス〕●ラミュ『天の喜び』〔スイス〕●ラルボー『罰せられざる悪徳・読書――英語の領域』〔仏〕●F・モーリヤック『愛の砂漠』〔仏〕●モンターレ『烏賊の骨』〔伊〕●アソリン『ドニャ・イネス』〔西〕●オルテガ・イ・ガセー『芸術の非人間化』〔西〕●カフカ『審判』〔独〕●ツックマイアー『楽しきぶどう山』〔独〕●クルティウス『現代ヨーロッパにおけるフランス精神』〔独〕●フォスラー『言語における精神と文化』〔独〕●フロンスキー『故郷』、『クレムニツァ物語』〔スロヴァキア〕●アレクセイ・N・トルストイ『五人同盟』〔露〕●シクロフスキー『散文の理論』〔露〕●M・アスエラ『償い』〔メキシコ〕●ボルヘス『正面の月』〔アルゼンチン〕●梶井基次郎『檸檬』〔日〕

一九二六年〔四十四歳〕

体調悪化。

▼炭鉱ストから、他産業労働者によるゼネストへ発展するも失敗〔英〕▼ポアンカレの挙国一致内閣成立〔仏〕▼モロッコとの戦争終結〔西〕▼ドイツ、国際連盟に加入〔独〕●D・H・ローレンス『翼ある蛇』〔英〕●クリスティ『アクロイド殺人事件』〔英〕●ゴダード、液体燃料ロケットの飛翔実験に成功〔米〕●世界初のSF専門誌「アメージング・ストーリーズ」創刊〔米〕●ヘミングウェイ『日はまた昇る』〔米〕●キャザー『不倶戴天の敵』〔米〕●フォークナー『兵士の報酬』〔米〕●ナボコフ『マーシェンカ』〔米〕●オニール「偉大な神ブラウン」初演〔米〕●サンドラール『モラヴァジーヌ』、『危険な生活讃』、『映画入門』〔スイス〕●ラミュ『山の大いなる恐怖』〔スイス〕●コクトー『オルフェ』〔仏〕●ジッド『一粒の麦もし死なずば』、『贋金つかい』〔仏〕●アラゴン『パリの農夫』〔仏〕●マルロー『西欧の誘惑』〔仏〕●コレット『シェリの最後』〔仏〕●フィレンツェのパレンティ社、文芸誌「ソラーリア」を発刊(〜三四)〔伊〕●**バリェ゠インクラン**『故人の三つ揃い』、『**独裁者ティラン・バンデラス——灼熱の地の小説**』〔西〕●G・ミロー『ハンセン病の司教』〔西〕●ゴメス・デ・ラ・セルナ『闘牛士カラーチョ』〔西〕●シュニッツラー『夢の物語』〔墺〕●フリッツ・ラング『メトロポリス』〔独〕●クラーゲス『ニーチェの心理学的業績』〔独〕●カフカ『城』〔独〕●ヤーコブソン、マテジウスらと〈プラハ言語学サークル〉を創設〔チェコ〕●コストラーニ『エーデシュ・アンナ』〔ハンガリー〕●バーベリ『騎兵隊』〔露〕●高柳健次郎、ブラウン管を応用した世界初の電子式テレビ受像器を開発〔日〕

一九二七年［四十五歳］

『灯台へ *To the Lighthouse*』出版。

▼金融恐慌はじまる［日］●リース『左岸、ボヘミアン風のパリのスケッチ』［英］●リンドバーグ、世界初の大西洋横断単独無着陸飛行を達成［米］●世界初のトーキー映画『ジャズ・シンガー』が公開に［米］●ヘミングウェイ『女のいない男たち』［米］●キャザー『大司教に死来る』［米］●フォークナー『蚊』［米］●アプトン・シンクレア『石油！』［米］●サンドラール『プラン・ド・レギュイユ』［スイス］●ラミュ『地上の美』［スイス］●ベルクソン、ノーベル文学賞受賞［仏］●モラン『生きている仏陀』［仏］●ボーヴ『あるかなしかの町』［仏］●ギユー『民衆の家』［仏］●ラルボー『黄・青・白』［仏］●F・モーリヤック『テレーズ・デスケルー』［仏］●クローデル『百扇帖』、『朝日のなかの黒鳥』［仏］●ルヴェルディ『毛皮の手袋』［仏］●バッケッリ『ポンテルンゴの悪魔』［伊］●**パオロ・ヴィタ＝フィンツィ『偽書撰』**［伊］●「一九二七年世代」と呼ばれる作家グループ、活動活発化［西］●バリェ＝インクラン『奇跡の宮廷』、『大尉の娘』［西］●S・ツヴァイク『感情の惑乱』、『人類の星の時間』［墺］●ロート『果てしなき逃走』［墺］●カフカ『アメリカ』［独］●ヘッセ『荒野の狼』［独］●ハイデガー『存在と時間』［独］●マクシモヴィッチ『幼年時代の園』［セルビア］●フロンスキー『クロコチの黄色い家』［スロヴァキア］●アレクセイ・N・トルストイ『技師ガーリンの双曲面体』［露］●A・レイェス『ゴンゴラに関する諸問題』［メキシコ］●芥川龍之介、自殺［日］

一九二八年〔四十六歳〕

『オーランドー *Orlando*』出版。ヴィタとフランスを旅行。

▼第一次五カ年計画を開始〔露〕▼大統領選に勝ったオブレゴンが暗殺〔メキシコ〕●シュピッツァー『文体研究』〔墺〕●シュニッツラー『テレーゼ』〔墺〕●CIAM（近代建築国際会議）開催（～五九）〔欧〕●**O・ハックスリー『対位法』**〔英〕●ウォー『大転落』〔英〕●R・ノックス『ノックスの十戒』〔英〕●リース『ポーズ』〔英〕●D・H・ローレンス『チャタレイ夫人の恋人』〔英〕●ガーシュイン《パリのアメリカ人》〔米〕●オニール『奇妙な幕間狂言』初演〔米〕●ヴァン・ダイン『探偵小説二十則』、『グリーン家殺人事件』〔米〕●ナボコフ『キング、クィーンそしてジャック』〔米〕●サンドラール『白人の子供のための黒人のお話』〔スイス〕●ブルトン『ナジャ』、『シュルレアリスムと絵画』〔仏〕●J・ロマン『肉体の神』〔仏〕●マルロー『征服者』〔仏〕●クローデル『繻子の靴』（～二九）〔仏〕●サン＝テグジュペリ『南方郵便機』〔仏〕●モラン『黒魔術』〔仏〕●バタイユ『眼球譚』〔仏〕●バシュラール『近似的認識に関する詩論』〔仏〕●マンツィーニ『魅せられた時代』〔伊〕●バリェ＝インクラン『御主人、万歳』〔西〕●G・ミロー『歳月と地の隔たり』〔西〕●フッサール『内的時間意識の現象学』〔独〕●ベンヤミン『ドイツ悲劇の根源』〔独〕●S・ゲオルゲ『新しい国』〔独〕●E・ケストナー『エーミルと探偵団』〔独〕●ブレヒト『三文オペラ』初演〔独〕●ウンセット、ノーベル文学賞受賞〔ノルウェー〕●アレクセイ・N・トルストイ『まむし』〔露〕●ショーロホフ『静かなドン』（～四〇）〔露〕●グスマン『鷲と蛇』〔メキシコ〕●ガルベス『パラグアイ戦争の情景』（～二九）〔アルゼンチン〕

一九二九年［四十七歳］

『自分だけの部屋 *A Room of One's Own*』を出版。

▼十月二四日ウォール街株価大暴落、世界大恐慌に●D・H・ローレンス『死んだ男』［英］●E・シットウェル『黄金海岸の習わし』［英］●H・グリーン『生きる』［英］●ニューヨーク近代美術館開館［米］●ヘミングウェイ『武器よさらば』［米］●フォークナー『響きと怒り』、『サートリス』［米］●ヴァン・ダイン『僧正殺人事件』［米］●ナボコフ『チョールブの帰還』［米］●**ラミュ『ベルナール・グラッセへの手紙』**、『葡萄栽培者たちの祭』［スイス］●学術誌「ドキュマン」創刊（編集長バタイユ、～三〇）［仏］●J・ロマン『船が……』［仏］●ジッド『女の学校』（～三六）［仏］●コクトー『恐るべき子供たち』［仏］●ルヴェルディ『風の泉』、『ガラスの水たまり』［仏］●ダビ『北ホテル』［仏］●ユルスナール『アレクシあるいは空しい戦いについて』［仏］●コレット『第二の女』［仏］●モラーヴィア『無関心な人々』［伊］●ゴメス・デ・ラ・セルナ『人間もどき』［西］●リルケ『若き詩人への手紙』［墺］●**S・ツヴァイク**『ジョゼフ・フーシェ』、**『過去への旅』**［墺］●ミース・ファン・デル・ローエ《バルセロナ万国博覧会のドイツ館》［独］●デーブリーン『ベルリン・アレクサンダー広場』［独］●レマルク『西部戦線異状なし』［独］●アウエルバッハ『世俗詩人ダンテ』［独］●クラーゲス『心情の敵対者としての精神』（～三三）［独］●アンドリッチ『ゴヤ』［セルビア］●ツルニャンスキー『流浪』（第一巻）［セルビア］●フロンスキー『蜜の心』［スロヴァキア］●アレクセイ・N・トルストイ『ピョートル一世』（～四五）［露］●ヤシェンスキ『パリを焼く』［露］●**グスマン『ボスの影』**［メキシコ］●ガジェゴス『ドニャ・バルバラ』［ベネズエラ］●ボルヘス『サン・マルティンの手帖』［アルゼンチン］●小林多喜二『蟹工船』［日］

一九三〇年［四十八歳］

エセル・スミスと交流を開始。

▼ロンドン海軍軍縮会議［英・米・仏・伊・日］▼国内失業者が千三百万人に［米］▼プリモ・デ・リベーラ辞任。ベレンゲール将軍の「やわらかい独裁」開始［西］●D・H・ローレンス『黙示録論』［英］●**セイヤーズ『ストロング・ポイズン』**［英］●E・シットウェル『アレグザンダー・ポープ』［英］●W・エンプソン『曖昧の七つの型』［英］●カワード『私生活』［英］●リース『マッケンジー氏と別れてから』［英］●S・ルイス、ノーベル文学賞受賞［米］●フォークナー『死の床に横たわりて』［米］●ドス・パソス『北緯四十二度線』［米］●マクリーシュ『新天地』［米］●ハメット『マルタの鷹』［米］●ナボコフ『ルージンの防御』［米］●H・クレイン『橋』［米］●コクトー『阿片』［仏］●マルロー『王道』［仏］●コレット『シド』［仏］●サンドラール『ラム』［スイス］●アルヴァーロ『アスプロモンテの人々』［伊］●シローネ『フォンタマーラ』［伊］●プラーツ『肉体と死と悪魔』［伊］●オルテガ・イ・ガセー『大衆の反逆』［西］●A・マチャード、M・マチャード『ラ・ロラは港へ』［西］●フロイト『文化への不満』［墺］●ムージル『特性のない男』（～四三、五二）［墺］●ヘッセ『ナルチスとゴルトムント』［独］●T・マン『マーリオと魔術師』［独］●ブレヒト「マハゴニー市の興亡」初演［独］●クルティウス『フランス文化論』［独］●**アイスネル『恋人たち』**［チェコ］●エリアーデ『イサベルと悪魔の水』［ルーマニア］●マクシモヴィッチ『緑の騎士』［セルビア］●フロンスキー『勇敢な子ウサギ』［スロヴァキア］●T・クリステンセン『打っ壊し』［デンマーク］●ブーニン『アルセーニエフの生涯』［露］●アストゥリアス『グアテマラ伝説集』［グアテマラ］●ボルヘス『エバリスト・カリエゴ』［アルゼンチン］

一九三一年［四十九歳］

『波 *The Waves*』出版。

▼アル・カポネ、脱税で収監［米］▼金本位制停止。ウェストミンスター憲章を可決、イギリス連邦成立［英］▼スペイン革命、共和政成立［西］●E・ウィルソン『アクセルの城』［米］●H・リード『芸術の意味』［英］●エンパイアステートビル竣工［米］●キャザー『岩の上の影』［米］●フォークナー『サンクチュアリ』［米］●ドライサー『悲劇のアメリカ』［米］●オニール『喪服の似合うエレクトラ』初演［米］●フィッツジェラルド『バビロン再訪』［米］●ハメット『ガラスの鍵』［米］●サンドラール『今日』［スイス］●デュジャルダン『内的独白』［仏］●ニザン『アデン・アラビア』［仏］●ギユー『仲間たち』［仏］●サン＝テグジュペリ『夜間飛行』（フェミナ賞受賞）［仏］●ダビ『プチ・ルイ』［仏］●**ルヴェルディ『白い石』**［仏］●**G・ルブラン『回想』**［仏］●**パオロ・ヴィタ＝フィンツィ『偽書撰』**［伊］●ケストナー『ファビアン』、『点子ちゃんとアントン』、『五月三十五日』［独］●H・ブロッホ『夢遊の人々』（〜三二）［独］●ツックマイアー『ケーペニックの大尉』［独］●ヌーシッチ『大臣夫人』［セルビア］●**アンドリッチ『短編小説集二』**［セルビア］●フロンスキー『パン』［スロヴァキア］●カールフェルト、ノーベル文学賞受賞［スウェーデン］●ボウエン『友人と親戚』［愛］●バーベリ『オデッサ物語』［露］●アグノン『嫁入り』［イスラエル］●ヘジャーズィー『ズィーバー』［イラン］

一九三二年〔五十歳〕

『一般読者　第二集 *The Common Reader: Second Series*』を出版。

▼ジュネーブ軍縮会議〔米・英・日〕▼イエズス会に解散命令、離婚法・カタルーニャ自治憲章・農地改革法成立〔西〕▼総選挙でナチス第一党に〔独〕●O・ハックスリー『すばらしい新世界』〔英〕●H・リード『現代詩の形式』〔英〕●ヘミングウェイ『午後の死』〔米〕●マクリーシュ『征服者』（ピュリッツァー賞受賞）〔米〕●ドス・パソス『一九一九年』〔米〕●**キャザー『名もなき人びと』**〔米〕●フォークナー『八月の光』〔米〕●コールドウェル『タバコ・ロード』〔米〕●フィッツジェラルド『ワルツは私と』〔米〕●E・S・ガードナー『ビロードの爪』（ペリー・メイスン第一作）〔米〕●J・ロマン『善意の人びと』（〜四七）〔仏〕●F・モーリヤック『蝮のからみあい』〔仏〕●セリーヌ『夜の果てへの旅』〔仏〕●ベルクソン『道徳と宗教の二源泉』〔仏〕●S・ツヴァイク『マリー・アントワネット』〔墺〕●ホフマンスタール『アンドレアス』〔墺〕●ロート『ラデツキー行進曲』〔墺〕●クルティウス『危機に立つドイツ精神』〔独〕●クルレジャ『フィリップ・ラティノヴィチの帰還』〔クロアチア〕●ドゥチッチ『都市とキマイラ』〔セルビア〕●ボウエン『北方へ』〔愛〕●ヤシェンスキ『人間は皮膚を変える』（〜三三）〔露〕●M・アスエラ『蛍』〔メキシコ〕●グイラルデス『小径』〔アルゼンチン〕●ボルヘス『論議』〔アルゼンチン〕

一九三三年〔五十一歳〕

『フラッシュ　ある犬の伝記 *Flush: A Biography*』出版。マンチェスター大学から名誉学位の話を受けるが辞退。

▼ニューディール諸法成立〔米〕▼ドイツ、ヒトラー内閣成立〔独〕●E・シットウェル『イギリス畸人伝』〔英〕●H・リード『現代の芸術』〔英〕●S・アンダーソン『森の中の死』〔米〕●ヘミングウェイ『勝者には何もやるな』〔米〕●スタイン『アリス・B・トクラス自伝』〔米〕●オニール『ああ、荒野！』〔米〕●J・ロマン『ヨーロッパの問題』〔仏〕●コレット『牝猫』〔仏〕●マルロー『人間の条件』（ゴンクール賞受賞）〔仏〕●クノー『はまむぎ』〔仏〕●〈プレイアード〉叢書創刊（ガリマール社）〔仏〕●J・グルニエ『孤島』〔仏〕●ブニュエル《糧なき土地》〔西〕●ロルカ『血の婚礼』〔西〕●T・マン『ヨーゼフとその兄弟たち』（〜四三）〔独〕●ケストナー『飛ぶ教室』〔独〕●ゴンブローヴィチ『成長期の手記』（五七年『バカカイ』と改題）〔ポーランド〕●エリアーデ『マイトレイ』〔ルーマニア〕●フロンスキー『ヨゼフ・マック』〔スロヴァキア〕●オフェイロン『素朴な人々の住処』〔愛〕●ブーニン、ノーベル文学賞受賞〔露〕●西脇順三郎訳『ヂオイス詩集』〔日〕

一九三四年〔五十二歳〕

友人であった美術史家ロジャー・フライ死去。伝記の執筆を承諾。

▼アストゥリアス地方でコミューン形成、政府軍による弾圧。カタルーニャの自治停止〔西〕▼ヒンデンブルク歿、ヒトラー総統兼首相就任〔独〕▼キーロフ暗殺事件、大粛清始まる〔露〕●クリスティ『オリエント急行の殺人』〔英〕●ウォー『一握の塵』〔英〕●セイヤーズ『ナイン・テイラーズ』〔英〕●**H・リード『ユニット・ワン』**〔英〕●M・アリンガム『幽霊の死』〔英〕●リース『闇の中の航海』〔英〕●フィッツジェラルド『夜はやさし』〔米〕●H・ミラー『北回帰線』〔米〕●ハメット『影なき男』〔米〕

●J・M・ケイン『郵便配達は二度ベルを鳴らす』〔米〕●サンドラール『ジャン・ガルモの秘密の生涯』〔スイス〕●ラミュ『デルボランス』〔スイス〕●アラゴン『バーゼルの鐘』〔仏〕●ユルスナール『死神が馬車を導く』、『夢の貨幣』〔仏〕●モンテルラン『独身者たち』(アカデミー文学大賞)〔仏〕●コレット『言い合い』〔仏〕●H・フォシヨン『形の生命』〔仏〕●ベルクソン『思想と動くもの』〔仏〕●バシュラール『新しい科学的精神』〔仏〕●レリス『幻のアフリカ』〔仏〕●ピランデッロ、ノーベル文学賞受賞〔伊〕●アウブ『ルイス・アルバレス・ペトレニャ』〔西〕●A・マチャード『不死鳥』、『ファン・デ・マイナーレ』〔西〕●ペソア『歴史は告げる』〔ポルトガル〕●S・ツヴァイク『エラスムス・ロッテルダムの勝利と悲劇』〔墺〕●クラーゲス『リズムの本質』〔独〕●デーブリーン『バビロン放浪』〔独〕●エリアーデ『天国からの帰還』〔ルーマニア〕●ヌーシッチ『義賊たち』〔セルビア〕●ブリクセン『七つのゴシック物語』〔デンマーク〕●A・レイェス『タラウマラの草』〔メキシコ〕●谷崎潤一郎『文章讀本』〔日〕

一九三五年〔五十三歳〕

『フレッシュウォーター *Freshwater*』上演。夫レナードと自動車でヨーロッパ周遊。

▼フランス人民戦線成立〔仏〕▼アビシニア侵攻(〜三六)〔伊〕▼ブリュッセル万国博覧会〔白〕▼フランコ、陸軍参謀長に就任。右派政権、農地改革改正法(反農地改革法)を制定〔西〕▼ユダヤ人の公民権剝奪〔独〕▼コミンテルン世界大会開催〔露〕●アレン・レーン、〈ペンギン・ブックス〉発刊〔英〕●セイヤーズ『学寮祭の夜』〔英〕●H・リード『緑の子供』〔英〕●N・マーシュ『殺人者登場』〔英〕●ガーシュウィン《ポーギーとベス》〔米〕●ヘミングウェイ『アフリカの緑の丘』〔米〕●フィッツジェラルド

『起床ラッパが消灯ラッパ』〔米〕●マクリーシュ『恐慌』〔米〕●キャザー『ルーシー・ゲイハート』〔米〕●フォークナー『標識塔』〔米〕●ル・コルビュジエ『輝く都市』〔スイス〕●サンドラール『ヤバイ世界の展望』〔スイス〕●ラミュ『問い』〔スイス〕●**ギユー『黒い血』**〔仏〕●F・モーリヤック『夜の終り』〔仏〕●A・マチャード『ファン・デ・マイレナ』（〜三九）〔西〕●オルテガ・イ・ガセー『体系としての歴史』〔西〕●アレイクサンドレ『破壊すなわち愛』〔西〕●アロンソ『ゴンゴラの詩的言語』〔西〕●デーブリーン『情け容赦なし』〔独〕●カネッティ『眩暈』〔独〕●H・マン『アンリ四世の青春』、『アンリ四世の完成』（〜三八）〔独〕●ベンヤミン『複製技術時代の芸術作品』〔独〕●カネッティ『眩暈』〔独〕●ヴィトリン『地の塩』（文学アカデミー金桂冠賞受賞）〔ポーランド〕●ストヤノフ『コレラ』〔ブルガリア〕●アンドリッチ『ゴヤ』〔セルビア〕●パルダン『ヨーアン・スタイン』〔デンマーク〕●ボイエ『木のために』〔スウェーデン〕●マッティンソン『イラクサの花咲く』〔スウェーデン〕●グリーグ『われらの栄光とわれらの力』〔ノルウェー〕●ボウエン『パリの家』〔愛〕●アフマートワ『レクイエム』（〜四〇）〔露〕●ボンバル『最後の霧』〔チリ〕●ボルヘス『汚辱の世界史』〔アルゼンチン〕●川端康成『雪国』（〜三七）〔日〕

一九三六年［五十四歳］

体調悪化。日記をつけられなくなる。

▼合衆国大統領選挙でフランクリン・ローズヴェルトが再選〔米〕▼スペイン内戦勃発（〜三九）〔西〕▼スターリンによる粛清（〜三八）〔露〕▼二・二六事件〔日〕●クリスティ『ABC殺人事件』〔英〕●O・ハックスリー『ガザに盲いて』〔英〕●M・アリンガム『判事への花束』〔英〕●C・S・ルイス『愛のアレゴリー』〔英〕●オニール、ノーベル文学賞受賞〔米〕●ミッチェル『風と共に去

りぬ』〔米〕●H・ミラー『暗い春』〔米〕●ドス・パソス『ビッグ・マネー』〔米〕●キャザー『現実逃避』、『四十歳以下でなく』〔米〕●フォークナー『アブサロム、アブサロム！』〔米〕●J・M・ケイン『倍額保険』〔米〕●サンドラール『ハリウッド』〔スイス〕●ラミュ『サヴォワの少年』〔スイス〕●ジッド、ラスト、ギユー、エルバール、シフラン、ダビとソヴィエトを訪問〔仏〕●F・モーリヤック『黒い天使』〔仏〕●アラゴン『お屋敷町』〔仏〕●セリーヌ『なしくずしの死』〔仏〕●ユルスナール『火』〔仏〕●ダヌンツィオ『死を試みたガブリエーレ・ダンヌンツィオの秘密の書、一〇〇、一〇〇、一〇〇、一〇〇のページ』（アンジェロ・コクレス名義）〔伊〕●シローネ『パンとぶどう酒』〔伊〕●A・マチャード『不死鳥』、『ファン・デ・マイナーレ』〔西〕●ドールス『バロック論』〔西〕●レルネト＝ホレーニア『バッゲ男爵』〔墺〕●S・ツヴァイク『カルヴァンと戦うカステリオン』〔墺〕●フッサール『ヨーロッパ諸科学の危機と超越論的現象学』（未完）〔独〕●K・チャペック『山椒魚戦争』〔チェコ〕●ネーメト『罪』〔ハンガリー〕●エリアーデ『クリスティナお嬢さん』〔ルーマニア〕●アンドリッチ『短編小説集三』〔セルビア〕●ラキッチ『詩集』〔セルビア〕●クルレジャ『ペトリツァ・ケレンプーフのバラード』〔クロアチア〕●ボルヘス『永遠の歴史』〔アルゼンチン〕

一九三七年〔五十五歳〕

『歳月 *The Years*』を出版。

▼イタリア、国際連盟を脱退〔伊〕▼フランコ、総統に就任〔西〕●セイヤーズ『忙しい蜜月旅行』〔英〕●E・シットウェル『黒い太陽の下に生く』〔英〕●フォックス『小説と民衆』〔英〕●コードウェル『幻影と現実』〔英〕●カロザース、ナイロン・ストッキングを発明〔米〕●スタインベック『二十日鼠と人間』〔米〕●W・スティーヴンズ『青いギターの男』〔米〕●ヘミングウェイ『持つと持たぬと』

［米］●J・M・ケイン『セレナーデ』［米］●ナボコフ『賜物』（〜三八）［米］●ル・コルビュジエ『伽藍が白かったとき』［スイス］●マルロー『希望』［仏］●**ルヴェルディ**『**屑鉄**』［仏］●デーブリーン『死のない国』［独］●ゴンブローヴィチ『フェルディドゥルケ』［ポーランド］●エリアーデ『蛇』［ルーマニア］●ブリクセン『アフリカ農場』［デンマーク］●メアリー・コラム『伝統と始祖たち』［愛］●A・レイエス『ゲーテの政治思想』［メキシコ］●パス『お前の明るき影の下で』、『人間の根』［メキシコ］

一九三八年［五十六歳］

『三ギニー *Three Guineas*』出版。

▼ブルム内閣総辞職、人民戦線崩壊［仏］▼ミュンヘン会談［英・仏・伊・独］▼ドイツ、ズデーテンに進駐［東欧］●ヒッチコック『バルカン超特急』［英］●G・グリーン『ブライトン・ロック』［英］●コナリー『嘱望の敵』［英］●オーウェル『カタロニア賛歌』［英］●ヘミングウェイ『第五列と最初の四十九短編』［米］●E・ウィルソン『三重の思考者たち』［米］●ラミュ『もし太陽が戻らなかったら』［スイス］●サルトル『嘔吐』［仏］●ラルボー『ローマの旗の下に』［仏］●ユルスナール『東方綺譚』［仏］●バシュラール『科学的精神の形成』、『火の精神分析』［仏］●バッケッリ『ポー川の水車小屋』（〜四〇）［伊］●デーブリーン『青い虎』［独］●エリアーデ『天国における結婚』［ルーマニア］●**ヌーシッチ**『**故人**』［セルビア］●クルレジャ『理性の敷居にて』、『ブリトヴァの宴会』（〜六三）［クロアチア］●ベケット『マーフィ』［愛］●ボウエン『心情の死滅』［愛］●グスマン『パンチョ・ビリャの思い出』（〜四〇）［メキシコ］

一九三九年〔五十七歳〕

リヴァプール大学から名誉学位の提案。辞退。ウルフ夫妻、メクレンバラ・スクウェアに移る。フランス旅行に出かける。

▼第二次世界大戦勃発〔欧〕●クリスティ『そして誰もいなくなった』〔英〕●リース『真夜中よ、こんにちは』〔英〕●ドス・パソス『ある青年の冒険』〔米〕●オニール『氷屋来たる』〔米〕●チャンドラー『大いなる眠り』〔米〕●ジッド『日記』(〜五〇)〔仏〕●サン゠テグジュペリ『人間の大地』(アカデミー小説大賞)〔仏〕●ユルスナール『とどめの一撃』〔仏〕●サロート『トロピスム』〔仏〕●S・ツヴァイク『心の焦燥』〔墺〕●パノフスキー『イコノロジー研究』〔独〕●デーブリーン『一九一八年十一月。あるドイツの革命』(〜五〇)〔独〕●T・マン『ヴァイマルのロッテ』〔独〕●ジョイス『フィネガンズ・ウェイク』〔愛〕●F・オブライエン『スイム・トゥー・バーズにて』〔愛〕●セゼール『帰郷ノート』〔中南米〕

一九四〇年〔五十八歳〕

『ロジャー・フライ ある伝記 *Roger Fry: A Biography*』出版。ロンドンの家が爆撃される。ホガース・プレス移転。

▼ドイツ軍、パリ占領〔仏・独〕▼トロツキー、メキシコで暗殺される〔露〕▼日独伊三国軍事同盟〔日・独・伊〕●G・グリーン『権力と栄光』〔英〕●ケストラー『真昼の暗黒』〔英〕●H・リード『アナキズムの哲学』、『無垢と経験の記録』〔英〕●ヘミングウェ

イ『誰がために鐘は鳴る』、『第五列』初演〔米〕●キャザー『サファイラと奴隷娘』〔米〕●J・M・ケイン『横領者』〔米〕●マッカラーズ『心は孤独な猟人』〔米〕●チャンドラー『さらば愛しき人よ』〔米〕●e・e・カミングズ『五十詩集』〔米〕●E・ウィルソン『フィンランド駅へ』〔米〕●クライン『ユダヤ人も持たざるや』〔カナダ〕●プラット『ブレブーフとその兄弟たち』〔カナダ〕●A・リヴァ『雲をつかむ』〔スイス〕●サルトル『想像力の問題』〔仏〕●バシュラール『否定の哲学』〔仏〕●エリアーデ『ホーニヒベルガー博士の秘密』、『セランポーレの夜』〔ルーマニア〕●フロンスキー『グラーチ書記』、『在米スロヴァキア移民を訪ねて』〔スロヴァキア〕●エリティス『定位』〔ギリシア〕●ビオイ＝カサレス『モレルの発明』〔アルゼンチン〕●織田作之助『夫婦善哉』〔日〕●太宰治『走れメロス』〔日〕

一九四一年〔五十九歳〕

三月二十八日、ヴァージニア入水自殺。死後『幕間 *Between the Acts*』が出版される。

▼六月二十二日、独ソ戦開始〔独・露〕▼十二月八日、日本真珠湾攻撃、米国参戦〔日・米〕●ケアリー『馬の口から』（〜四四）〔英〕●シーボーグ、マクミランら、プルトニウム238を合成〔米〕●白黒テレビ放送開始〔米〕●O・ウェルズ『市民ケーン』〔米〕●I・バーリン《ホワイト・クリスマス》〔米〕●フィッツジェラルド『ラスト・タイクーン』（未完）〔米〕●**J・M・ケイン『ミルドレッド・ピアース』**〔米〕●ナボコフ『セバスチャン・ナイトの真実の生涯』〔米〕●ラルボー『罰せられざる悪徳・読書――フランス語の領域』〔仏〕●ヴィットリーニ『シチリアでの会話』〔伊〕●パヴェーゼ『故郷』〔伊〕●レルネト＝ホレーニア『白羊宮の火星』〔墺〕●ブレヒト《肝っ玉おっ母とその子供たち》チューリヒにて初演〔独〕●M・アスエラ『新たなブルジョワ』〔メキシコ〕●パス『石と花の間で』〔メキシコ〕●ボルヘス『八岐の園』〔アルゼンチン〕

エリザベス・バレット・ブラウニング［1806–61］年譜

▼——世界史の事項　●——文化史・文学史を中心とする事項　太字ゴチの作家『タイトル』——〈ルリユール叢書〉の既刊・続刊予定の書籍です

一八〇六年

三月六日、コクスホウ・ホール（ダラム）に生まれる。

▼第四次対仏大同盟［欧］▼プロイセン、ロシアとライン同盟を締結（神聖ローマ帝国滅亡）［欧］▼ナポレオン、大陸封鎖令発布［欧］▼露土戦争（～一二）［ロシア・トルコ］●シャトーブリアン、近東旅行（～〇七）［仏］●クライスト『こわれ甕』（初演〇八）［独］●アルニム、ブレンターノ『子供の魔法の角笛』（～〇八）［独］

一八〇九年［三歳］

バレット一家、ホープエンド（ヘレフォードシャー）に移る。

▼第五次対仏大同盟［欧］▼メキシコ、エクアドルで独立運動始まる［南米］●ゲーテ『親和力』［独］

一八二〇年［十四歳］
『マラトンの戦い *The Battle of Marathon: A Poem*』を私費出版する。
▼ジョージ三世没、ジョージ四世即位［英］▼ナポリで、カルボナリ党の共和主義運動（〜二一）［伊］▼リエゴの革命（〜二三）［西］●P・B・シェリー『縛めを解かれたプロミーシュース』［英］●スコット『アイヴァンホー』［英］●マチューリン『放浪者メルモス』［英］●ラマルチーヌ『瞑想詩集』［仏］●ノディエ『吸血鬼』［仏］●レオパルディ『月に』『祭りの日の夕べ』『アンジェロ・マーイに』［伊］●ホフマン『牝猫ムルの人生観』（未完）、『ブランビラ王女』（〜二一）［独］●テングネール『フリティヨフ物語』［スウェーデン］●プーシキン『ルスランとリュドミーラ』［露］●小林一茶『おらが春』［日］

一八二一年［十五歳］
「ニュー・マンスリー・マガジン *The New Monthly Magazine*」に詩を発表。
▼ギリシア独立戦争（〜二九）［希・土］●スコット『ケニルワース』［英］●P・B・シェリー『アドネイス』［英］●イーガン『ロンドンの生活』［英］●クレア『村の詩人』［英］●ゴールト『教区年代記』［英］●ジョゼフ・ド・メーストル『サンクトペテルブルグ夜話』［仏］●ノディエ『スマラ』［仏］●グリルパルツァー『金羊毛皮』［墺］●ゲーテ『ヴィルヘルム・マイスターの遍歴時代』（〜二九）［独］●クライスト《フリードリヒ・フォン・ホンブルグ公子》初演、『ヘルマンの戦い』［独］●ブーク・カラジッチ『セルビア民話』［セルビア］●スタングネーリウス『シャロンのゆり』［スウェーデン］

一八二六年〔二十歳〕

『精神についての小論、およびその他の詩 *An Essay on Mind, with Other Poems*』出版。

▼ボリーバル提唱のラテン・アメリカ国際会議を開催〔南米〕●ディズレーリ『ヴィヴィアン・グレー』〔英〕●E・B・ブラウニング『精神についての小論、およびその他の詩』〔英〕●クーパー『モヒカン族の最後の者』〔米〕●**シャトーブリアン『ナチェズ族』**〔仏〕●ヴィニー『古代近代詩集』『サン＝マール』〔仏〕●ユゴー『オードとバラード集』〔仏〕●アイヒェンドルフ『のらくら者日記』〔独〕●ハイネ『ハールツ紀行』『歌の本』（〜二七）〔独〕

一八三二年〔二十六歳〕

ホープ・エンドを売却し、シドマス（デヴォン）に移る。

▼第一次選挙法改正〔英〕▼天保の大飢饉〔日〕●リージェンツ・パークに巨大パノラマ館完成〔英〕●H・マーティノー『経済学例解』（〜三四）〔英〕●ブルワー＝リットン『ユージン・アラム』〔英〕●F・トロロープ『内側から見たアメリカ人の習俗』〔英〕●ガロア、決闘で死亡〔仏〕●パリ・オペラ座で、パレエ《ラ・シルフィード》初演〔仏〕●ノディエ『パン屑の妖精』〔仏〕●テプフェール『伯父の書棚』〔瑞〕●クラウゼヴィッツ『戦争論』（〜三四）〔独〕●ゲーテ歿、『ファウスト』（第二部、五四初演）〔独〕●メーリケ『画家ノルテン』〔独〕●アルムクヴィスト『いばらの本』（〜五二）〔スウェーデン〕●ルーネベリ『ヘラジカの射手』〔フィンランド〕

一八三三年〔二十七歳〕

アイスキュロスによる『縛られたプロメテウス *Prometheus Bound*』の翻訳を発表。

▼オックスフォード運動始まる〔英〕▼第一次カルリスタ戦争（～三九）〔西〕●カーライル『衣服哲学』（～三四）〔英〕●シムズ『マーティン・フェイバー』〔米〕●ポー『瓶から出た手記』〔米〕●バルザック『ウージェニー・グランデ』〔仏〕●ラウベ『若きヨーロッパ』（～三七）〔独〕●ホリー『スヴァトプルク』〔スロヴァキア〕●プーシキン『青銅の騎士』『スペードの女王』〔露〕●ホミャコーフ『僭称者ドミートリー』〔露〕

一八三五年〔二十九歳〕

ロンドンに移転。

▼フェルディナンド一世、即位〔墺〕●R・ブラウニング『パラケルスス』〔英〕●クレア『田舎の詩神』〔英〕●モールス、電信機を発明〔米〕●シムズ『イエマシー族』『パルチザン』〔米〕●ホーソーン『若いグッドマン・ブラウン』〔米〕●トクヴィル『アメリカのデモクラシー』〔仏〕●ヴィニー『軍隊の服従と偉大』〔仏〕●バルザック『ゴリオ爺さん』〔仏〕●ゴーチエ『モーパン嬢』〔仏〕●スタンダール『アンリ・ブリュラールの生涯』（～三六）〔仏〕●シーボルト『日本植物誌』〔独〕●**ティーク**『**古文書と青のなかへの旅立ち**』〔独〕●**ビューヒナー**『**ダントンの死**』『**レンツ**』（／三九）〔独〕●グツコー『懐疑の女ヴァリー』〔独〕●クラシンスキ『非＝神曲』〔ポーランド〕●アンデルセン『即興詩人』『童話集』〔デンマーク〕●レンロット、民謡・民間伝承収集によるフィ

ンランドの叙事詩『カレワラ』を刊行〔フィンランド〕●ゴーゴリ『アラベスキ』『ミルゴロド』〔露〕

一八三六年〔三十歳〕

ウィンポール街五十番地へ。同年、『セラフィムおよびその他の詩 *The Seraphim, and Other Poems*』出版。トーキーに転地療養。

▼ロンドン労働者協会結成〔英〕●マリアット『海軍見習士官イージー』〔英〕●E・B・ブラウニング『セラフィムおよびその他の詩』〔英〕●エマソン『自然論』〔米〕●ハリバートン『時計師、あるいはスリックヴィルのサム・スリック君の言行録』〔カナダ〕●ラマルチーヌ『ジョスラン』〔仏〕●バルザック『谷間のゆり』〔仏〕●ミュッセ『世紀児の告白』〔仏〕●レオパルディ『金雀枝あるいは砂漠の女』〔伊〕●インマーマン『エピゴーネン』〔独〕●ハイネ『ロマン派』〔独〕●ヴェレシュマルティ『檄』〔ハンガリー〕●マーハ『五月』〔チェコ〕●シャファーリク『スラヴ古代文化』(〜三七)〔スロヴァキア〕●クラシンスキ『イリディオン』〔チェコ〕●プレシェルン『サヴィツァ河畔の洗礼』〔スロヴェニア〕●ブーク・カラジッチ『セルビア俚諺集』〔セルビア〕●ゴーゴリ「検察官」初演、『鼻』『幌馬車』〔露〕●プーシキン『大尉の娘』〔露〕

一八四〇年〔三十四歳〕

弟エドワード、トーキー湾沖で溺死。

▼ヴィクトリア女王、アルバート公と結婚〔英〕▼アヘン戦争(〜四二)〔英・中〕●ペニー郵便制度を創設〔英〕●P・B・シェリー

『詩の擁護』〔英〕●エインズワース『ロンドン塔』〔英〕●R・ブラウニング『ソルデッロ』〔英〕●「ダイアル」誌創刊（〜四四）〔米〕●ポー『グロテスクとアラベスクの物語』〔米〕●ユゴー『光と影』〔仏〕●メリメ『コロンバ』〔仏〕●サント＝ブーヴ『ポール＝ロワイヤル』（〜五九）〔仏〕●エスプロンセダ『サラマンカの学生』〔西〕●ヘッベル「ユーディット」初演〔独〕●シトゥール『ヨーロッパ文明に対するスラヴ人の功績』〔スロヴァキア〕●シェフチェンコ『コブザーリ』〔露〕●レールモントフ『ムツイリ』『詩集』『現代の英雄』〔露〕

一八四二年［三十六歳］

メアリ・ミットフォードからフラッシュを贈られる。

▼カヴール、農業組合を組織〔伊〕▼南京条約締結〔中〕●「イラストレイテッド・ロンドン・ニューズ」創刊〔英〕●ミューディ貸本屋創業〔英〕●ブルワー＝リットン『ザノーニ』〔英〕●テニスン『詩集』〔英〕●マコーリー『古代ローマ詩歌集』〔英〕●ベルトラン『夜のガスパール』〔仏〕●**シュー『パリの秘密』**（〜四三）〔仏〕●バルザック〈人間喜劇〉刊行開始（〜四八）〔仏〕●**マンゾーニ『汚名柱の記』**〔伊〕●ゴットヘルフ『黒い蜘蛛』〔瑞〕●ハイネ『アッタ・トロル』〔独〕●ビューヒナー『レオンスとレーナ』〔独〕●ドロステ＝ヒュルスホフ『ユダヤ人のぶなの木』〔独〕●ゴーゴリ『死せる魂（第一部）』〔露〕

一八四四年［三十八歳］

『詩集 *Poems*』（「レイディ・ジェラルディーンの求婚　"Lady Geraldine's Courtship"」を含む）出版。

▼バーブ運動、開始〔イラン〕●ホーソーン『ラパチーニの娘』〔米〕●タルボット、写真集『自然の鉛筆』を出版（〜四六）〔英〕

●R・チェンバース『創造の自然史の痕跡』〔英〕●ターナー《雨、蒸気、速度—グレート・ウェスタン鉄道》〔英〕●ディズレーリ『コニングスビー』〔英〕●キングレーク『イオーセン』〔英〕●サッカレー『バリー・リンドン』〔英〕●シュー『さまよえるユダヤ人』連載(～四五)〔仏〕●デュマ・ペール『三銃士』、『モンテ＝クリスト伯』(～四五)〔仏〕●シャトーブリアン『ランセ伝』〔仏〕●バルベー・ドールヴィイ『ダンディスムとG・ブランメル氏』〔仏〕●シュティフター『習作集』(～五〇)〔墺〕●ハイネ『ドイツ・冬物語』『新詩集』〔独〕●フライリヒラート『信条告白』〔独〕●ヘッベル『ゲノフェーファ』〔独〕

一八四五年〔三十九歳〕

ロバート・ブラウニングと文通開始。

▼アイルランド大飢饉〔愛〕▼第一次シーク戦争開始〔印〕●ディズレーリ『シビルあるいは二つの国民』〔英〕●ポー『盗まれた手紙』『大鴉その他』〔米〕●メリメ『カルメン』〔仏〕●**レオパルディ**『**断想集**』〔伊〕●マルクス、エンゲルス『ドイツ・イデオロギー』〔独〕●エンゲルス『イギリスにおける労働者階級の状態』〔独〕●**A・フォン・フンボルト**『**コスモス**』(第一巻)〔独〕●ミュレンホフ『シュレースヴィヒ・ホルシュタイン・ラウエンブルク公国の伝説、童話、民謡』〔独〕●**ペタル二世ペトロビッチ＝ニェゴシュ**『**小宇宙の光**』〔セルビア〕●キルケゴール『人生行路の諸段階』〔デンマーク〕

一八四六年〔四十歳〕

ブラウニングと結婚。イタリアに出発。

▼米墨戦争〔～四八〕〔米・墨〕▼穀物法撤廃〔英〕●リア『ノンセンスの絵本』〔英〕●サッカレー『イギリス俗物列伝』〔～四七〕〔英〕●ホーソーン『旧牧師館の苔』〔米〕●メルヴィル『タイピー』〔米〕●バルザック『従妹ベット』〔仏〕●サンド『魔の沼』〔仏〕●ミシュレ『民衆』〔仏〕●メーリケ『ボーデン湖の牧歌』〔独〕●フルバン『薬売り』〔スロヴァキア〕●ドストエフスキー『貧しき人々』『分身』〔露〕

一八四七年〔四十一歳〕

フィレンツェのカーサ・グイーディに移る。

▼婦人と少年の十時間労働を定めた工場法成立〔英〕●プレスコット『ペルー征服史』〔米〕●エマソン『詩集』〔米〕●ロングフェロー『エヴァンジェリン』〔米〕●メルヴィル『オムー』〔米〕●サッカレー『虚栄の市』〔～四八〕〔英〕●E・ブロンテ『嵐が丘』〔英〕●A・ブロンテ『アグネス・グレイ』〔英〕●C・ブロンテ『ジェイン・エア』〔英〕●ミシュレ『フランス革命史』〔～五三〕〔仏〕●ラマルチーヌ『ジロンド党史』〔仏〕●ラディチェヴィチ『詩集』〔セルビア〕●**ペタル二世ペトロビッチ＝ニェゴシュ『山の花環』**〔セルビア〕●ラディチェビッチ『詩集』〔セルビア〕●ネクラーソフ『夜中に暗い夜道を乗り行けば…』〔露〕●ゲルツェン『誰の罪か？』〔露〕●ゴンチャローフ『平凡物語』〔露〕●ツルゲーネフ『ホーリとカリーヌイチ』〔露〕●グリゴローヴィチ『不幸なアントン』〔露〕●ゴーゴリ『友人との往復書簡選』〔露〕●ベリンスキー『ゴーゴリへの手紙』〔露〕

一八四九年〔四十三歳〕

息子ロバート・W・バレット・ブラウニング誕生。

▼航海法廃止〔英〕▼ドレスデン蜂起〔独〕▼ハンガリー革命〔ハンガリー〕●C・ブロンテ『シャーリー』〔英〕●ラスキン『建築の七灯』〔英〕●シャトーブリアン『墓の彼方からの回想』(〜五〇)〔仏〕●ミュルジェール『放浪芸術家の生活情景』〔仏〕●ソロー『市民の反抗』〔米〕●フェルナン=カバリェロ『かもめ』〔西〕●キェルケゴール『死に至る病』〔デンマーク〕●ペトラシェフスキー事件、ドストエフスキーらシベリア流刑〔露〕

一八五〇年〔四十四歳〕

『詩集 *Poems*』(「ポルトガル語からのソネット訳詩集 "Sonnets from the Portuguese"」を含む)出版。

▼オーストラリアの自治を承認〔英〕▼太平天国の乱(〜六四)〔中〕●J・E・ミレー《両親の家のキリスト》〔英〕●テニソン『イン・メモリアム』、テニソン、桂冠詩人に〔英〕●ワーズワース『序曲』〔英〕●キングズリー『アルトンロック』〔英〕●ホーソーン『緋文字』〔米〕●エマソン『代表的偉人論』〔米〕●ツルゲーネフ『余計者の日記』〔露〕

一八五一年〔四十五歳〕

『カーサ・グイーディの窓 *Casa Guidi Windows*』発表。

▼ルイ・ナポレオンのクーデター〔仏〕●ロンドン万国博覧会〔英〕●メイヒュー『ロンドンの労働とロンドンの貧民』〔英〕●ボロー『ラヴェングロー』〔英〕●E・B・ブラウニング『カーサ・グイーディの窓』〔英〕●ラスキン『ヴェネツィアの石』(〜五三)〔英〕●H・スペンサー『社会静学』〔英〕●ホーソーン『七破風の家』〔米〕●メルヴィル『白鯨』〔米〕●ストウ夫人『アンク

ル・トムの小屋』（〜五二）〔米〕●フーコー、振り子の実験で地球自転を証明〔仏〕●サント＝ブーヴ『月曜閑談』（〜六二）〔仏〕●ゴンクール兄弟『日記』（〜九六）〔仏〕●ネルヴァル『東方紀行』〔仏〕●ハイネ『ロマンツェーロ』〔独〕●シュトルム『インメン湖』〔独〕●マルモル『アマリア』（〜五五）〔アルゼンチン〕

一八五三年〔四十七歳〕

『オーロラ・リー *Aurora Leigh*』着手。

▼オーストラリアの流刑植民地制廃止〔英〕▼クリミア戦争（〜五六）〔露・土〕▼ペリー、浦賀に来航〔日〕●C・ブロンテ『ヴィレット』〔英〕●ギャスケル『ルース』『クランフォード』〔英〕●サッカレー『ニューカム家の人々』〔英〕●ディケンズ『荒涼館』〔英〕●キングズレー『ハイペシア』〔英〕●ゴビノー『人種不平等論』（〜五五）〔仏〕●ユゴー『懲罰詩集』〔仏〕●シュティフター『石さまざま』〔墺〕●エルベン『花束』〔チェコ〕●スラートコヴィチ『ジェトヴァの若者』〔スロヴァキア〕●ヨーカイ『ハンガリーの大尽』〔ハンガリー〕●ゴルスミト『出奔』（〜五七）〔デンマーク〕

一八五四年〔四十八歳〕

フラッシュ死去。

▼カンザス・ネブラスカ法成立〔米〕▼米・英・露と和親条約調印〔日〕●パトモア『家庭の天使』（〜六二）〔英〕●ギャスケル『北と南』（〜五五）〔英〕●テニスン「軽騎兵の突撃」〔英〕●ソロー『ウォールデン、森の生活』〔米〕●ネルヴァル『火の娘たち』〔仏〕

●ケラー『緑のハインリヒ』(〜五五)[瑞]●モムゼン『ローマ史』(〜五六)[独]

一八五六年 [五十歳]

『オーロラ・リー』出版。ジョン・ケニヨン死去。ブラウニング夫妻が遺産を相続。

▼メキシコ内戦の開始(〜六〇)[メキシコ]▼アロー号事件[中]●W・モリスら「オクスフォード・ケンブリッジ雑誌」創刊[英]●E・B・ブラウニング『オーロラ・リー』[英]●メルヴィル『ピアザ物語』[米]●フローベール『ボヴァリー夫人』[仏]●ユゴー『静観詩集』[仏]●ボードレール訳、ポー『異常な物語集』[仏]●ケラー『ゼルトヴィーラの人々』(〜七四)[瑞]●ラーベ『雀横丁年代記』[独]●ルートヴィヒ『天と地の間』[独]●ツルゲーネフ『ルージン』[露]●アクサーコフ『家族の記録』[露]

一八五七年 [五十一歳]

父エドワード・モールトン＝バレット死去。

▼セポイの反乱(〜五八)[印]●サウス・ケンジントン博物館(現・ヴィクトリア&アルバート博物館)開館[英]●ヒューズ『トム・ブラウンの学校生活』[英]●サッカレー『バージニアの人々』(〜五九)[英]●トロロープ『バーチェスターの塔』[英]●ボードレール『悪の華』[仏]●ゴーチエ『ミイラ物語』[仏]●シャンフルーリ『写実主義』[仏]●シュティフター『晩夏』[墺]●ビョルンソン『日向が丘の少女』[ノルウェー]

一八五九年〔五十三歳〕

重病に罹る。

▼スエズ運河建設着工〔仏〕●C・ダーウィン『種の起原』〔英〕●スマイルズ『自助論』〔英〕●J・S・ミル『自由論』〔英〕●G・エリオット『アダム・ビード』〔英〕●メレディス『リチャード・フェヴェレルの試練』〔英〕●テニスン『国王牧歌』（〜八五）〔英〕●W・コリンズ『白衣の女』（〜六〇）〔英〕●ユゴー『諸世紀の伝説』〔仏〕●ミストラル『ミレイユ』〔仏〕●ヴェルガ『山の炭焼き党員たち』（〜六〇）〔伊〕●ヴァーグナー《トリスタンとイゾルデ》〔独〕●ヘッベル『母と子』〔独〕●ゴンチャローフ『オブローモフ』〔露〕●ツルゲーネフ『貴族の巣』〔露〕●ドブロリューボフ『オブローモフ気質とは何か』『闇の王国』〔露〕

一八六〇年〔五十四歳〕

『会議前の詩篇 *Poems Before Congress*』出版。妹ヘンリエッタ死去。

▼英仏通商（コブデン＝シュバリエ）条約〔欧〕▼リンカーン、大統領就任〔米〕▼ガリバルディ、シチリアを平定〔伊〕▼桜田門外の変〔日〕●G・エリオット『フロス河の水車場』〔英〕●ホーソーン『大理石の牧神像』〔米〕●ソロー『キャプテン・ジョン・ブラウンの弁護』『ジョン・ブラウン最期の日々』〔米〕●ボードレール『人工楽園』〔仏〕●ブルクハルト『イタリア・ルネサンスの文化』〔瑞〕●ムルタトゥリ『マックス・ハーフェラール』〔蘭〕●ドストエフスキー『死の家の記録』〔露〕●ツルゲーネフ『初恋』『その前夜』〔露〕

一八六一年〔五十五歳〕

六月二十九日、エリザベス・バレット・ブラウニング永眠。

▼リンカーン、大統領就任。南北戦争を開始（〜六五）〔米〕▼イタリア王国成立。ヴィットーリオ・エマヌエーレ二世即位〔伊〕▼ルーマニア自治公国成立〔ルーマニア〕▼農奴解放令〔露〕●ビートン夫人『家政読本』〔英〕●トロロープ『フラムリーの牧師館』〔英〕●G・エリオット『サイラス・マーナー』〔英〕●ピーコック『グリル荘』〔英〕●D・G・ロセッティ訳詩集『初期イタリア詩人』〔英〕●バルベー・ドールヴィイ『十九世紀の作品と人物』（〜一九一〇）〔仏〕●ボードレール『悪の華』（第二版）、『リヒャルト・ヴァーグナーと〈タンホイザー〉のパリ公演』〔仏〕●バッハオーフェン『母権論』〔瑞〕●**ヘッベル《ニーベルンゲン》**初演〔独〕●シュピールハーゲン『問題のある人々』（〜六二）〔独〕●マダーチ『人間の悲劇』〔ハンガリー〕●ドストエフスキー『虐げられた人々』〔露〕

訳者解題

ヴァージニア・ウルフの作品と生涯

小説家ヴァージニア・ウルフ（Virginia Woolf）の甥である文芸・美術批評家のクウェンティン・ベル（Quentin Bell 一九一〇－九六）は、『フラッシュ ある犬の伝記 *Flush: A Biography*』を「犬好きによって書かれた本というよりは、犬になりたいと望む者によって書かれた本」と呼んでいる（『ヴァージニア・ウルフ伝 *Virginia Woolf: A Biography*』、一九七二）。幼少の頃から叔母のことを間近で見てきたクウェンティンにとって、稀代の作家ヴァージニア・ウルフの動物に対する愛情は、常に距離を感じさせる奇妙なものであったらしい。では、「犬になりたい欲望を持った、犬好きではない作家」による犬の伝記とは、一体どのようなものであったのだろうか。ここでは、ヒトから好きでもない犬へと変身したいという願望を抱いていたとされるウルフの、これまた奇妙な小説とも伝記とも似つかぬ

『フラッシュ』という不思議な作品が誕生した経緯を、作者本人の伝記的事実と文学史的背景を交えて解説したい。

小説家ヴァージニア・ウルフの生涯は、一八八二年から一九四一年の五十九年間にわたる。父親は著名な知識人であったレズリー・スティーヴン（Leslie Stephen 一八三二－一九〇四）というひとで、『十八世紀英国思想史 *English Literature and Society in the Eighteenth Century*』（一九〇四）の著者、また、『英国人名図鑑 *Dictionary of National Biography*』の初代編集者（一八八二－九一）でもあった（彼が著名な伝記作家であったことが、『フラッシュ』制作の遠因だったとも言われている）。ヴァージニアは、レズリーの再婚相手であったジュリア・ダックワース（Julia Duckworth）との間に生まれた三人目の子どもで、再婚時、両親にはすでに合わせて四人の子どもがいた。ヴァージニアが親しくしていたのは、両親の再婚後に誕生した姉ヴァネッサ（Vanessa）、兄トビー（Thoby）、弟のエイドリアン（Adrian）で、母の前夫との間に生まれた姉兄弟とは、生涯を通じ、埋めがたい溝を覚えていた。その原因のひとつに、異父兄のジェラルド・ダックワース（Gerald Duckworth）らから幼少期に性的いたずらを受け、癒えることのない心的外傷を負わされたということが挙げられる（異母姉のローラ・メイクピース・スティーヴン［Laura Makepeace Stephen］は、人生の大半を精神病院で過ごした）。

不運にも、ヴァージニアが十三歳のとき、心のよりどころとしていた母ジュリアが亡くなる。妻の他界により、以前にも増して精神的に不安定になった父レズリーも、ヴァージニアが二十二歳のときにこの世を去る。早くに両親を亡くしたスティーヴン家の子どもたちは、癒しがたい喪失感を覚えながらも、抑圧的な父のもとで育ってきた反動からか、大英博物館近くのブルームズベリー（当時はあまり評判のよくない地域であった）に居を構え、自由奔放な生活を送るようになる。ヴァージニアは定期的にやってくるトビーのケンブリッジ大学の友人たちとの、知的刺激に富んだ会話を楽しんだ。この頃、スティーヴン家に出入りしていたのが、のちに「ブルームズベリー・グループ」と呼ばれる集団を形成することになった若者たちで、美術評論家リットン・ストレイチー（Lytton Strachey 一八八〇－一九三二）や経済学者ジョン・メイナード・ケインズ（John Maynard Keynes 一八八三－一九四六）、美術評論家・芸術家ロジャー・フライ（Roger Fry 一八六六－一九三四）、美術評論家クライブ・ベル（Clive Bell 一八八一－一九六四）、政治評論家レナード・ウルフ（Leonard Woolf 一八八〇－一九六九）といった面々であった（この一団に、のちに作家E・M・フォースター［Edward Morgan Forster 一八七九－一九七〇］も加わる）。ちなみにヴァージニアは、セイロン（現スリランカ）で植民地官吏をしていたレナードからプロポーズをされ、一九一二年八月に結婚している。

ウルフはブルームズベリー・グループのメンバーとの交流から芸術家としての素地を作り上げ、一九一五年に初の長編小説となる『船出 *The Voyage Out*』を世に出す。この小説は、レイチェル・ヴィンレス（Rachel Vinrace）という若者の成長と、その後に待ち受ける彼女の不運を描くものであった。次作『夜と昼 *Night and Day*』（一九一九）も、批評家から「古典的」と評された作品で、彼女の後年の作品に見られるような文体上の過激さはまだ影を潜めていた。しかし、一九二〇年代に入り、ウルフはモダニストとしての頭角を現していく。彼女は第三作『ジェイコブの部屋 *Jacob's Room*』（一九二二）で、主人公の若者ジェイコブ・フランダース（Jacob Flanders）の一生を、「部屋」という内面を外在化した空間を通じ、いわば外から内に描き出し、従来の小説の因習に果敢に挑戦した。なかでもウルフの名を広く世に知らしめたのが、一九二五年に出版された『ダロウェイ夫人 *Mrs Dalloway*』（一九二五）であった。この小説は、政治家を夫に持つクラリッサ・ダロウェイ（Clarissa Dalloway）と、第一次世界大戦に従軍し、戦争の後遺症に悩まされるセプティマス・スミス（Septimus Warren Smith）の意識の転変に従い、一九二三年六月のある一日の出来事を綴っている。ウルフは周囲の事物から無数の印象を受け取り、めまぐるしく変化する人間の精神の機微を「意識の流れ」と呼ばれる手法を用いて描くことで、心理描写に変革を起こし、小説の新たな領野を開拓しようとしたのであった。二年後、彼女はこの技法をさらに洗練させ、『灯台へ *To the Lighthouse*』（一九二七）を著す。『灯台へ』は、『ダロウェイ夫人』のように、登場人物の意識の移り変わりに焦点を合わせながら、その一方で、彼らの人生に大きな変化をもたらす第一次世界大戦の進行を、人間を超越した超自然的立場から伝える。前作においてやや希薄であった主観と客観の混淆が、この作品においてはひとつの極致を見せている。

翌年、ウルフは作品の趣向をがらりと変え、のちの『フラッシュ』につながる伝記的小説『オーランドー *Orlando*』（一九二八）を著す。主人公の貴族オーランドーのモデルは、ウルフの同性の恋人であったヴィタ・サックヴィル＝ウェスト（Vita Sackville-West　一八九二－一九六二）とされ、この作品は「文学史上もっとも長く、もっとも魅力的なラヴ・レター」とも言われている。本作で特徴的なことは、オーランドーが物語の途中で男性から女性へ性転換を果たし、エリザベス朝から現代に至るまでの四百年という長大な生を営む点にある。出生の瞬間に性と死を与えられる人間の「運命」に挑戦したウルフのジェンダー観と死生観を、歴史的観点から探ることのできる一作である。

一九三〇年代に入ってもなお、ウルフの新奇な語りを求める精神はとどまるところを知らなかった。一九三一年に発表された『波 *The Waves*』では、『灯台へ *To the Lighthouse*』と同じように、物語の枠組みとなる第三人称による語りは存在するものの、核をなすのは登場人物六人の内的独白である。六人はそれぞれが肉体を持たぬ精神体として現れ、互いに言葉を交わすということもない。だが、各人が同一の出来事について語ることで、対象が多面体的、究極的には球状に浮かび上がる。ウルフは、絶え間なく流れる複数の意識をひとつにすることで、内と外の複雑微妙な交わりから生まれる、生の様態とでも言うべきものを描き出そうとしたのであった。彼女の前衛的ナラティヴは、ここで極北に至る。

ウルフはこの『波』の執筆最中に気分転換と称し、『フラッシュ』の創作を開始したのだった。『灯台へ』のあとに空想的な『オーランドー』を執筆したように、ウルフの創作活動には急から緩へ、剛から柔へのリズムが存在し、その後の創作活動にさらなる勢いを生み出した。だが、はたして『フラッシュ』がウルフの気分転換になったのか——この点についてはのちほど検証したい。

次にウルフは、パージター家（the Pargiters）という一家の、一八八〇年から一九三〇年代までの歩みを描いた『歳月 *The Years*』（一九三七）という作品を発表した。彼女はこの小説で伝統的なスタイルに回帰しているが、遺作となった『幕間 *Between the Acts*』（一九四一）においては、野外劇を作中に取り込むなどし、ふたたび新たなエクリチュールの創出を図っている。残念ながら、ウルフはこの作品の執筆の最中、第二次世界大戦の戦火のために、生涯を通じて悩まされていた精神病を悪化させ、夫レナードにこれ以上の迷惑はかけられぬと、一九四一年三月二十八日、自宅近くのウーズ川で自ら命を断ったのだった。享年五十九歳であった。彼女が死ぬ間際にレナードに送った手紙は、「世界一美しい遺書」とも呼ばれ、死の間際にあってもなお、長い年月をともにしてきた夫のことを思い続ける、彼女の深い愛を伝えている。マイケル・カニンガム（Michael Cunningham 一九五二－）著『めぐりあう時間たち *The Hours*』（一九九八）、およびスティーヴン・ダルドリー（Stephen Daldry 一九六〇－）監督による同題の映画にもこの一節が登場することを、ここに補足として付け加えておく。

『フラッシュ』誕生秘話

『フラッシュ』は、一九三三年十月五日に産声を上げた。このときウルフ、五十一歳であった。出版から二年前の一九三一年七月、上述の通り、彼女は過酷であった『波』の創作活動からの気分転換を図り、ヴィクトリア朝女流詩人の飼い犬の伝記の執筆を開始したのであった。主要登場人物六人の意識が内的独白によって滔々と綴られていく『波』という前衛的な作品と、ユーモラスな語り口で綴られる前代未聞の犬の伝記という『フラッシュ』は、似ても似つかぬ二作品のようだが、この時期のウルフの縦横無尽の創作活動の緊張と弛緩のパターンを理解するうえでは、格好の一組みとなっている。ウルフ自身、『フラッシュ』を「いたずら」(escapade) と呼び、創作初期の段階から『オーランドー』のような位置づけの作品であることを自認していた。

ウルフの創作ノートによると、『フラッシュ』の正確な執筆開始日は一九三一年七月二十一日である。前年に、ブラウニング夫妻の恋の顚末を主題として扱い、ロンドンで大きな評判を呼んでいた劇作家ルドルフ・ベジア (Rudolph Besier　一八七八－一九四二) の『ウィンポール街のバレット家　*The Barretts of Wimpole Street*』(一九三四年に『白い蘭　*The Barretts of Wimpole Street*』というハリウッド映画に翻案された) を鑑賞したことがきっかけとなった。『ウィンポール街のバレット家』は、エリザベス・バレットとロバート・ブラウニング (Robert Browning　一八一二－八九) の恋愛模様を描くうえで、専制君主的であったバレット氏を、娘エリザベスに対し、近親相姦的な欲望を抱く父親であるかのようにも造形したため、ロンドン界隈で大きな騒動を巻き起こしていたのであった。ウルフもこの騒動のことは知っていた。彼女は前月までサセックスの別荘モンクス・ハウスに滞在していたが、十月四日にロンドンに上京し、その二日後に本作を観賞、のち「イェール・レヴュー　*Yale Review*」の編集者へレン・マカフィー（Helen McAfee）に宛て、『ウィンポール街』のストーリーには興味を引かれたが、やや過激であり、がっかりした、という感想を手紙に綴って送っている（一九三一年七月二日）。友人の作曲家エセル・スミス（Ethel Smyth）にも、あの劇にはやや物足りないところがあった、と同様の感想を漏らしている（一九三一年六月二十七日）。だが、バレット夫妻の人生にはいたく興味を覚えたようで、一九三一年三月時点で、マカフィーに対し、目下、エリザベス・バレットの『オーロラ・リー *Aurora Leigh*』（一八五六）をたいへん面白く読んでいる、と近況を伝えている。当時、ウルフの書斎にあったエリザベス・バレットの詩集は、一八七三年にロバート・ブラウニングがウルフの異母姉ローラに送った『オーロラ・リー』のみだったが、読了後、彼女はこの一冊から感銘を受け、一九三一年二月に書評の執筆を開始、同年六月に「イエール・レヴュー」に発表し、間をおかず、七月にエリザベス・バレットの伝記に着手したのであった。

ウルフによると、彼女が「犬の視点から見た、詩人エリザベス・バレットの伝記」という着想を得たのは、ブラウニング夫妻の手紙を読んでいたときのことであった。「書簡の中でフラッシュがとてもおかしく描かれていたので、一生の物語を与えてあげたいと思ったのです」と、当時のあらましを文学界の庇護者役であったオットリン・モレル（Ottoline Morrell 一八七三－一九三八）に手紙で伝えている（一九三三年二月二十三日）。だが、夫妻の手紙の他にも、『フラッシュ』の制作の誘因となったであろう見過ごすことのできない傍証がいくつか存在している。まず一点目として、ウルフが観劇した『ウィンポール街のバレット家』の第三幕「ロバート "Robert"」に、エリザベスのいとこのベラ・ヘドリー（Bella Hedley）が、毎週バレットとブラウニングのやりとりを目撃しているのはフラッシュだけなのだから、この子も詩について多くを学んでいることでしょう、と述べる場面がある。このセリフにあるように、フラッシュはウィンポール街五十番地の騒動に巻き込まれており、その様子がウルフに犬の視点から見たバレットの人生という妙案を授けた可能性がある。二点目として、ウルフはトマス・カーライル（Thomas Carlyle 一七九五－一八八一）と妻ジェーン・ウェルシュ（Jane Welsh Carlyle 一八〇一－六六）の飼い犬ネロ（Nero）が擬人化されて登場する、夫妻の手紙の熱心な読者でもあった。その愛好ぶりは、「ジェーン・ウェルシュ・カーライルの手紙 "The Letters of Janes Welsh Carlyle"」（一九〇五）と「カーライル夫妻の新たな手紙 "More Carlyle Letters"」（一九〇九）という書評を書くほどで、ウルフはジェーンのことを「偉大なる書簡作家」と呼び、その才能を高く評価していた。実際、『フラッシュ』の第五章にはネロの逸話が登場しており、彼女の影響を強く感じさせる。

三点目に、ウルフが幼少期にシャグ（Shag）とガース（Gurth）という雑種犬と牧羊犬を飼い、後年、風刺とユーモアを交え、彼らに対する思いを、本書収録の「忠実なる友について "On a Faithful Friend"」（一九〇四）というエッセイとしてよみがえらせているという事実もある。多くの研究者が指摘する通り、「忠実なる友について」と『フラッシュ』の構成には、（一）冒頭でそれぞれの犬の生まれが高貴なものであると伝えられる、（二）ひとつ屋根の下に自分の敵となる犬が住んでいる、

（三）家に戻り最期を迎えようとする、といった類似点が存在しており、このエッセイがのちに『フラッシュ』の創作に一役買ったとも考えられる。最後に、一九二六年七月に、友人であった詩人・小説家のヴィタ・サックヴィル＝ウェストから、金色の毛をしたコッカー・スパニエルを贈られているという事実もある。ウルフはこの犬をピンカー（Pinka）と名付け、『フラッシュ』の制作中はもちろんのこと、犬が亡くなる一九三五年までともに暮らした。ピンカーがフラッシュのモデルであったかもしれぬことを伝える逸話として、あるときウルフが、サックヴィル＝ウェストに、愛犬ヘンリー（Henry）の写真を新作のために使わせてくれないかと頼んだのだが、送られてきた写真の中に気に入るものはなく、結局、ピンカーの写真を『フラッシュ』の口絵に採用した、ということがある。当初ウルフは、ピンカーがメスであったために、彼女の写真を使用することには消極的であったが、最終的に採用していることからは、彼女が創作中に二匹を重ねていた可能性がほのめかされている。また、一連の経緯からは、ウルフのピンカーに対する特別な思い入れを読み取れなくもないわけで、そうであれば、冒頭で引用したベルの「犬好きではない」という言辞も、あくまで冗談として受け取っておいた方が賢明な発言なのかもしれない。補足として、ウルフ夫妻がピンカーの死後、その喪失感を埋めるべく、時を移さずサリー（Sally）というブラッドハウンドの雑種犬を飼い始めていることも言い添えておく。

日記にはじめてフラッシュの名が登場するのは、一九三一年八月七日のことである。ウルフは一九三二年四月にヨーロッパ大陸に旅行に出かけ、その最中に『フラッシュ』の自筆原稿を書き上げている。帰国後、推敲を重ね、十月八日に再度原稿を完成させる。しかし、十二月二十三日に、この数カ月にわたって書いてきた内容がどうしてもがらくたのようにしか思われない、という不満を日記に綴る。その後、手直しを加え、翌年一月にタイプライターで打ち出し、月末にプロのタイピストのもとに送っている。四月二十九日の時点でもなお、彼女は日記で『フラッシュ』を「あのばかげた本」と呼び、ひどく嫌悪している。友人の小説家ヒュー・ウォルポール（Hugh Walpole 一八八四―一九四一）にも、四月十五日付けの手紙で、「この作品はあくまで冗談として書いたものなのですが、冗長に過ぎ、その苦労に見合うだけの価値もありません」と伝えている。また、サックヴィル＝ウェストにも、「この伝記はくだらない冗談として書いたものです」と言い訳めいた手紙を送っており、作品の出来に関してはあまり期待をしないように、とそれとなく念を押している（九月三十日）。

ウルフの不満は解消されぬまま、『フラッシュ』は一九三三年の七月から十月にかけて「アトランティック・マンスリー *Atlantic Monthly*」に分載され、その後、書籍体として十月五日にイギリスとアメリカで上梓された。ウルフは本来、この作品をクリスマス向けの小冊子として出版する予定であったが、執筆開始から二年もかかり、ようやく出版までこぎつけたのであった。創作中の不満が本物であったとすれば、決して気分転換とはならなかったはずで、その苦労たるや推して知るべし、というところである。

伝記か小説か、それが問題だ

幸い、ウルフの心配をよそに、『フラッシュ』の売り上げ自体は好調であった。彼女が夫のレナードと共同経営していた出版社ホガース・プレスは、最初の六カ月で一四、三九〇部を売り上げた。アメリカでは次のエディションが出る一九五六年までに、三一、二八二部の売り上げを記録した。ウルフは翌年姉のヴァネッサに、「『フラッシュ』のおかげで暮らし向きも良くなりました」と手紙で述べており（一九三四年五月四日）、この発言が冗談によるものだとしても、『フラッシュ』が予想以上に英米両国で人気を博し、想定外の収入をもたらしてくれたことは間違いない。また、販売数が示す通り、世間一般の『フラッシュ』の評価も上々で、社交界の知名人であった室内装飾家シビル・コールファクス（Sibyl Colefax　一八七四－一九五〇）からは、この作品に込められた「機微」に感動した、という手紙を送られている。ウルフは、出版前には予想もできなかった本作の「本質」を深く理解する読者の登場を心の底から喜び、まさに天にも上らんばかりの気持ちになったことを書簡で伝えている（一九三三年十月二十二日）。

他方、文学界における『フラッシュ』の評価は二分していた。「グランタ *Granta*」に掲載された書評では、「ウルフはこれまで獲得してきた知的な読者を失い、さらには、偉大な作家になる可能性を秘めていたにもかかわらず、すでに生きながらにして死んでしまった」という趣旨で批判された（十月二十九日）。また、同時代作家のレベッカ・ウェスト（Rebecca West　一八九二－一九八三）にも、「これまで彼女の作品を愛好してきた読者であっても、本書は決して熱心には読まないだろう」と冷評された（「デイリー・テレグラフ *Daily Telegraph*」十月六日）。くわえて、「モーニング・ポスト *Morning Post*」の編集者であった詩人ジェフリー・グリグソン（Geoffrey Grigson 一九〇五－八五）も、「擬似英雄詩的文体で綴られる『フラッシュ』の衒学的なジョークは、同氏の作品の中でも、もっとも退屈なものである」と断罪している（一九三三年十月六日）。

もちろん、肯定的な意見も寄せられた。「ニューステーツマン・アンド・ネーション *New Statesman and Nation*」の文芸担当者デイヴィッド・ガーネット（David Garnett 一八九二－一九八一）は、『フラッシュ』がウルフのこれまでの作品の中でも、もっとも均整の取れた新鮮味あふれる作品である、と称賛し、グリグソンとは異なり、彼女のユーモアをこそ高く買っている（十月七日）。同様に、文芸評論家であったデズモンド・マッカーシー（Desmond MacCarthy［一八七七－一九五二］。ブルームズベリー・グループの一員であった）も、本書を優れた作品だと評価し（「サンデー・タイムズ *Sunday Times*」十月八日）、イギリスのブッククラブ（Book Society）も、『フラッシュ』を十月の選書リストに含める評価を与えている。アメリカにおける『フラッシュ』の書評も概して肯定的な意見が多く、「ニューヨーク・タイムズ *New York Times*」は、ウルフがフラッシュの鋭い五感の働きを克明に描くことで、読者に身体的な感覚を通じた、強烈な喜びを体験させてくれる、とその長所を伝えている（十月八日）。毀誉《きよ》褒貶《ほうへん》相半ばすることになった『フラッシュ』であったが、ウルフは本書を執筆するうえで、ブルームズベリー・グループのメンバーであったリットン・ストレイチーの著作をパロディーにしようと考えていたことを、オットリン・モレルに手紙で明かしている（一九三三年二月二十三日）。ウルフの亡き友ストレイチーは、『ヴィクトリア朝偉人伝 *Eminent Victorians: Cardinal Manning, Florence Nightingale, Dr Arnold, General Gordon*』（一九一八）や『ヴィクトリア女王 *Queen Victoria*』（一九二一）といった作品で名を馳せた、当代きっての伝記作家であった。ストレイチーの功績は、中世に流行った「聖人伝」のごとく、伝記の主題の人物を無条件に礼賛するのではなく、あくまで事実に則った著述に専心することで、単なる読み物であった伝記を一躍芸術の域にまで格上げしたことにある。ストレイチーの伝記作家としてのモットーは、「私は何も押しつけない。何も提案しない。ただ事実を示すのみである」という一文に要約されており（『ヴィクトリア朝偉人伝』）、これは旧来の伝記作品との決別を宣言する、彼なりのマニフェストであったと考えられる。ウルフは新時代の伝記の旗手であるストレイチーに対し、手紙と日記を交えた犬の伝記という、いうなれば「伝記のメタナラティヴ」を書くことで、面白おかしく挑戦しようとしたのであった。事実、ウルフは『フラッシュ』の結末部分をストレイチーの『ヴィクトリア女王』のパロディにする計画を温めていたが、彼の死後、その冗談を理解してくれる読者もいなくなってしまったので、現在ある形を採用したのであった。

ストレイチーに対する冗談からはやや読み取りにくいが、ウルフ自身もまた、事実に対しては強いこだわりを持つ作家であった。『オーランドー』や『フラッシュ』、友人ロジャー・フライの伝記

『ロジャー・フライ――ある伝記 *Roger Fry: A Biography*』（一九四〇）のみならず、フェミニスト的作品と言われる『自分だけの部屋 *A Room of One's Own*』（一九二九）から『三ギニー *Three Guineas*』（一九三八）に至るまで、彼女は事実を公正かつ客観的に扱うことにこだわり続けた。大英図書館には足繁く通い、調査内容を記したノートの総数は、生涯で少なくとも六十七冊に上る。くわえてウルフは、『フラッシュ』の巻末にも参考文献一覧を付け、本作を小説ではなく、あくまでも事実に基づいた伝記として読者に提示している。第一章に登場する農家の小屋や、アスファルトの小道、第二章以降に登場する郵便ポストに関し、ガーネットに歴史考証の観点から指摘を受けた際に、彼女は調査によって得られた歴史的事実を旁引《ぼういん》し、「わたしは自分の事実に誇りを抱いております」と半ば憤って反論を加えているほどである。

ウルフは一九三九年に発表した評論「伝記の技法 "The Art of Biography"」においても、伝記作家は「真実」を伝えるべく、因習にはとらわれず、事実の取捨選択と理解において独自の裁量をいかんなく発揮すべきである、と述べている。文筆家シドニー・リー（Sidney Lee 一八五九－一九二六）の『ウィリアム・シェイクスピア伝 *A Life of William Shakespeare*』（一八九八）や、『エドワード七世 ある伝記 *King Edward VII: A Biography*』（一九二五－二七）に代表されるヴィクトリア朝的伝記は、善、崇高さ、実直さ、清廉さ、厳格さを美徳とし、伝記の主題となる人物が社会的規範から外れる行動を取っていた場合は、その行状には取り合わないことを暗黙の了解としていた（ちなみにリーは、ウルフの父レズリー・スティーヴンが初代編集者を務めていた『英国人名図鑑』の後任でもあり、父親に対して複雑な思いを抱いていたウルフにとっては、因縁浅からぬ相手であったとも考えられる)。一方、ストレイチーや『人々 *Some People*』(一九二七)を著したヴィタ・サックヴィル=ウェストの夫ハロルド・ニコルソン(Harold Nicholson 一八八六―一九六八)は、自らを主題の人物の対等者として位置づけ、事実を分析・整理してそれに劇的効果を与え、読者の眼前に等身大の人間を登場させる。とりわけ、ニコルソンの伝記の人物が読者に実在の人間のように強く感じられるのは、それが作家自身の「鏡」に投影された姿だからだとウルフは述べる。ウルフの人間関係に対する理解は、近代社会に住まうひとりひとりの人間が、すなわち他者の目という鏡に映ずる姿である、というもので、そのモチーフは多少変奏されてはいるが、『フラッシュ』にも登場している。第二章で、フラッシュが飼い主エリザベス・バレットの部屋の鏡に写った自分の姿に向かい、「お前は何者だ?」と問いかける場面があるが、彼は世間一般の価値基準に照らし合わせ、自分は高貴な生まれだと思い、喜ぶ。「鏡と自己」というメタファーは、意識の流れを用いた「壁のしみ "The Mark on the Wall"」(一九一七)にも登場し、ウルフの作品を解するうえで重要な鍵概念を形成している。

ウルフはストレイチーの『ヴィクトリア女王』を、事実に基づいた陳述を徹底して行なっているために傑作である、と評価しているが、エリザベス女王の生涯を描いた『エリザベスとエセックス――ある哀史 *Elizabeth and Essex: A Tragic History*』(一九二八)は、歴史的資料の乏しさを埋めるべく多分に創作を加えてしまっているため、拙作である、と批判している。伝記作家は、徹頭徹尾事実に依拠した叙述を遵守し、その制限に従い、読む者の心に真に迫る文章を提示しなければならない。例えるならば、かの有名なイギリスの伝記作家ボズウェル（James Boswell 一七四〇－九五）が、『英語辞典 *A Dictionary of the English Language*』（一七五五）の編纂者であった傑物ジョンソン博士（Samuel Johnson 一七〇九－八四）の人生の事実と人柄を、『サミュエル・ジョンソン博士伝 *The Life of Samuel Johnson, LL.D.*』（一七九一）においてあますところなく綴ったようにである。

では、はたして『フラッシュ』は伝記なのだろうか、それとも小説なのだろうか――ウルフの意見に従って考えると、このような疑問が頭をもたげてくる。作者本人はあくまでも伝記と考えていたようだが、夫レナードは小説と考え、またマカフィーも伝記とは認めていなかった。「タイムズ・リテラリー・サプルメント」の評者も、人間中心主義的な擬人化の範疇《はんちゅう》を脱していない点を批判しており、創作としての側面を強く感じているようである（一九三三年十月五日）。他方、この作品を伝記と小説の混合物として考える論者もおり、たとえば米国の小説家エレン・グラスゴー（Ellen Glasgow 一八七三－一九四五）は『フラッシュ』を小説と伝記の中間に位置づけることで、小説か伝記かという厄介な問題の解決を図ろうとしている。

ウルフの伝記観を表す有名な比喩のひとつに、「虹と花崗岩」というものがある。彼女は評論「新しい伝記 "The New Biography"」（一九二七）において、伝記作家の責務は、花崗岩のように堅固な伝記的事実と、虹のように美しくて捉えがたい、人物のパーソナリティを結合させることにあると論じている。この信念は「伝記の技法」においても述べられており、伝記の主題となる人物の内面と事実の融合というのが、一貫して伝記作家ヴァージニア・ウルフの至上命令であったことが理解される。そこでウルフ自身のマニフェストに従い、フラッシュの人生における花崗岩と、彼のパーソナリティという虹の結びつきを吟味し、そうして『フラッシュ』が伝記であるのか、小説であるのかをじっくりと考えてみる——このように鑑賞し、批評してみるのも、『フラッシュ』にふさわしい楽しみ方のひとつだろう。

エリザベス・バレットの生涯

ところで、ウルフのバレットに対する評価はどのようなものだったのだろうか。ウルフは時代を越え、バレットの文学観や人生観に自分のものと共通するものを見つけたからこそ、彼女の伝記を執筆しようと考えたのだろうか。すると、それは一体いかなるものであったのだろうか——次に、バレットの人生の足跡を辿り、それからウルフの『オーロラ・リー』評を繙《ひもと》くことで、両者の人生の接合点を明らかにしたい。

エリザベス・バレットは、一八〇六年三月六日、エドワード・バレット・モールトン＝バレットとメアリー・グレアム・クラークのもとに、十二人兄弟姉妹の長女として誕生した。父エドワードは西インド諸島の砂糖プランテーションで富を築き、不在地主として裕福な暮らしを送る上流中産階級の人間であった。父と同じく、母メアリーも、裕福な商人の家系の出であった。バレット家がダラム州にあるコクスホウ・ホールを購入する際に、クラーク家が手伝ったことがきっかけとなり、ふたりは結婚に至ったと伝えられている。

エリザベスが二歳のとき、バレット家はヘレンフォードシャーにあるホープ・エンドに引越す。以後、彼女はこの地で長い年月を過ごす。『フラッシュ』でも言及されている通り、ホープ・エンドはトルコ風の建築様式による建物で、寝室が二十もある大邸宅であった。エリザベスは幼少より勉強熱心な少女で、十二歳の頃に弟のエドワードに家庭教師がつけられると、ギリシャ語、ラテン語、フランス語を習う機会に恵まれた。古典に関する教養もこの頃に身につけており、なかでもホメロスからの強い影響は、後年私費出版された『マラトンの戦い *The Battle of Marathon*』（一八二〇）において顕著に見られる通りである。

何ひとつ不自由のない生活を送っていたエリザベスであったが、一八二一年、酷い頭痛と背中の痛みに苦しめられ、体調を悪化させる。医者は彼女の不調を「神経性疾患」と診断し、アヘンを処方した。エリザベスはこれ以後、生涯にわたってこの病に苦しめられることになる。同年、彼女は「ニュー・マンスリー・マガジン *New Monthly Magazine*」で詩人としても本格的にデビューを果たしており、またこの頃から、『フラッシュ』の第三章に登場する、ギリシャ語およびヘブライ語を教授してくれた盲目の学者ボイド（Hugh Stuart Boyd 一七八一―一八四八）との交流も開始している。彼女は徐々に詩人としての活躍の場を広げていく。

明るい展望が拓けつつあったエリザベスの人生であったが、これよりのち数年にわたり、連続して悲劇が訪れる。一八二八年に母が、三〇年に祖母が他界し、その二年後にはジャマイカで反乱が起き、父が裁判で敗訴する。一家はプランテーションとホープ・エンドを手放さざるを得なくなり、ロンドンへの転地を余儀なくされる。最終的に、一八三八年に『フラッシュ』の舞台であるウィンポール街五十番地に辿り着く。この年に叔父が死去し、エリザベスは遺産の相続人となる。この遺産のおかげで、彼女だけは弟妹とは異なり、経済的に自立することが可能になった。後年父の反対を押し切り、ブラウニングと結婚し、イタリアへ逃避行することができたのであった。

一八四〇年、エリザベスは詩作と翻訳を継続して行なっていたが、医者から転地療養を勧められ、トーキーに移る。このとき、最愛の弟エドワードがトーキー湾沖で溺死する。『フラッシュ』に登場するリチャード・ホーン（Richard Hengist Horne 一八〇二―八四）宛ての手紙にある通り、エリザベスは弟の死に強い責任を感じ、ロンドンに戻ってからの五年間、外部との交流を極力避け、自室に引きこもる生活を送る。そこで、エリザベスの行状を見かねた友人の作家ミス・ミットフォードが、彼女を元気づけるべく、フラッシュを贈呈するのであった。その後のエリザベスとフラッシュの生活は本書にある通りで、ふたりは限られた生活圏にもかかわらず、多種多様な出来事を経験していく。特に、一八四五年一月十日にエリザベスの詩を読んだロバート・ブラウニングから手紙が届けられると、ふたりの生活は一変する。エリザベスとロバートは、三月に初対面を果たすと、すぐに相思相愛となり、一八四六年九月十二日、密かに結婚式を挙げる。このときエリザベス四十歳、ロバート三十四歳であった。その後、長きにわたり幸福な結婚生活が続くが、この結婚を期に、父バレットとは絶縁状態に陥る。

ブラウニング夫妻は結婚後一週間でイギリスをあとにする。ピサとローマを経由し、一八四七年、フィレンツェのカーサ・グイーディに辿り着く。一八四九年には長男ロバート・W・バレット・ブラウニングが誕生する。一八五〇年には、夫ロバートへの愛を綴った傑作『ポルトガル語からのソネット訳詩集 *Sonnets from the Portuguese*』を発表する。この頃のエリザベスの関心は専ら政治にあり、特にオーストリアの圧政に苦しめられるイタリアの統一にあった。一八五一年に出版された『グイーディ館の窓 *Casa Guidi Windows*』には、彼女のリソルジメント（イタリア統一）派の立場がはっきりと示されている。一八五一年、一度ロンドンに戻り、帰途立ち寄ったパリで、長年敬慕の念を抱いていた作家ジョルジュ・サンド（George Sand）と会う。このときエリザベスは、ルイ・ナポレオンのクーデターも目撃し、フィレンツェに戻るのは翌五二年のこととなる。

一八五一年三月に、エリザベスは『オーロラ・リー』の執筆に着手し、それから数年を費やし、一八五六年にロンドンとニューヨークで上梓する。残念ながら、この間に愛犬フラッシュが他界する（一八五四年）。エリザベスとフラッシュは、およそ十二年の歳月をともにしたが、彼女はフラッシュの詩をあまり書かなかった。本書の附論である「わが忠犬、フラッシュに寄す "To Flush, My Dog"」（一八四三）は、飼い主の目から見た愛犬の様子を伝える、数少ない貴重な資料となっている。

晩年、エリザベスのイタリアの政治への関心はさらに高まり、その思いは『会議前の詩篇 一八六〇年 *Poems Before Congress*』（一八六〇）に結実する。一八五七年に父が、六〇年に妹ヘンリエッタが亡くなり、それに続くように、エリザベス・バレット・ブラウニング、六一年六月二九日に永眠。遺体はフィレンツェにあるプロテスタント墓地に埋葬された。

ベネット氏とバレット・ブラウニング夫人

前述の通り、ウルフは『ウィンポール街のバレット家』を観賞したのち、エリザベス・バレットの人生に興味を持ち、翌年に『オーロラ・リー』の書評を発表し、その後『フラッシュ』の創作を始めたのであった。『オーロラ・リー』は「詩による小説」とも呼ばれる、無韻詩による全九巻にもわたる大作で、しばしば散文で詩を書く小説家と評されていたウルフにとっては、たいへん意義深い作品となった。バレットは、本作が自身の作品の中でも、自らの人生と芸術に関する信念が強く刻み込まれたもっとも成熟した作品である、と述べており（一八五六年十七日付「献辞」）、この言葉に従うように、ウルフも書評の中でこの長詩を彼女の代表作と見なしている。

『オーロラ・リー』のあらすじは以下の通りである。主人公のオーロラは、イギリス人の父とイタリア人の母のもとにフィレンツェで誕生するが、幼い頃に両親が他界し、敬虔なキリスト教徒であるイギリス人の叔母のもとに預けられる。叔母はオーロラを「女性らしい女性」に育てるべく、キリスト教の教理に従った厳格な教育を施す。しかし、自然あふれるフィレンツェの山奥で育ったオーロラにとって、叔母の教育は抑圧的で、息苦しいものであった。孤独なオーロラを救ったのは、父の蔵書に埋もれていた詩歌で、近所に住む従兄のロムニー・リーとだけは、この詩について自由に語ることができた。対話を重ねていくうちに、オーロラのロムニーに対する想いも強くなっていくのであった。

やがてオーロラは、優れた詩を残した先達たちのように、自らも偉大な詩人になることを夢見るようになる。一方のロムニーは、若くしてすでに貴族リー家の当主となっており、財産所有に起因する貧困問題の解決を自身の使命としていた。彼はオーロラに対し、芸術を奨励する前に、世界を覆い尽くす貧困問題にこそ立ち向かうべきだと主張するが、オーロラは、芸術の本質を見誤っている彼の社会改良ほど空虚なものはなく、そのような無理解こそ問題だ、と批判する。

思想のうえでは激しく対立する両者であったが、不思議なことに心は近づいていくのであった。ある日、ロムニーはオーロラに自身の秘めていた想いを告げる。だが、オーロラには彼の求婚が、慈善事業という大義を完遂するための助け手としての女性を求める行為にしか思えず、退ける。ロムニーから事前に相談を受けていた叔母は、オーロラの身勝手な行動に激怒するが、それから間もなく、彼女は突然この世を去る。もはや叔母の押し付ける「女性らしさ」に拘束されることのなくなったオーロラは、芸術に一生を捧げんと、ロムニーのもとを去り、ひとりロンドンに向かうのであった。

その後のロムニーは、オーロラから拒絶された反動からか、さらに過激な社会主義思想へと走っていく。彼は偶然知り合った、下層階級のマリアン・アールという年若い女性を救おうとして求婚し、階級制の打破を試みる。しかし、ロムニーとの結婚を望む別の女性の甘言により、マリアンは結婚式当日に行方をくらませる。オーロラは、傷ついたロムニーをそれ以上そばで見ていることができず、イタリアのフィレンツェへと旅立つ。途中立ち寄ったパリで偶然マリアンを発見し、彼女がかの地で男性から暴行を受け、男児を設け、母親となっていたことを知る。オーロラはマリアンを救うべく、ともにフィレンツェへ向かうことを決める。

しかし、どれだけ離れていても、オーロラの胸の内にあったのはロムニーへの変わらぬ想いであった。するとある日、何の前触れもなく、ロムニーがオーロラの前に姿を現す。彼は社会改良の試みをことごとく失敗させており、慈善を施していた人々からはひどい反感を買い、屋敷を焼かれ、失明していた。オーロラは、すべてを失ったロムニーが、たとえ表面的とはいえ、依然としてマリアンを救おうとしていることを知り、心を揺さぶられる。彼女は、マリアンの後押しもあり、ついに積年の想いをロムニーに打ち明ける。オーロラはこのときすでに、愛のない芸術には価値のないことを悟っており、ロムニーもまた、オーロラに対する愛に気づかぬふりをしながら、社会的弱者に慈善を施すことは欺瞞であることに気付いていた。こうして両者は、物語の最後で幸福な結婚によって結ばれる。この結末には、詩人エリザベス・バレットが夫ロバート・ブラウニングとの結婚を通じて獲得した人生観、結婚観、芸術観を見てとることができ、それは端的に言えば、愛は芸術よりも偉大である、という主張のものだろう。

ウルフが書評を発表した一九三一年当時、バレットはすでに学術的に論じられることがなく、「二流」と評される詩人たちと、使用人のいる地下室に押し込められるような扱いを受けていた。しかし、ウルフの目からすると、『オーロラ・リー』には「速さ、勢い、率直さ、揺るがぬ自信」といった優れた点があり、これらの特質のために、他の詩作品を凌駕しているのであった。事実、読者は一ページ目から、まるでロマン主義詩人サミュエル・テイラー・コールリッジ（Samuel Taylor Coleridge 一七七二－一八三四）の『老水夫行 *The Rime of the Ancient Mariner*』（一七九八）に登場する老人の話に耳を傾けるように、流麗に紡がれていくオーロラの悲劇に聞き入ってしまう。この魅力的な語りを生み出しているのが、バレット自身が「詩小説」（epic-novel）と呼ぶ、散文体的な調子の無韻詩であった。彼女は、近代イギリス社会の市民生活における真実は会話の中にある、と感じており、詩小説という形式を用いることで、詩ではあまりにも唐突に感じられる「会話の中途から始める」ことや、「客間に駆け込んでいく」ような叙述を可能にしたのであった。事実、オーロラの啓示的瞬間は、上述の通りロムニーとの度重なる対話を通じてもたらされている。

オーロラは物語冒頭で、詩にとって最適な形式は何か、という問題を提起し、形式とは、内面が発露した結果立ち現れてこなければならない外形に過ぎない、と結論する。詩人は因習によって定められた形式には惑わされず、自身の情熱と思想に従い、一意専心して「純粋芸術」に身を捧げねばならない。ウルフによれば、バレットのように日常の対話を詩的芸術にまで昇華させた詩人は、ジョージ五世の時代になってもなお稀であり、それゆえに、バレットの独創的な語りには大きな文学的意義が認められると言う。

興味深いことに、バレットの詩の因習に対する批判は、モダニストであるウルフの、前時代の作家アーノルド・ベネット（Arnold Bennett 一八六七－一九三一）の作品に対する評説と相似している。ウルフのモダニストとしてのマニフェストに当たる評論として、「現代小説 "Modern Fiction"」（一九一九）や「ベネット氏とブラウン夫人 "Mr Bennett and Mrs Brown"」（一九二三）、「小説のキャラクター "Character in Fiction"」（一九二四）といったものがある。ウルフはこれらの評論において、人物造形を重視するベネットという、主にエドワード王朝（一九〇一－一〇）に活躍した作家を槍玉に挙げ、自分のような若いジョージア王朝（一九一〇－三六）の作家たちの登場人物の内面を克明に描く技法こそが、時代の要請に適ったものである、と主張している。ベネットは、ウルフのような若い世代の小説家が、仔細なことばかりに気を取られ、何よりも重要である人物造形を疎かにしている、と批判するのだが、ウルフはこのベネットの主張に対し、一九一〇年以降、階級に根差した人間関係や美的感覚に大きな変化が生じたために、小説においても人物造形はもっとも重視すべきものではなくなったのだ、と反論している。彼女は社会に住まう他者や周囲の事物から与えられる、無数の印象をこそ適切に表現すべきである、と持論を展開する。例えばいま、列車の中にブラウン夫人という見知らぬ女性が座っていたとする。ベネットをはじめとするイギリスの作家であれば、まず夫人の身体上の特徴や衣服、所持品、行動様式から、彼女のキャラクターを描き出そうとするだろう。他方、フランスの作家であれば、そのような物質的側面は捨て、ブラウン夫人という個人を通じ、より広く人間性一般について描こうとするはずである。ロシアの作家であれば、彼女の肉体すら貫き、その内に隠されている魂の苦悩を暴こうとする――ウルフはこのように論じ、キャラクターの造形が何よりも重視すべき至上命令ではないことを力説する。

ウルフが範とするのは、ロレンス・スターン（Laurence Sterne）の『トリストラム・シャンディ *The Life and Opinions of Tristram Shandy, Gentleman*』（一七五九―六七）、ジェーン・オースティン（Jane Austen）の『高慢と偏見 *Pride and Prejudice*』（一八一三）、シャーロット・ブロンテ（Charlotte Brontë）の『ヴィレット *Villette*』（一八五三）、フローベール（Gustave Flaubert）の『ボヴァリー夫人 *Madame Bovary*』（一八五七）、トルストイ（Leo Tolstoy）の『戦争と平和 *War and Peace*』（一八六五―六九）、トマス・ハーディ（Thomas

Hardy）の『カスターブリッジの町長 *The Mayor of Casterbridge*』（一八八六）である。ウルフはこれらの小説に登場する人物たちが、宗教、愛、戦争、平和、家庭生活、魂の不滅性などについて読者に訴え、本を閉じてもなお迫ってくるのだと言う。対照的に、エドワード朝作家の小説は、作品外の事物に興味を抱いているかのようで、作品それ自体としては不完全である。ウルフは自分と同じような立場の同世代の作家として、『インドへの道 *A Passage to India*』（一九二四）を代表作とするフォースターや、『息子と恋人 *Sons and Lovers*』（一九一三）を著したD・H・ロレンス（Lawrence）、『ユリシーズ *Ulysses*』（一九二二）において、ウルフと同じように意識の流れを用いたジェイムズ・ジョイス（James Joyce）、モダニズムの記念碑的作品である『荒地 *The Waste Land*』（一九二二）を発表したT・S・エリオット（Thomas Stearns Eliot）、ストレイチーらを挙げ、自分たちの作品をエドワード王朝文学から峻別している。のちにウルフは、この評論で披歴した小説理論を『ダロウェイ夫人』として作品化している。

ところでウルフは、一九二八年十月に、ケンブリッジ大学の女子学生団体から「女性と小説 "Women and Fiction"」という演題で依頼を受け、講演を行なっている。このときの内容を基にしたものが、一九二九年に出版された『自分だけの部屋』である。この社会評論の中で、ウルフは女性が小説家になるためには「余暇、年収五百ポンド、自分だけの部屋」が必要であると論じた。一九二〇年代当時、女性がこれらの条件をすべて満たすのはたいへんな難事であったが、ウルフはもし女性がこの三つを手に入れることができれば、小説のみならず詩、批評、歴史書を書くことも増えるであろう、と予言した。われわれとしては、この一群に伝記も加えることができるはずである。『フラッシュ』の本来の主題であったエリザベス・バレットは、ヴィクトリア朝にあってこの三つの条件を満たした稀有な女性であり、ウルフは自らが開拓者となり、彼女の伝記を著すことで、時代を越えてひとつの模範を世に示そうとしたのではないだろうか。

小説であれ伝記であれ、ウルフにとって重要であったのは、それが真実を伝えるかどうかという一点に尽きる。因習がその伝達を阻害するのであれば、即座に棄擲《きてき》し、代わりに時代の要請に従い、新たな技法や視点を創出しなければならない。彼女は抑圧的な父親に育てられ、病に苦しみながらも、芸術家としての自由を手に入れるべく、臆することなく外の世界に飛び出し、生涯を通じて独自の表現方法を追求し続けたバレットの姿勢に共感したはずで、『フラッシュ』という伝記のメタナラティヴが、バレットの生涯におけるいくばくかの真実を伝えられているかどうかは、いまなお読者ひとりひとりの判断に委ねられているように思われる。

翻訳について

翻訳の底本にはホガース版（Virginia Woolf, *Flush: A Biography*, Hogarth Press, 1952）を用いた。また、シェイクスピア・ヘッド・プレス版（Virginia Woolf, *Flush: A Biography*, Blackwell, 1999）も適宜参照した。本書に収録

した挿し絵に関しては、《フラッシュの生家 Flush's Birthplace》はエドマンド・ハヴェル（Edmund Havell）、ミス・ミットフォードの肖像画はジョン・ルーカス（John Lucas）、バレット夫妻の線画はフィールド・タルフォード（Field Talfourd）、ブラウニング夫人の油絵はミケーレ・ゴルディジャーニ（Michele Gordigiani）、その他はすべてウルフの姉ヴァネッサ・ベルに手によるものである。附論として、バレットの詩「わが忠犬、フラッシュに寄す」と、ウルフの「忠実なる友について」（*The Essays of Virginia Woolf: 1904-12*, Vol.1, Hogarth Press, 1986 参照）を収録した。どちらも『フラッシュ』に関わりのある作品であり、この伝記の理解を深めてくれる資料となっている。

翻訳に関して一言だけ説明させていただきたい。（一）本書では、これまで先行研究であまり熱心には論じられてこなかった、フラッシュの意識の流れと記憶の作用に注目した訳出を心がけた。フラッシュが本能に突き動かされ、古の記憶が蘇り（第一章）、老衰によって意識が混濁し、過去と現在が混ざり合う場面（第六章）などでは、複雑微妙な意識と記憶の転変が描かれている。日本語にする際に、ウルフの流麗な筆遣いを妨げぬようよう気をつけた。フラッシュの目まぐるしい意識の変化と記憶の想起は、物語の冒頭から結末に至るまで、作品全体にリズムを与えており、ウルフの他作品との重なり合いも見られることから、彼女の小説の真髄の一端を知ることのできる重要な箇所のひとつであると理解した次第である。（二）基本的に視点人物（？）がフラッシュなので、人間社会における出来事や事物の感じの持つ違和感を訳出できるよう心がけた。これは、ひとつには昨今盛んに論じられるようになったエコクリティシズムと呼ばれる、環境の観点から人間存在を捉え直し、文学作品を再解釈するという批評を意識してのことである。ウルフはつねに、言語と非言語の間に身を置き、フラッシュが五感を通じて得た感覚を描き出すことで、「異化効果」を生み出そうとしている。例えば、フラッシュがはじめてミス・バレットの部屋に足を踏み入れる場面では、人間にとってみれば他愛のないごく身近な家具の類であっても、フラッシュの目からすると得体の知れない物体として認識されている。このような場面では、あまり人間の視点に寄せすぎないよう注意した。（三）全編を通じ、物語はウルフのユーモラスな語り口で綴られており、そのおかしみと表裏一体をなす、人間社会に対する痛烈な批判も伝わるよう、言葉の選択に留意した。そもそも犬の伝記という設定自体がおかしなものなのだが、例えば第一章のスパニエル犬の歴史を語る際の大仰な語り口などは、人間の階級社会に対する風刺となっている。ウルフが冗談という外衣を被せて伝えようとした真実が、少しでも読む際に伝わるよう、原文の持つ倍音の再現に努めたつもりである。

翻訳にあたり、吉田安雄・柴田徹士両氏による既訳、出渕敬子氏の既訳には負うところが多く、深く感謝している。また、遅々として進まぬ翻訳作業を辛抱強く待ってくれ、数限りない助言を与えてくれた幻戯書房編集者中村健太郎氏、および、中村氏を紹介してくれた神戸外国語大学大西寿明准教授に感謝申し上げる。原文読解の補助をしてくれた、福岡大学ジェファーソン・ピーターズ教授にも、この場を借りて御礼申し上げる。

二〇二〇年九月

岩崎雅之

参考文献

［欧文］

▶Bell, Anne Olivier, ed. *The Diary of Virginia Woolf: Vol. IV: 1931-35.* Middlesex: Penguin, 1982.

▶Bell, Quentin. *Virginia Woolf: A Biography.* Vol. 2. London: Hogarth Press, 1972.

▶Bradshaw, David, ed. *Virginia Woolf: Selected Essays.* Oxford: Oxford UP, 2009.

▶McNeillie, Andrew, ed. *The Essays of Virginia Woolf: 1904-12.* Vol. 2. London: Hogarth Press, 1986.

▶Nicolson, Nigel, and Joanne Trautmann, eds. *The Letters of Virginia Woolf: Volume Four: 1929-1931.* Harcourt Brace Jovanovich, 1977-1982.

▶Woolf, Virginia. *Flush: A Biography.* London: Hogarth Press, 1952.

▶—. *Flush: A Biography.* Oxford: Blackwell, 1999.

［邦文］

▶ヴァージニア・ウルフ『月曜日か火曜日・フラッシュ』大澤實、柴田徹士、吉田安雄訳、英宝社、一九五六年。

▶ヴァージニア・ウルフ『フラッシュ　或る伝記』出渕敬子訳、みすず書房、一九九三年。

▶L・ストレイチー『ヴィクトリア朝偉人伝』中野康司訳、みすず書房、二〇〇八年。

▶エリザベス・バレット『オーロラ・リー』桂文子訳、晃洋書房、一九九九年。

［著者略歴］

ヴァージニア・ウルフ［Virginia Woolf 1882–1941］

一八八二年、『英国人名図鑑』の初代編集者で著名な知識人であるレズリー・スティーヴンを父親として、ロンドンに生まれる。イギリスのモダニズム文学を代表する女流作家。「意識の流れ」を用いた実験的な小説を創作する。代表作に『ダロウェイ夫人』や『灯台へ』などがある。芸術家集団であるブルームズベリー・グループに大きな影響を受ける。長年精神病を患い、一九四一年、『幕間』の原稿を残して入水自殺。

［訳者略歴］

岩崎雅之［いわさき・まさゆき］

一九八三年東京生まれ。ロンドン大学大学院修士課程修了、早稲田大学で博士号(文学)取得。現在、福岡大学専任講師。専門はE・M・フォースター、ヴァージニア・ウルフ、ゼイディー・スミス。

〈ルリユール叢書〉

フラッシュ ある犬《いぬ》の伝記《でんき》

二〇二一年三月六日 第一刷発行

著者 ヴァージニア・ウルフ

訳者 岩崎雅之

発行者 田尻 勉

発行所 幻戯書房

郵便番号一〇一－〇〇五二

東京都千代田区神田小川町三－十二 岩崎ビル二階

電話 〇三(五二八三)三九三四

FAX 〇三(五二八三)三九三五

URL http://www.genki-shobou.co.jp/

印刷・製本 中央精版印刷

ISBN978-4-86488-215-6 C0397

〈ルリユール叢書〉発刊の言

厖大な情報が、目にもとまらぬ速さで時々刻々と世界中を駆けめぐる今日、かえって〈遅い文化〉の意義が目に入りやすくなってきました。例えば、読書はその最たるものです。それというのも読書とは、それぞれの人が自分のリズムで本を読み、日々の生活や仕事、世界が変化する速さとは異なる時間を味わう営みでもあります。人間に深く根ざした文化と言えましょう。

本はまた、ページを開かないときでも、そこにあって固有の時間を生みだすものです。試しに時代や言語など、出自を異にする本が棚に並ぶのを眺めてみましょう。ときには数冊の本のなかに、数百年、あるいは千年といった時間の幅が見いだされるかもしれません。そうした本の背や表紙を目にすることから、すでに読書は始まっています。

気になった本を手にとり、一冊また一冊と読んでいくと、目には見えない書物同士の結び目として「古典」と呼ばれる作品があることに気づきます。先人の知を尊重し、これを古典として保存、継承していくなかで書物の世界は築かれているのです。かつて盛んに翻訳刊行された「世界文学全集」も、各国文学の古典を次代の読者へと手渡し、共有する試みでした。

古今東西の古典文学は、書物という形をまとって、時代や言語を越えて移動します。〈ルリユール叢書〉は、どこかの書棚でよき隣人として一所に集う――私たち人間が希望しながらも容易に実現しえない、異文化・異言語・異人同士が寛容と友愛で結びあうユートピアのような――〈文芸の共和国〉を目指します。

また、それぞれの読者にとって古典もいろいろです。私たちは、そのつど本を読みながら、時間をかけた読書の積み重ねのなかで、自分だけの古典を発見していくのです。〈ルリユール叢書〉は、新たな古典のかたちをみなさんとともに探り、育んでいく試みとして出発します。

Reliure〈ルリユール〉は「製本、装丁」を意味する言葉です。
ルリユール叢書は、全集として閉じることのない
世界文学叢書を目指し、多種多様な作品を綴じながら、
文学の精神を紐解いていきます。
一冊一冊を読むことで、読者みずからが〈世界文学〉を
作り上げていくことを願って——

［**本叢書の特色**］

❖名作の古典新訳から異端の知られざる未発表・未邦訳まで、世界各国の小説・詩・戯曲・エッセイ・伝記・評論などジャンルを問わず紹介していきます（刊行ラインナップをご覧ください）。

❖巻末には、外国文学者ならではの精緻、詳細な作家・作品分析がなされた「訳者解題」と、世界文学史・文化史が見えてくる「作家年譜」が付きます。

❖カバー・帯・表紙の三つが多色多彩に織りなされた、ユニークな装幀。

〈ルリユール叢書〉刊行ラインナップ

［既刊］

アベル・サンチェス	ミゲル・デ・ウナムーノ［富田広樹＝訳］
フェリシア、私の愚行録	ネルシア［福井寧＝訳］
マクティーグ　サンフランシスコの物語	フランク・ノリス［高野 泰志 訳］
呪われた詩人たち	ポール・ヴェルレーヌ［倉方健作＝訳］
アムール・ジョーヌ	トリスタン・コルビエール［小澤真＝訳］
ドクター・マリゴールド　朗読小説傑作選	チャールズ・ディケンズ［井原慶一郎＝編訳］
従弟クリスティアンの家で　他五篇	テーオドール・シュトルム［岡本雅克＝訳］
独裁者ティラノ・バンデラス　灼熱の地の小説	バリェ＝インクラン［大楠栄三＝訳］
アルフィエーリ悲劇選　フィリッポ　サウル	ヴィットーリオ・アルフィエーリ［菅野類＝訳］
断想集	ジャコモ・レオパルディ［國司航佑＝訳］
颱風［タイフーン］	レンジェル・メニヘールト［小谷野敦＝訳］
子供時代	ナタリー・サロート［湯原かの子＝訳］
聖伝	シュテファン・ツヴァイク［宇和川雄・籠碧＝訳］
山の花環 小宇宙の光	ペタル二世ペトロビッチ＝ニェゴシュ［田中一生・山崎洋＝訳］
イェレナ、いない女　他十三篇	イボ・アンドリッチ［田中一生・山崎洋・山崎佳代子＝訳］
フラッシュ　ある犬の伝記	ヴァージニア・ウルフ［岩崎雅之＝訳］
仮面の陰に　あるいは女性の力	ルイザ・メイ・オルコット［大串尚代＝訳］

［以下、続刊予定］

ミルドレッド・ピアース	ジェイムズ・M・ケイン［吉田恭子＝訳］
ヘンリヒ・シュティリング自伝　真実の物語	ユング＝シュティリング［牧原豊樹＝訳］
ニルス・リューネ	イェンス・ピータ・ヤコブセン［奥山裕介＝訳］

＊順不同、タイトルは仮題、巻数は暫定です。＊この他多数の続刊を予定しています。